露露
出身於庫沃克王國，
亞里沙的姊姊。
亞里沙
前庫沃克王國公主，
前世為日本人。
跟佐藤一起在王都享樂！

沉迷於體驗雕刻
與紙劇場之中——!
小玉
貓耳族少女。
娜娜
面無表情的魔造人。
波奇
犬耳族少女。

爆肝工程師的異世界狂想曲

17

★★★

愛七ひろ

Death Marching to the Parallel World Rhapsody

Presented by Hiro Ainana

Kadokawa Fantastic Novels

插畫／shri

CONTENTS

Death Marching to the Parallel World Rhapsody 17

授勳 …… 008

幕間 …… 075

和平的王都 …… 078

紅繩魔物 …… 123

禁書庫 …… 149

幕間 …… 169

各自的樂趣 …… 173

迷偵探 …… 224

幕間 …… 292

驅魔儀式 …… 296

神 …… 371

尾聲 …… 422

後記 …… 436

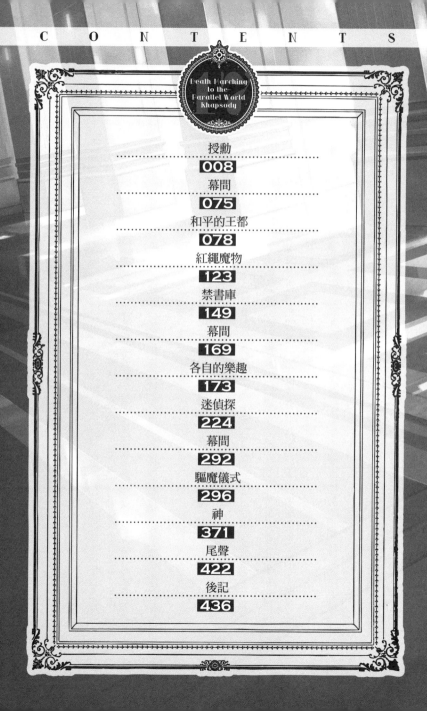

授勳

「我是佐藤。說到勳章，總讓人聯想到是用來授與戰爭中活躍軍人的印象。或許是在日本時身邊沒有人拿到過的緣故，讓我覺得那是某個奇幻世界中出現的小道具。」

「有鑑於佐藤．潘德拉岡士爵的勇猛功績，授與你希嘉王國蒼翼劍勳章。」

「謹受陛下隆恩。」

我們正在極為寬廣且莊嚴的謁見大廳中，領受討伐「樓層之主」功績的勳章。

話雖如此，坐在王位上的國王只有一開始的時候稱讚過一句話，此外都是重新坐回軍務大臣職位的凱爾登侯爵漫長的賀詞和訓誡。隨後他分別為討伐了「樓層之主」的兩個集團代表——我與「紅色貴公子」傑利爾先生戴上看似沉重的動章。

「接下來，將為率領『赤龍的咆哮』的英傑們，以及『潘德拉岡』的各位，授與符合功績的希嘉王國紅翼劍勳章以及希嘉王國赤劍勳章。」

當凱爾登侯爵如此宣告後，國王的任務似乎已經結束，只見司儀用獨特的語調宣布「恭送國王陛下離席」。

我們再度跪地行禮，等待國王離開。

排在後方的幾名王妃和王子公主們，也跟在他身後離開了這裡。

公主們大多都是來一睹著名的美男子傑利爾先生，王子們則似乎是來看打倒「樓層之主」的祕銀冒險者們。雖然他們都盛裝打扮，看起來興致勃勃，唯獨一位公主絲毫不隱瞞自己毫不關心的態度。

她戴著代表公主身分的雅緻王冠，在那梳理得整齊的橙金色頭髮上，由銀與鑽石打造、令人感到沉穩的髮飾正隨風飄逸，與能代表她特徵的銀框眼鏡相碰，奏出了涼爽的聲音。

她有著在同齡公主中最苗條的身材，同時也是現場未婚公主之中最年長的。

她在ＡＲ顯示上的名字是希斯蒂娜，是希嘉國王的六女兒，今年二十一歲。等級是十七級，技能有「禮儀」、「數學」、「鍊成」、「術理魔法」和「召喚魔法」等五項，相當多才多藝。

看見她的稱號「禁書庫之主」，便能明白她就是傳聞中那位被稱作「怪人」的公主。我在等候室時似乎還聽見了她與列瑟烏伯爵嫡子婚約作廢的傳聞。

走在王族最後面的她，以及擔任王家護衛的希嘉八劍首席祖雷堡先生與部分近衛騎士也跟著離開後，響起了謁見大廳門扉關閉的聲音。

剩下的希嘉八劍、大量的騎士，以及二十名身穿長袍、看似宮廷魔術師的魔法使們似乎沒有離開的打算。

當然，在希嘉八劍的隊伍之中，並沒有參與了比斯塔爾公爵府襲擊事件的葛延先生身影。因為妻子被當成人質而被迫背叛公爵的葛延先生，現在應該還幽禁在王城領地內用來關押身分高貴者的特殊離宮中。

「接著將進行希嘉王國紅翼劍勳章的授勳。」

凱爾登侯爵用與他圓滾滾的體型不符、渾厚且具有威嚴的聲音宣告。

即將獲頒希嘉王國紅翼劍勳章的，是和傑利爾先生的「赤龍的咆哮」共同奮戰的各隊隊長與主要成員十名，以及我們「潘德拉岡」小隊的七名夥伴。

大概是不擅長面對權貴，又或者是受到謁見大廳的莊嚴氣氛所影響，那些原先冷酷的冒險者們彷彿忘了自己在等候室的威風，側臉因為緊張而顯得很僵硬。

待他們的授勳儀式結束後，接著便輪到了夥伴們。

「『潘德拉岡』，『黑槍』莉薩。」

「是。」

身穿禮服的莉薩威風凜凜地起身。

在謁見大廳左右兩側的聖騎士和近衛騎士，合計六百人的人群中掀起了一陣波瀾。

「她就是『黑槍』莉薩？」

「原來是女的嗎？」

「還是個少女嘛！」

「那麼柔弱的亞人少女居然……」

聽聞莉薩打贏希嘉八劍首席「不倒」祖雷堡先生的那些人，似乎都因為她的年輕、性別以及種族而大吃一驚。

莉薩動作俐落地邁出步伐。

雖然禮服衣領與衣袖遮住了她脖子上與手背到手臂之間的紅色鱗片，但她自豪地擺動著的尾巴依然在照進謁見大廳的陽光照耀下散發出閃亮光芒，就像是在表達她的內心一般。

由於無法將堪稱她象徵的魔槍多瑪帶進國王出席的謁見大廳，現在她的手上空無一物。

雖然表面上難以察覺，但她的步伐充滿了緊張感。

「妳的武勳非常出色。」

「不敢當。」

由於莉薩刻意在軍服風格的禮服上搭配了一件便於佩戴勳章的短夾克，因此勳章便別在了那上面。

此時凱爾登侯爵反覆地喊了幾聲「肅靜」，謁見大廳才終於恢復寧靜。

隨後輕咳幾聲，凱爾登侯爵便繼續進行授與儀式。

「『潘德拉岡』，『爆焰公主』亞里沙。」

「是！」

亞里沙大聲回應，優雅地走了過去。

她那被稱作禁忌色彩的淡紫色頭髮，現在也隱藏在金色假髮的下方而無法看見。

順便一提，「爆焰公主」這個稱號是她在等候室時自己取的。

雖然有許多人對於她的年幼感到訝異，但不到莉薩那種程度。

由於亞里沙的禮服戴上勳章會產生皺摺，為了配戴方便，我讓她披上一件附有配件的披肩，其他孩子也一樣。

「『潘德拉岡』，波爾艾南之森的蜜薩娜莉雅。」

「嗯。」

蜜雅一如往常地邁出步伐，綁成雙馬尾的淡綠色頭髮規律地晃動掀起兜帽，讓她那象徵精靈的微尖耳朵露了出來。

她似乎對勳章本身沒有興趣，但能和夥伴們佩戴一樣的東西觸動了她的心弦，因此才願意參加授勳儀式。

「說到波爾艾南之森，不就是精靈的賢者托拉札尤亞大人的出身地嗎？」

「那麼，那個小女孩也是精靈嗎？」

「那就是精靈啊？我還是第一次看到。」

見到蜜雅的模樣，騎士隊伍中傳出了這樣的悄悄話。

畢竟沒有精靈定居在王都，因此才顯得稀奇吧。

「『潘德拉岡』，『盾公主』娜娜。」

「肯定。」

金髮巨乳美女娜娜站了起來。

儘管她總是面無表情而難以理解情緒，但從剛才僵硬的聲音來看，她似乎相當緊張。

這也是沒辦法的事。縱然她外表像個高中生，但身為魔法魔造人的她，其實年齡還不到一歲。

「『潘德拉岡』，『貓忍者』小玉。」

「系。」

有著貓耳貓尾巴的白色短髮幼女小玉蹦蹦跳跳地站了起來。

莉薩在後方向她說：「應該回答『是』。」進行了糾正，於是她再度說了句「是」。

總是我行我素的小玉似乎也罕見地感到緊張，右手和右腳並行地踏出步伐。

貓忍者這個別名是亞里沙在等候室提出來的，而小玉直接就拿來用了。

「『潘德拉岡』，『犬武士』波奇。」

「是、是的喲！」

由於緊張過度而大喊著站起身來的，是一頭茶色鮑伯頭短髮的犬耳犬尾幼女波奇。

她動作比小玉更加僵硬，不僅走起路來同手同腳，眼神看起來也游移不定。

即使如此，途中波奇並未緊張失控，而是平安無事地接下了勳章。回到原處後她放心地鬆了口氣，小玉和莉薩正一臉充滿慈愛地稱讚著她。

接著最後——

「『潘德拉岡』，『女僕王』露露。」

「是、是！」

和風美少女露露站起身來，光線彷彿呵護似的劃過她的黑色長髮。

由於從幾個小時前起就開始進行肌膚保養和化妝，使得她那平時堪稱傾城等級的美貌別說是星辰與銀河了，彷彿連概念本身都能征服。

如果她的表情沒有因為緊張而顯得僵硬，實在難以想像將會有多麼美麗。

「接下來，將要頒發希嘉王國赤劍勳章。」

因為接下來的事情跟我們無關，於是我們一派輕鬆地觀望著與傑利爾先生一行人共同戰鬥過的祕銀冒險者們的授動儀式。

獲贈赤劍勳章的人大約有二十位。

即使如此，那也只有傑利爾先生挑戰討伐「樓層之主」倖存成員的一半左右。由於剩下的成員負責後勤工作，因此他們無法成為授予勳章或爵位的對象。

最後凱爾登侯爵宣布加封儀式將會在年初進行，請預定被授予爵位的人士構思家族名稱後，授勳儀式便就此告一段落。

之後我們回到個人房間享用午餐，接著在下午二點——以地球的感覺來看大約是三點半左右——預計將舉辦以我們為主要來賓的舞會。

◆

我們被帶進看似能容納五百人左右的餐廳後所享用的午餐，是相當正式的套餐料理。

「這是王國風香煎櫻花鮭。」

一名看似管家的人將擺盤高尚的料理放在我們面前，同時進行說明。

櫻花鮭是王都在這個季節經常能吃到的時令魚，也被視為出人頭地與功成名就的吉祥物，受到王都的貴族與民眾喜愛。

「波奇，不可以突然用叉子插。小玉妳也是，要好好用刀子。」

「這種大小一口就能吃掉了喲？」

「沒有刀子也沒乖西～？」

「就說跟有沒有關係無關啦！」

指導波奇和小玉餐桌禮儀的露露和亞里沙看起來很辛苦。

大概是因為平時都只跟夥伴們吃飯，所以沒有好好教育她們餐桌禮儀的緣故吧。

或許幫波奇和小玉找個家教比較好也說不定。

「娜娜，為什麼桌上會放那麼多種餐具呢？」

「那是為了配合料理使用最適合的餐具，我這麼告知道。」

「最適合嗎？貴族的用餐方式還真難懂耶。」

莉薩小聲地向娜娜提問。

找家教的時候也讓莉薩去旁聽吧。

我朝她們瞥了一眼，接著向身旁一臉嚴肅看著香煎鮭魚的蜜雅搭話。

用來搭配的香菇已經不見蹤影。

「蜜雅也吃吃看吧。」

「討厭魚。」

「魚刺已經清掉了，妳就當作是被騙，吃吃看嘛。」

「姆姆。」

蜜雅瞪著香煎鮭魚皺了皺眉頭。

雖然含著叉子發出呻吟有違餐桌禮儀，但因為非常可愛，實在很難糾正。

「蜜雅，叉子。」

「嗯。」

稍微觀賞了一陣子後，我提醒蜜雅注意禮節。

不過，畢竟服務生沒有抱怨，更何況我們隔壁有一桌粗魯的冒險者正狼吞虎嚥地享用餐點，因此並不特別顯眼。

「雖然美味，但盤子裡的料理還真少耶。」

「說得沒錯。比起吃魚，我更想吃厚實的肉。」

「酒也是啊。如果不是倒進這種小杯子的葡萄酒，而是滿滿一大杯的啤酒就好了哩。」

當四肢發達的冒險者說出「肉」的瞬間，獸人女孩們的眼睛頓時發亮；但在她們開口表達自己也喜歡肉之前，我先下手為強地說出「下一盤料理是肉喔」，防範於未然。

「真是隨性呢。」

「就是說啊。」

亞里沙對自由的冒險者們說出自己的感想，我搭話表示同意。

不知道是不是訓練很完善的緣故，面對冒險者們隨性的態度與言行，這裡的服務生絲毫沒有表現出嫌棄或受不了的表情，只是一派輕鬆地工作著。

端上套餐的肉料理時也一樣，不但會幫忙增加餐點分量，還會叮嚀「請隨意加點」，充分表現出為客服務的精神。

順便一提，坐在鄰桌的傑利爾先生等貴族出身的冒險者，也視而不見地享受著料理。

我也開始享用料理吧。

不愧是王宮用來宴客的料理，不光是美味，就連外觀也讓人眼前一亮。以透過刀工與擺盤呈現出薔薇形狀的料理為首，處處都下足了會讓人對味道充滿期待的工夫。

「——真好吃。」

每次咀嚼味道就會不斷擴散，我還是第一次碰見吞下肚會感到很浪費的料理。

不愧是宮廷廚師。

「這個要事前準備……不對，應該把鮮度和熟成度……」

我的順風耳技能聽見露露在享用料理時發出的呢喃聲。

應該是打算偷學宮廷廚師的味道和技術吧。露露真是熱衷研究。

不過的確，要是我們也能做出這個味道應該會很開心。

我模仿露露，為了解析料理下意識地進行咀嚼。提升到極限的料理技能和至今為止的經

驗告訴我，每道料理都是經過令人吃驚的程序製作而成。

不過與此同時，也在某種程度上想像出了必要的調味料和烹調方式，我打算之後和露露一起試著重現。

◆

「呼，真是美味。」

心滿意足地享用完午餐後，我們來到交誼廳進行飯後休息。

這是一座包覆著餐廳、類似半個甜甜圈的弧形交誼廳，容納人數似乎也和餐廳差不多。

「好滿足～？」

「很美命喲。」

我最近才知道，波奇口中的「美命」似乎不是把「美味」一詞說錯，而是代表「美味得要命」意思的自創詞彙。

「嗯，尤其肉料理更是一絕。」

莉薩看起來很滿足地呼了口氣，還說出「要是更有嚼勁就完美了」這種話。

但嚼勁要是到了莉薩喜歡的程度，我想其他人應該吃不下去。

「等接下來的舞會結束，就只剩下新年的授爵儀式了呢。」

亞里沙小聲說出接下來的行程，接著朝我看了過來。

「話說回來，我們要在王都待多久啊？」

「嗯？大概到一月中旬的拍賣會結束吧。」

獻給國王的「樓層之主」戰利品將會在拍賣會上出售，同時預定將在拍賣會結束後，由國王頒發以售出金額為基礎計算的獎金。

「在那之前大家就先專心休養，在王都附近觀光度日吧。」

我打算在那之後先回一趟迷宮都市，然後跟大家一起環遊世界。

「這段時間還挺長的，感覺能做不少事呢。大家有什麼想做的嗎？」

聽亞里沙這麼問，大家各自說出自己想做的事。

我將它們一一寫在主選單的筆記中，打算用來制定今後的的王都觀光計畫。

「想做的事還真多呢，一個月夠不夠啊？」

「不夠的話，延長時間就行啦。」

畢竟也沒有其他要事嘛。

「在舞會開始前還有很多時間，要不要做點什麼？」

亞里沙環顧夥伴們這麼說。

「來決定家族名稱如何，我這麼建議道。」

「家族名稱？」

「這麼說來，好像有叫我們在受封之前想好家族名稱呢。」

莉薩雙手交抱，老實地點點頭。

「大家都用我的家族名稱不就行了？」

畢竟就像家人一樣嘛。

「你、你這素在求婚嗎！」

亞里沙彷彿搞笑漫畫般，一臉驚訝得猛然站了起來。

受到她的影響，小玉和波奇也站了起來。

「普羅坡茲（Propose）～？」

「普羅破利斯喲！」

傳話遊戲玩到最後，變成如同希臘語的蜂膠（註：希臘語的蜂膠為Propolis）一般的單詞。

「主人——」

露露臉頰染上桃紅，眼眶溼潤地看著我。

破壞力強到令人不禁想對她說：「跟我結婚吧。」

雖然讓她的眼瞳中蒙上一層陰霾並非我的本意，但這個氣氛如果繼續放任不管，感覺蜜雅和娜娜也會參戰，於是我簡短說了句「不是」，接著輕彈了一下最先誤會的亞里沙額頭進行訂正。

「因為我們就像是一家人，所以我才覺得用同樣的家族名稱比較好啦。」

「什麼嘛～」

「原、原來是這樣啊……」

亞里沙和露露沮喪地垂下肩膀。

而與她們相反，波奇和小玉的雙眼顯得閃閃發亮。應該是「家人」這個詞彙觸動了她們的心弦吧。

「那麼，就不用『潘德拉岡』了。」

振作起來的亞里沙如此宣言。

「一樣比較好～？」

「沒錯喲。波奇也覺得一樣就好了喲？」

「仔細聽好。」

亞里沙一把將提出抗議的小玉和波奇摟了過去，接著壓低音量說道：

「比起一開始就用，等結婚的時候再把姓改成『潘德拉岡』不是更棒嗎？」

「嗯，有道理。」

「這個建議非常好，我這麼同意道。」

「我、我也覺得這樣比較好！」

聽亞里沙這麼說，蜜雅、娜娜和露露三人小聲地表示同意。

「喵～？」

「波奇不懂喲。」

「肯定是人族的習慣吧。」

莉薩向不解地偏著頭的小玉和波奇進行說明。

「那麼，大家要用什麼家族名稱呢？亞里沙要用以前的家族名稱嗎？」

「嗯……畢竟我和露露因為『強制』而無法脫離奴隸身分嘛──」

亞里沙和露露在國家庫沃克王國被鄰國滅亡時，被宮廷魔術師用「強制」天賦設下了「到死都要作為奴隸為生」的命令。

如今想解除這項詛咒，只有讓擁有「強制」天賦的人進行解除或覆蓋，或者使用烏里恩中央神殿代代相傳的珍藏「神授祕寶」，亦或是讓高位聖職者使用祈願魔法將命令消除掉這幾種方法而已。

既然在迷宮都市提升夥伴們等級這個目的已經達成，那麼接下來將目標轉為解除她們兩人身上的詛咒似乎也不錯。

「——我會回絕這次的授爵，這樣就不用家族名稱了。」

「既然如此就沒問題了。」

我已經事先談妥了一切。

「喔嘿？」

「我透過妮娜小姐從宰相大人那裡得到了許可。雖然解除奴隸契約和利用都市核的『授爵儀式』將會延後，但會完整地給予妳作為貴族的權利。」

原以為會被加上各式各樣的條件，多虧穆諾男爵領的執政官——精明能幹的「鐵血」妮娜女士出手相助，才能在不被加上特殊條件的情況下完成這個特例。

「不愧是主人，我這麼稱讚道。」

「嗯，真了不起。」

「Great～？」

「非常厲害喲！」

「真是太好了呢，亞里沙、露露。」

「嗯，謝謝你，主人。」

「主人，非常感謝。」

見到她們這麼高興，我事先做的準備也算是有了價值。

雖然也產生了發現授爵等於解除奴隸契約的獸人女孩們主張「保持奴隸身分比較好」的狀況，但聽見我說「『潘德拉岡』小隊不會解散，會跟往常一樣喔」之後，她們便坦率地接受了。

「那麼回到家族名稱的話題吧，妳們覺得哪種比較好？」

「說得也是呢——不管怎麼說，用已經滅亡的王族（庫沃克）當作授爵的家族名稱也不太好，而前世的家族名稱（橘）好像也已經被人拿去用了，還真是困擾呢。」

之前我在決定家族名稱時，妮娜女士說過有其他叫做橘的士爵在。

話說回來，當時大家似乎提出了各式各樣的家族名稱呢。

印象中——

「記得露露提過『渡』這個名字，那好像是妳祖父的姓氏對吧？」

「不是的，那是曾祖父的姓。」

來自非常遙遠的國家——大概原本是個日本人，或是日本人的子孫吧。

「那麼叫露露．渡怎麼樣？」

「這個嘛——主人，不會很奇怪嗎？」

聽見亞里沙這麼說，露露短暫地想了想，之後向我提問道。

「一點也不奇怪喔。」

「那麼就用『渡』當作家族名稱吧。」

露露話中的含意並非「這樣很怪吧？」，而是「如果覺得奇怪請告訴我」，所以我才給了她正面的回應。

「娜娜之前說的好像是『長崎』吧？」

「那是前主人的姓，我這麼告知道。」

身為娜娜前任主人的「不死之王」賽恩，是來自日本的轉生者。

「感覺就像前任主人的女兒嫁給現任主人一樣，挺不錯的呢。」

「這個建議值得稱讚，我這麼告知道！」

亞里沙無意間的一句話觸動了娜娜的心弦，使她突然面無表情地轉過頭去，嚇了亞里沙一跳。

「主人，請您允許用『長崎』當作家族名稱，我這麼請求道。」

「我允許。」

我無視娶嫁等內容，允許了這個家族名稱。

「莉薩好像是叫『基修雷希嘉爾扎』吧？」

「是的，那是我們氏族的名字。」

「那麼，今後妳就自稱莉薩．基修雷希嘉爾扎如何？」

「聽起來很不錯耶！莉薩小姐要是出名了，分崩離析的氏族成員或許就會聚集回來！」

亞里沙搶在莉薩之前說出了這樣的話。

「說得也是。」

莉薩用蘊含了許多想法的語氣點頭回應道。

「主人，我能用莉薩．基修雷希嘉爾扎這個名字嗎？」

「嗯，當然可以。」

我立即回答了猶豫不決的莉薩。

「小玉和波奇想用什麼呢？」

「姆姆姆～？」

「是個大難題喲。」

小玉和波奇很苦惱似的皺著眉頭。

「不如和莉薩用一樣的家族名稱，自稱『基修雷希嘉爾扎三姊妹』怎麼樣？」

我沒來由地有種她們穿著不同顏色緊身衣在夜晚城鎮中穿梭的印象。

「一樣～」

「波奇也覺得一樣就好呦！」

「那麼，就決定是小玉・基修雷希嘉爾扎和波奇・基修雷希嘉爾扎嘍！」

兩人迅速地做出決定。

「亞里沙呢～？」

「家族名稱要用什麼喲？」

「嗯～雖然我對塔奇巴納這個姓氏還有留戀，但既然有其他稱作橘的家族，這麼做似乎不太好——」

面對小玉和波奇的提問，亞里沙顯得很煩惱。

「不跟露露用一樣的家族名稱嗎？」

莉薩一臉不解地問。

「這麼說也是呢。亞里沙・渡——感覺不壞呢。妳覺得如何，露露姊姊？」

「嗯，我也很高興能和亞里沙一樣。」

「我們是渡姊妹呢。」

亞里沙和露露微笑看著彼此。

——咦？

我還在想蜜雅為什麼從剛剛開始就沒有參與話題，原來她正獨自站在面對中庭的露臺往外看。

雖然她因為波爾艾南這個姓氏不需要新的家族名稱，但沒有參與其他孩子挑選家族名稱的話題，有點不符合蜜雅的性格。

「怎麼了？」

「佐藤。」

當我走到附近時，蜜雅便回過頭來。

「有人在呼喚我。」

蜜雅所注視的，是位於中庭另一端的大櫻花樹「王櫻」。

「妳想去王櫻的根部嗎？」

「嗯。」

蜜雅露出從未見過的嚴肅表情說。

「抱歉，亞里沙，如果有侍從來傳喚的話，請妳用『遠話』聯絡我。」

「ＯＫ～只要讓我陪主人睡一次，我就答應。」

「……知道了。」

見蜜雅一臉苦澀地同意，亞里沙面帶苦笑地說了句：「討厭，是開玩笑的啦。」

制止了打算同行的波奇等人之後，我帶著蜜雅朝王櫻的根部走去。畢竟要是帶著那麼多人在王城境內到處亂晃，感覺會惹人生氣嘛。

◆

「人數比想像得還要少呢——」

我用公主抱的方式抱著蜜雅，同時用隱形系技能隱藏身影朝著王櫻的根部移動。

雖然路上設置了用來保護王櫻的圍欄和結界，但那絲毫不構成阻礙。

我們在沒被任何人發現的情況下抵達了王櫻根部。

「那裡。」

蜜雅指著似乎設置了祭壇的地方。

那個是——

祭壇的陰影處，有一名外貌虛幻縹緲的少女。

她全身倚著櫻花樹幹，粉金色秀髮隨風飄逸的模樣營造出一股幻想般的氛圍。

這個孩子一定就是呼喚蜜雅的櫻花精吧。

由於內心帶著這種想法，我大意到甚至沒有確認ＡＲ顯示的內容，就直接走到那名少女面前。

「妳好。」

「什──你們是誰！」

少女一反剛才那彷彿要融入夜色的夢幻身姿，氣勢洶洶地逼問起我們。

「沒有『守櫻人』的許可，是禁止接近『聖櫻樹』的。」

王櫻的正式名稱似乎叫做聖櫻樹。

少女不改嚴肅的表情，語氣恭敬地繼續開口說：

「雖然不清楚您是哪個家族的貴人，但還請儘快離開。」

要是被趕走的話，蜜雅就無法達成目的，還是演齣戲唬弄過去吧。

「失禮了，我們是被櫻花樹叫來的。」

「什、什麼啊──」

少女本來想忽視我說的話，卻被一名彷彿從樹幹浮現出來的櫻色美女給制止。

噫！櫻花精真的出現了。

『抱歉啦，「守櫻人」小妹，請妳暫時先睡一下吧。』

從樹幹出現的美女輕觸少女一下，她轉瞬間便昏了過去。

櫻花精溫柔地接住無力倒下的少女，讓她躺在櫻花樹根上。

然後她親切地梳理起少女的頭髮，接著抬頭看著我們。

『哎呀～？』

我放大歪著頭的美女身旁的ＡＲ顯示。

──多萊雅德？

雖然她是個和我所知的樹精女孩大相逕庭、擁有豐滿身材的美女，但她的種族確實顯示為樹精。

『妳總算來了呀，幼子。』

「嗯。」

『那邊的人族是妳朋友？』

樹精一臉困惑地看著我。

既然她不像平時那樣喚我「少年」，那也就是說這位櫻色樹精和其他的綠色樹精女孩不同，並未共享意識。

『雖然我想讓他睡著，他卻完全沒反應呢。』

我朝ＡＲ顯示過去的紀錄看了一眼，便發現幾則抵抗了「睡眠」的內容。

看來我在不知不覺中受到了她的異常狀態攻擊。最好留意別被她那嬌媚的語氣迷惑了。

「沒問題──靜鈴。」

在蜜雅的催促下，我拿出「波爾艾南的靜鈴」給櫻樹精看。

『這樣的話，應該沒關係呢。』

這個靜鈴是精靈們作為信賴的證明送給我的，因此櫻樹精看見之後似乎也鬆了口氣。

解除警戒的櫻樹精開始與蜜雅聊了起來。

『總覺得魔力的流動很奇怪，也無法順利從王都的源泉吸收，真讓人困擾。不知道妳能不能想點辦法呢？』

「姆？」

發動精靈視，瞳眸呈現銀色的蜜雅環顧四周之後偏過頭去。

「佐藤。」

或許是搞不懂吧，她朝我看了一眼。

於是我也用精靈視、瘴氣視與魔力視看了看周圍，但地上並未發現任何問題。

畢竟我沒有能夠調查地脈的魔法，更何況就算向地面灌注魔力也只會散開，直接將魔力注入王櫻根部進行調查似乎比較好。

『——慢著。這棵樹已經很老了，用我當媒介吧。』

「明白了。」

我向櫻樹精解釋調查方式後她如此建議，而我也答應了她。

美女樹精像是要擁抱我似的伸出手，但被蜜雅阻止了。

「姆，不知羞恥。」

『哎呀？幼子都獨當一面了還會嫉妒，真是可愛。即使年幼也依然是女人呢。』

櫻樹精保持將蜜雅夾在中間的姿勢，臉朝我湊了過來。

她似乎打算跟綠色樹精女孩吸收魔力那時相同，要我嘴對嘴地注入魔力。

不過如果以這麼豐滿的美女為對象，親個一兩次嘴不過是小事一樁。

「手。」

蜜雅維持被夾在中間的姿勢伸出手，阻止我和櫻樹精接吻。

『手？用手的話效率很差，會給他帶來很大的負擔喔？』

「沒問題。」

因為蜜雅露出一副「沒錯吧？」的表情盯著我，於是我點了點頭。

「對我而言，就算增加些許負擔也沒問題。」

『是嗎？那就用手吧。』

我握住櫻樹精那雙柔軟的手，試著緩緩注入魔力。

『嗯、嗯嗯……』

樹精發出有點性感的聲音。

我拚命讓自己不去在意她的聲音，同時透過注入的魔力來尋找通道。

「確實有些魔力淤塞的地方呢。」

想從物理方面查明具體位置似乎有點麻煩。

由於狀況跟魔法武器或道具的魔力堵塞有些相似，只要用不同的速度注入魔力，應該就能疏通。

「我可以試試看嗎？」

『嗯，就拜託你嘍。』

得到允許之後，我便立刻開始疏通魔力通路。

『嗯、嗯嗯……啊啊、這麼、啊啊嗯……』

「姆？」

這樣對蜜雅的教育不太好，可以請妳停下那色情的喘息聲嗎？

因為會分心，所以我集中精神阻絕了櫻樹精的聲音。

感覺會比預計的更加輕鬆搞定——不對，有個地方的淤塞意外地難纏。我以除去頑強汙垢的方式，在注意緩急的同時將大部分的剩餘魔力一口氣灌了進去。

——啊！

因為做得太過火，導致產生了將類似魔力閘門的事物破壞的感覺。

「抱歉，樹精。我好像失敗弄壞了某種東西。」

『沒、沒歡西喔～少年。』

「多萊雅德？」

眼前並不是剛才那位性感樹精，而是一如往常的綠膚樹精小女孩。

『嗚嗯嗚嗯，託少年的福，時隔四百年終於聯繫上了外面的自己。』

據說是四百年前的咒術師為了不讓精靈們知曉王都的情報，才利用咒術性的詛咒在魔力路徑上加了個閘門。

『明明我又沒打算把人族的事情告訴精靈。』

多萊雅德似乎並未因為櫻樹精被隔離的事懷恨在心。

『託少年的福，今年的櫻花也能盛開啦。對了，這個給你。』

多萊雅德將櫻色的珠子分別遞給我和蜜雅。

珠子的名字叫做「櫻寶珠」，是多萊雅德給我的其中一種樹靈珠。雖然也能當樹靈珠使用，但它似乎還具備讓花朵盛開的特殊效果。

看來似乎能像傳說中的老爺爺一樣，引發讓枯樹開花的奇跡。

『也謝謝幼子嘍。』

「嗯。」

『過幾天花蕾就會變大，不到十天就會開花喔。今年也好好享受賞花吧。』

這麼說完，多萊雅德就隱入樹幹之中消失了。

雖然想對王櫻使用櫻寶珠來觀賞夜櫻，但是用在連直接注入魔力都必須避免的年邁大樹上似乎會縮短櫻花樹的壽命，因此我忍了下來。

◆

「回去吧。」

「說得也是——」

在目送多萊雅德進入櫻花樹幹消失之後本來打算直接離開的，但要是丟下「守櫻人」的少女不管，讓她在這裡待上一整晚總覺得會感冒，於是我決定叫醒她。

直接離開容易被當成可疑人物也是其中一個理由，畢竟她都看到我們的長相了。

對了、對了，唯獨關於王都地脈有些奇怪的情報，我打算在近期告訴國王或宰相。

「怎麼搖都搖不醒呢。」

「嗯。」

樹精的睡眠魔法似乎相當強。

我先是對少女使用「魔法破壞」，接著邊呼喚邊晃了她幾下，才終於讓她醒了過來。

「……嗯嗯，我到底……」

她睡眼惺忪地環顧四周，當我進入她的視野後，她隨即跳起身來後退幾步。

「您醒了嗎？因為話說到一半您突然倒了下去，讓人很擔心呢。」

「——我倒了下去？」

「您看起來很疲勞的樣子，是不是沒睡好呢？」

我在交談途中，發現她用化妝掩蓋了自己眼睛下方的黑眼圈。

這麼說來，剛遇到的時候她也是倚在櫻花樹幹上，看起來搖搖欲墜。

「才、才沒那回事——」

少女欲言又止地遮住自己的眼睛。

「——比、比起那種事！正如我剛剛說的，這裡是聖櫻樹的禁地，沒有我們『守櫻人』的許可是禁止接近的。請您儘快沿著原路回去吧。」

我從剛剛就一直在想，她似乎不需要抓住可疑人物，只要把人趕回去就行了。

「其實我們是因為迷路，才會誤闖這個地方。我知道這很失禮，但能請您告訴我們前往北迎賓館的路嗎？」

當然，只要看地圖就能知道回程的路，但乾脆地回頭不免會遭到對方懷疑，因此我才這麼問。

「那麼就由我送兩位到北迎賓館吧。我是希嘉三十三杖之一，『守櫻人』雅典娜・樂活，請問兩位尊姓大名？」

少女現出戴在長袍上的紋章，並報上了自己的名字。

雖然少女有著如同希臘神話登場人物般的名字，卻沒有疑似轉生者或轉移者的情報；名字相同應該是出於偶然吧。她是三十五級的土魔法使，稱號有「守櫻人」以及作為宮廷魔法使稱號的「希嘉三十三杖」。

話說回來，希嘉八劍也一樣，這個國家的人還真喜歡帶有數字的稱號啊。再這樣下去，感覺會出現什麼四天王之類的。

「我是穆諾男爵的家臣，潘德拉岡名譽士爵。」

聽見我報上的家族名稱，雅典娜小姐那恭敬的態度頓時煙消雲散。

「什麼嘛，還以為是上級貴族的笨蛋兒子才這麼小心翼翼，真是虧大了。」

本來彬彬有禮的說話方式突然變得很隨意。

「不過算了，我就帶你們到北迎賓館附近吧。」

「勞煩您了。」

「一般來說，闖進禁區的人必須押送到衛兵值班室才行，不過你看起來不打算傷害聖櫻樹，也不想失去難得到手的名譽士爵稱號吧？」

雖然說話刻薄，但她人還挺不錯的。

「話說回來，那孩子是你妹妹嗎？」

出發的同時，雅典娜小姐這麼問我。

「不是。」

蜜雅猛然別過頭去。

「蜜雅是我的夥伴。」

「夥伴？像她這麼小的孩子？」

為了看清楚蜜雅的長相，雅典娜小姐停下腳步。

「──雅典娜。啊啊，原來妳在這裡。」

一位帶著兩名侍女、配戴眼鏡的女性從樹蔭下的道路走了出來。

我對那副眼鏡有印象，是在謁見大廳見過的公主殿下。

「希斯蒂娜殿下！我說你們，這可是在殿下面前，還不快點下跪。」

雅典娜小姐恭敬地跪在地上，並且命令我們也跪下。

雖然我老實地聽從，蜜雅卻說了句「不要」就轉過頭去。

「我、我說！別呆站在原地，快點跪下──」

雅典娜小姐連忙拉了拉蜜雅的春季外套。

蜜雅的外套被扯歪，用來遮住耳朵的兜帽掀了開來。

「——咦？精靈？」

「好痛。」

蜜雅甩開雅典娜的手。

「妳是精靈啊！哪個氏族的？」

「沒禮貌。」

面對這失禮的問題，蜜雅鬧起了彆扭。

「雅典娜，妳這樣很失禮喔。」

希斯蒂娜公主責備起雅典娜小姐，接著走到蜜雅面前。

根據ＡＲ顯示，如同她影子般形影不離的侍女們，似乎也兼任公主的貼身護衛，等級為三十級，擁有對人戰鬥的特化型技能。

「您是波爾艾南之森的蜜薩娜莉雅大人吧。」

雖然我早就知道對待精靈要抱持敬意，但沒想到竟然到了連身為大國王族的她也會加上「大人」來稱呼的程度。

「我是希嘉王國的第六公主，名叫希斯蒂娜。」

「我是波爾艾南之森最年幼的精靈，拉米薩伍亞和莉莉娜多雅的女兒，蜜薩娜莉雅．波爾艾南。」

公主鄭重地自我介紹之後，蜜雅也「嗯」了一聲點點頭，做出正式的回應。

此時我的順風耳技能聽見雅典娜小姐小聲地說出「說、說到波爾艾南氏族，難不成是精靈賢者托拉札尤亞所在的那個波爾艾南氏族？」這樣的話。

「雅典娜，向蜜薩娜莉雅大人——」

雅典娜小姐在公主話說到一半時突然起身，滔滔不絕地開口說道：

「就、就算跟賢者大人同為精靈，也不代表妳很偉大！雖然祖先輸掉了，但我絕對會留下超越賢者大人的功勞！」

少女直指著蜜雅如此宣示。不過蜜雅好像跟不上話題突然轉變，顯得一臉不解。

「姆？」

看來她的祖先似乎跟托拉札尤亞先生有過某種爭執。

「我最討厭光是誕生就自命不凡的精靈了。我可是憑藉腳踏實地的努力和才能才獲得了宮廷魔術士的地位。雖然現在只是希嘉三十三杖的紅帶，不過我遲早會成為宮廷魔術士長並繫上銀帶！」

見到雅典娜小姐氣勢洶洶的模樣，蜜雅有些不知所措。

就在我起身準備插嘴的時候，侍女們搶先一步。

「——妳給我適可而止。」

其中一名侍女用彷彿會發出巨響的動作敲了敲雅典娜小姐的頭。

「妳可是在殿下面前。」

「請妳搞清楚自己現在究竟有多失禮。別說是銀帶了，甚至連紅帶都可能要奉還。」

侍女們斥責起雅典娜。

雅典娜小姐察覺自己因為一時衝動而失態，臉色變得很蒼白。

「非常抱歉。」

面對向自己道歉的雅典娜小姐，公主則是看著蜜雅說：「妳搞錯道歉的對象了。」

「剛剛那是——」

「不對。」

蜜雅輕聲打斷雅典娜小姐打算道歉的話語。

「咦？」

見雅典娜小姐一臉不解，蜜雅從平坦的胸口中拿出祕銀證擺在她面前。

蜜雅應該是想表達自己也十分努力，來回應對她剛才「自命不凡的精靈」那句話吧。

「那、那個是祕銀證？這麼說來，聽說這次的祕銀證是頒發給打敗了上層和中層樓層之主的——」

她似乎沒有出席剛才的授勳儀式。

「——既然如此，我就打敗下層之主給妳看。」

「不可能。」

「為什麼啊！我一定會打敗牠！」

雅典娜小姐本該道歉，卻再度燃起了對精靈的對抗心理而激動起來。

看到她這樣的態度，侍女們的表情逐漸變得像能面具一樣非常恐怖。

「不可能就是不可能。」

「才沒那回事！」

蜜雅似乎是想說光靠魔法使無法取勝，卻因為說話太過精簡而詞不達意。

「我們人族在你們繭居森林深處的期間也不斷在進步！下次來觀賞宮廷魔術士的演習吧，我會讓妳見識我們人族的真正實力。就算妳因為同期魔術而嚇到腿軟，我也不管喔！」

「給我適可而止！」

「要說幾遍妳才懂啊。」

「砰砰砰」的聲音響起，雅典娜小姐遭到了來自兩位侍女的處罰。

「對不起。」

雅典娜小姐眼眶泛淚地向蜜雅道歉。

她的表情看起來非常不甘心，我還是代替蜜雅解開誤會吧。

「請問能允許我發言嗎？」

在公主點了點頭，侍女也代為說出「請便」之後，我向雅典娜小姐轉達蜜雅的意思。

「關於蜜雅剛剛說的話，她並不是在貶低您或人族的魔法使；而是想表達光靠魔法使是無法戰勝『樓層之主』的。」

「是這樣嗎？」

「嗯。」

雅典娜小姐因為我的解釋而變得啞口無言，向蜜雅確認起我說的話。

見蜜雅點點頭之後，或許是對剛才情緒激動的自己感到羞恥，她縮起身子。

「以上就是你的發言嗎？」

「是的。」

我點頭回應公主。

「雅典娜，聖櫻樹的情況如何了？」

「很遺憾，依然沒有任何變化。」

「這樣啊……」

她們說的應該是櫻樹精曾經提過的「魔力的流動很奇怪」那件事吧。

雖然已經解決了，但我想起雅典娜小姐在櫻樹精提到那件事之前就陷入睡眠，因此沒有說出多餘的話。

「那我就先告退了。妳送蜜薩娜莉雅大人他們回去吧。」

公主向蜜雅道別後，便沿原路走了回去。

「——那裡就是北迎賓館。」

與公主道別過後沒多久，我們就能看到迎賓館。

「之後只要沿著路走就行了。」

雅典娜小姐說完後便準備離開，但走沒幾步又停了下來。

「那、那個，剛剛關於各方面都很對不起。不過，我們人族真的很厲害喔！記得來看我們的演習。一定要喔！」

再度道歉過後，雅典娜小姐像是在掩飾自己害羞似的邀請蜜雅觀看演習，緊接著便紅著臉跑掉了。

「姆嗯？」

「真是個有趣的孩子呢。」

「嗯，獨特。」

雖然是個奇特的孩子，不過能和宮廷魔術士建立關係，就當作我很走運吧。

畢竟我也對那個被稱作同期魔術的東西感興趣，有空就和蜜雅一起去參觀一下似乎也挺有趣的。

◆

「噫！樹精？」

回到北迎賓館的交誼廳時，正好是舞會大廳的入場時間。

大家往大廳移動的同時，我也把在王櫻根部發生的一連串事情告訴夥伴們，此時亞里沙卻對櫻樹精的事迅速有了反應。

「該不會，主人的嘴唇又被那個痴女給……？」

「不要緊，阻止了。」

見亞里沙一臉擔心，蜜雅得意洋洋地說起自己的功勞。

「蜜雅真了不起！」

「嗯，交給我。」

我無視她們兩人，繼續剛才的話題走進舞會大廳。

先進去的冒險者們紛紛仰望著天花板發出讚嘆。

我也受到他們影響而抬頭一看，便發現挑高的天花板上裝設著彩繪風格的彩色玻璃，在陽光照射下，充滿幻想氣息的光芒灑落整個大廳。支撐天花板的拱門型支柱上也刻著精緻的雕刻，不管看多久都不會膩。

跟我一樣抬頭仰望的夥伴們也接連說出自己的感想。

「好漂亮。」

「讓人想起了拉拉其埃呢。」

「天花板上沒有大海，我這麼告知道。」

「但是，閃閃發亮～？」

「是寶石天花板喲！」

「這天花板還挺高的呢。」

露露似乎聯想到了在南洋群島冒險時去過的浮游島拉拉其埃。

我守望著還看不膩的夥伴們，同時環視整個大廳。

大廳中央空出了大約能讓兩百人同時跳舞的空間，四周如同要將其圍住一般，擺放著許多鋪有漂亮桌巾的桌子。

雖然為了便於社交而採取立餐形式；但也為了跳舞跳累的人，在牆邊設置了好幾張放在觀葉植物葉叢間的沙發。

「哎呀？我記得你是迷宮那時候的——」

我回過頭去，發現曾被我從聖留市迷宮蜘蛛巢中救出來的貝爾頓子爵就在眼前。

「好久不見，貝爾頓子爵。我現在名叫潘德拉岡名譽士爵，從屬於穆諾男爵麾下。」

「——潘德拉岡？」

貝爾頓子爵身後的其中一名紳士復誦我的家族名稱。

根據AR顯示，他是貝爾頓子爵的主君聖留伯爵。而伯爵身旁那位看似武士的紳士好像是奇果利準男爵。他是個等級高達四十三級的騎士，應該是作為伯爵護衛來到此處的吧。

「你認識他嗎，貝爾頓？」

「是的，他在聖留市迷宮——」

聖留伯爵小聲地跟貝爾頓子爵打聽我的事。

「潘德拉岡士爵，這位是我的主君聖留伯爵。」

「我在騎士漢斯和特利爾文書官送來的報告書中看過你的名字。我的部下似乎在迷宮都市受過你的關照，感謝你的相助。」

貝爾頓子爵介紹完伯爵後，聖留伯爵先是列出了潔娜小姐隸屬的迷宮都市選拔隊隊長等人的名字，接著補充一句「沒想到會和貝爾頓的恩人是同一人啊」向我道謝。

「潘德拉岡卿，加入我的麾下吧。我的領地需要對迷宮非常了解的人才。只要來當我的部下，我至少會賦予你永世準男爵之位。根據功績，想當永世男爵也不成問題。」

「伯爵大人並不吝嗇，可以期待符合功績的俸祿喔。」

聖留伯爵和貝爾頓子爵紛紛慫恿我跳槽。

「慢著，我可不會把佐藤給你喔。」

當我正猶豫該如何拒絕時，肩膀突然被快速伸出的纖細手腕給抓住。

「羅特爾執政官。」

抓住我肩膀的，是穆諾男爵領的妮娜·羅特爾執政官。

後方還跟著穆諾男爵與他的千金卡麗娜小姐。

「唔嗯，穆諾領還有鐵血閣下在啊。」

「這下無法趁人之危了呢。」

「那是當然。既然知道了就趕快離開吧。」

於是聖留伯爵和貝爾頓子爵投降離去。

雖然擔心妮娜女士用這種口氣向地位高於自己的貴族說話會不會有問題，不過見她仍能裝模作樣地講出「面對那種向他人家臣出手的傢伙就該這麼說」這種話，應該還在容許範圍內吧。

「恭喜你，佐藤。看來授勳順利結束了呢。」

「我發自內心地恭喜你，是的。」

「非常感謝。」

穆諾男爵和卡麗娜小姐向我道賀。

卡麗娜小姐的措辭之所以有些奇怪，或許是因為她硬是加上了重新學習社交禮儀時學到的詞彙吧。

話說回來，今天的卡麗娜小姐比平時更加漂亮。

雖然服裝沒有變化，但在侍女們的精心保養下，她的肌膚顯得比平時更加柔嫩有彈性，具代表性的金色縱捲髮也經過仔細打理，上面有一層宛如金色絲綢般的物體正在反射光芒，就連掛在她魔乳上的拉卡也被擦拭得閃閃發光。

「亞里沙她們也獲得授勳了吧？」

「是的，誠如您所說。」

亞里沙在不知不覺間來到我身旁，將戴在披肩上的勳章給妮娜女士看。

「男爵～？」

「卡麗娜也一起喲！」

「能讓我也看看小玉與波奇的正式服裝嗎？」

「快看快看～」

「是勳章喲！」

「妳們兩個都很棒喔！」

「好害羞～？」

「嘿嘿嘿～喲。」

受到穆諾男爵等人稱讚的小玉和波奇一邊炫耀勳章，一邊害羞地扭著身子。

「男爵，希望你也能稱讚娜娜，我這麼告知道。」

「炫耀。」

娜娜和蜜雅將勳章現給男爵看，莉薩和露露兩人也向男爵等人明顯地秀出勳章。

「——對了，有件事情要先告訴你。」

妮娜女士悄悄地對我說：

「穆諾男爵的晉升已經決定了，將於下次的王國會議上成為伯爵。」

「那還真是可喜可賀。」

「畢竟都成了**真正的領主**，這也是理所當然的。」

妮娜女士用「真正的領主」來形容得到都市核支配權的穆諾男爵。

「你大概也會成為永世準男爵喔。」

依照貴族之間在王國會議前的談判，他們似乎決定向國王上奏將我晉升為「永世男爵」

的事。一般而言，提出晉升二個位階以上爵位的奏書都會被駁回，接著轉為授予一段位的爵位較為常見。畢竟最後都是由國王決定嘛。

「不過因為和名譽士爵這類一代爵位不同，需要一位正室，記得準備一下。要不然，姊姊我也可以幫你準備喔。」

妮娜女士朝卡麗娜小姐看了一眼。

雖然這個提議很有魅力，但除了波爾艾南的高等精靈——心愛的雅潔小姐之外，我並不打算找其他伴侶。

「這點您不必擔心。」

「嗯。」

此時亞里沙和蜜雅湊了過來。

接著兩人紛紛指著自己說出「反正有我在」、「未婚妻」之類的話。

「原來如此。」

妮娜女士用一臉像是在說「你這蘿莉控」的表情看著我。

雖然很想反駁她的看法，不過難得亞里沙和蜜雅幫我蒙混過去了，我就不打算重提這個話題。

「算了，這方面你就好好考慮吧。畢竟你還年輕，在還是新任準男爵的期間，旁人應該也不會說閒話吧。」

妮娜女士像是要結束話題般地揮了揮手。

雖然她的語氣像是知道我未來也會加官進爵，但我並不打算用佐藤這個身分繼續累積功績，因此這個假設沒有意義。

「硬要選的話，我比較中意僅限一代的名譽準男爵就是了……」

「如果選一代爵，會變成名譽男爵或者跟我一樣的名譽子爵喔？」

妮娜女士露出一副那樣會有更多麻煩的表情說：

「比起這個，我們走吧，佐藤。」

她挽住我的手臂。

「要去哪裡？」

「在宴會開始前，先一步去物色能派上用場的冒險者啊。」

因為穆諾男爵領人才不足，她似乎想趁這個機會確保有實力的人。

「是要去拉攏人才嗎！那麼我也一起去吧！」

「真是個好主意，幫大忙了。」

我們帶著迅速加入的亞里沙，前去和顯得坐立難安的祕銀冒險者們打交道。

由於他們的代表——擔任「赤龍的咆哮」領隊傑利爾先生打算從冒險者引退以成為希嘉

八劍為目標，因此有不少冒險者給出了令人滿意的答覆。

其中也包含——

「擔任斥候的馬莫托很不錯呢。他對東方的諸多小國十分了解，領內的諜報相關工作應該可以交給他。」

妮娜女士興高采烈地補充一句：「這一切都是託你贊助巨額資金的福。」

「實際進行交涉的是妮娜小姐妳啊。」

「那也是因為你和莉薩很出名的緣故。」

妮娜女士從侍者端著的盤子上拿起葡萄酒一飲而盡。

「話說回來，亞里沙她們也要封爵吧？家族名稱已經決定了嗎？」

「因為似乎已經有其他叫做橘的士爵，我打算跟露露一樣用渡的姓氏。」

亞里沙回答妮娜女士的問題。

「唔嗯，貴族名簿中並不存在叫做橘的士爵喔，是不是把塔奇瓦納（註：日文「橘」的發音跟「塔奇瓦納」只差一個音）士爵搞混了呢？」

我沿著突然傳來的說話聲看過去，發現來者是個和藹可親、肌肉發達的老人家。那個人是宰相。

「咦，是這樣嗎？」

「嗯，不會錯的。如果擔心的話，確認一下貴族名簿即可。」
「沒想到宰相閣下會來這種地方，今天吹的是什麼風啊？」
見到宰相不擺架子地跟亞里沙聊起天來，妮娜女士也湊了過去。
「我有事情要找潘德拉岡卿。」
見到我之後，宰相小聲地說：「雖然聽說是個少年，沒想到這麼年輕……」
「可別想挖角佐藤喔？」
「沒錯！佐藤與我羅伊德家有約在先！」
「給我慢著，羅伊德侯爵！佐藤可是大家的，你難道忘記不能將他束縛在單一家族的約定了嗎？」
「說得沒錯！正如何恩伯爵所言！」
附和妮娜女士講出奇怪發言的人，是歐尤果克公爵領的貪吃鬼貴族羅伊德侯爵與何恩伯爵兩人。
「如果敢找我們佐藤麻煩，即使是宰相也不可原諒。」
「嗯，做好跨越吾等屍體的覺悟再放馬過來。」
羅伊德侯爵和何恩伯爵感情融洽地向宰相發起挑釁。
「唔嗯，就算親眼看見依然令人難以置信，沒想到羅伊德侯爵和何恩伯爵竟然會友好地站在同一陣線……看來並不是王宮的下人們隨便講講的而已呢。」

宰相一臉佩服地撫摸著下頷。

我個人則是無法想像羅伊德侯爵和何恩伯爵關係惡劣的模樣。

「雖然我確實是來與那位實力與葛延勢均力敵的豪傑見面，但並非是來挖角的喔。」

「真的嗎？」

「不動手腳的宰相才不存在。」

羅伊德侯爵和何恩伯爵完全不相信宰相說的話。

「我聽聞潘德拉岡卿的興趣是旅行和美食，認為他可能會對我舉辦的異國美食盛宴感興趣才來邀請他的。」

哦～那還真的有點興趣耶。

「別被騙了！」

「說得沒錯，千萬別聽信宰相的花言巧語！」

羅伊德侯爵和何恩伯爵擋在我們中間。

「反正只是掛著美食之名的詭異食物吧！」

「沒錯，要是吃了那種詭異食物導致佐藤的舌頭出問題，你要怎麼負責！」

「說是詭異食物還真過分。這片大陸上有著形形色色的飲食習慣。眼界狹窄地將其否定可不算是真正的美食家啊。潘德拉岡卿也這麼認為吧？」

「嗯，確實。」

我點頭同意宰相的看法。

「回得好。」

宰相這麼說的同時給了我一張邀請函。

宴會似乎將在新年之後舉辦。

「人似乎開始多起來了，我還是在被麻煩的傢伙發現之前先走一步吧。」

宰相說完，便在我眼前離去。

「我也去做下一件工作吧。」

妮娜女士帶著羅伊德侯爵和何恩伯爵，三人一同朝公爵領地的貴族們聚集的地方移動。

亞里沙也一臉興奮地說著「就像是在策劃什麼陰謀呢」跟了過去。

「那麼——」

我環顧四周，思考接下來該做什麼。

正如宰相所說，大廳的人不知不覺地多了起來。舞會似乎已經在我們招聘冒險者以及和宰相等人閒聊的時候開始了。

除了我們授動人員的相關人士之外，參加的貴族只有下級貴族、包含凱爾登侯爵在內的武鬥派上級貴族，還有以聖留伯爵為首的一部分領主而已，現場沒有任何王室成員。

雖然比斯塔爾公爵一家沒有任何人來，但公爵派系的貴族們依然盡心盡力地招募著祕銀冒險者們。

似乎是幾位跟著大人物同行的下級貴族文官正開心地聊著傳聞。

此時一段有點不妙的對話傳進我耳裡。

「收到神諭的巫女們接二連三地昏倒了？」

「是哪座神殿啊？」

「還問哪裡，每間神殿都是啊。神官似乎還說『王都正面臨前所未有的危機』呢。」

但即使我搜索地圖，也沒發現符合傳聞的危機。

「──『似乎』嗎，你們該不會又在散播不實傳聞了吧？」

一名青年表情不耐煩地插嘴道。

「馬、馬庫雷卿。」

「那都是用來募捐的老調宣傳用詞。等到時機成熟，他們肯定會發表什麼虔誠的禱告已將危機化解來收尾吧。」

「可、可是，神官怎麼可能冒用神諭之名……」

見文官依然不死心，馬庫雷卿冷笑一聲。

「神官有說是神諭嗎？」

「——啊！」

聽馬庫雷卿這麼說，他似乎回想起神殿並未發表神諭的事。

「神官在神諭尚未明朗前煽動不安，是募捐的常用手段。你們也該好好記住，小心別被騙了。」

一臉諷刺地說完後，馬庫雷卿一邊和跟班聊著「這次應該能募集不少吧？」、「畢竟王都最近才出現過魔族嘛」之類的話，一邊笑著離去。

那真的是募集捐款用的老調宣傳用詞嗎？

不過光從地圖來看也沒發現像是預兆的跡象，等下次跟國王見面的時候再確認吧。

我為了轉換心情看了看四周。

這裡似乎也招待了許多貴族以外的人，也有不少富商和商人參加。

因為之前在艾瑪．立頓伯爵夫人的園遊會中認識的鼬人族商人——沙北商會的霍米姆多利先生也有到場，於是我便去跟他打聲招呼。畢竟今天早上他的商會也送了賀禮過來。

「嘻嘻嘻，蒼翼劍勳章的授勳，真是恭喜您了。」

鼬人族的霍米姆多利先生以不像是獸人在說話的流暢語氣向我祝賀。

「潘德拉岡卿，能打擾一下嗎？」

跟霍米姆多利先生聊完之後，凱爾登侯爵派系的貴族叫住了我。

「你以前就會跟和鼬人族的商人打交道嗎？」

「不是的，他是我前陣子在立頓伯爵夫人的園遊會上認識的。」

「這樣啊——那我給你一個忠告，要小心鼬人族的商人。雖然本來面對商人就該保持警惕，但那個國家的商人倫理觀與我們大相逕庭。那些傢伙總會在不自覺間觸犯法律。注意別讓自己的功績因為那種無聊的理由留下汙點。」

一開始還以為是亞人歧視之類的話題，聽到最後才發現只是在警告我小心文化差異引起的糾紛。

「感謝您的忠告。」

之後對方還邀請我加入凱爾登侯爵派系，但我表明自己一行人只想侍奉穆諾男爵，乾脆地拒絕了。

「——主人，過來一下。」

因為亞里沙呼喚我的模樣罕見地有些焦急，於是我向凱爾登侯爵他們告辭之後，便跟著亞里沙離開。

「你看那個，那裡的神官。」

「神官有三位，妳指的是哪一個？」

「就是那位讓人想叫他勞倫斯的美男子。」

亞里沙所指著的，是一名彷彿會出現在少女漫畫的美男子。

根據AR顯示，他是巴里恩神國的樞機卿，名叫霍茲納斯，等級有五十一級。

他配戴著中東風的頭巾和金色閃閃的裝飾品，那或許是巴里恩神國的民族服裝吧。

然而不愧是高等級人物，他具備了「神聖魔法：巴里恩教」、「神學：巴里恩教」、「光魔法」、「人物鑑定」、「社交」、「交涉」、「調停」、「談判」、「說服」、「辯論」、「演奏」、「冥想」、「詠唱縮短」與「護身術」等多項技能。

還擁有像是「聖者」、「神的寵兒」與「挑戰神之試煉的人」等感覺很厲害的稱號。

「擁有技能的數量還真多耶。」

「——咦？能看得見嗎？」

「難道妳看不見嗎？」

我在反問的同時使用鑑定技能進行調查，發現除了名字與官階，以及「神聖魔法：巴里恩教」、「神學：巴里恩教」之外，其他技能都看不見。稱號只剩下「聖者」，而且等級也變成了三十二級。

「光用鑑定幾乎都看不見呢。看來他擁有性能優秀的認知妨礙系魔法道具。」

「果然是這樣啊。他就是依等級來看不僅技能太少，外表也很奇怪，所以才會引起我的注意喔。」
所以她才會告別陰謀三人組跑來找我的樣子。
我將AR顯示上的情報告訴亞里沙。
「唔嗯……光看稱號的話，給人一種會成為救世主的感覺呢。」
我也同意亞里沙的看法。
「既然他等級那麼高，不曉得會不會用祈願魔法呢？」
「誰知道。不過就算會用，我也不認為他是個會用在素昧平生的我們身上的爛好人。」
亞里沙補充說：「所以你可別為了我們亂來喔。」
看來，我打算請霍茲納斯樞機卿使用祈願魔法解開亞里沙和露露身上詛咒的意圖被她看穿了。
不過雖然亞里沙那樣說，我依然打算去探聽他有沒有什麼願望。
首先就從打好關係開始吧？
「——啊。認知妨礙的道具該不會是那個吧？主人，你快看勞倫斯手腕上的道具。土黃色的那個。」
在亞里沙的催促下，我再次朝勞倫斯——不對，霍茲納斯樞機卿的方向看去。
雖然隱藏在長袖底下難以看清，但只要知道位置，AR就會顯示出情報。它的名稱叫做

「盜神裝具」，似乎是「能夠偽裝狀態列的神代祕寶（贗品）」。

製作者名稱一片空白。大概是能跟我一樣把名字消除，或是作者本來就沒有名字，抑或是存在能消除道具製作者的手段吧。

我告訴亞里沙從AR顯示上獲悉的內容。

「贗品啊～就算這樣，能瞞過我的神授技能『能力鑒定』還真厲害。要是沒有主人那作弊的鑑定能力可就無法識破了呢。」

「作弊」一詞是多餘的。

之後跟國王和宰相見面時，順便把霍茲納斯樞機卿的認知妨礙道具跟真正等級這些事告訴他們吧。

我雖然想跟樞機卿打好關係，但一碼歸一碼，麻煩事的火種就該儘早撲滅。

話說回來，既然贗品就有這種效果，真貨該不會連我的AR顯示都能騙過吧？

「——你這個低賤的亞人！竟敢打斷出身名門馬庫雷家長子福林吉大人說話！簡直罪該萬死！」

此時大廳深處傳來了尖銳的謾罵聲。

我走近一看，發現是幾名上級貴族的子弟圍成人牆，正在單方面質問袒護懦弱長袍冒險者的鼠人冒險者。

「發生什麼事了？」

「因為伽里茨看不慣那些貴族大人強行勸誘林德魯，於是便插嘴幫忙解圍，卻似乎因此觸怒了貴族大人……」

一名冒險者青年用參雜許多專有名詞的話，向我大略地解釋了事情的經過。

那個叫林德魯的是長袍冒險者，而伽里茲應該就是鼠人冒險者吧。

「不去幫忙嗎？」

「笨蛋，對方可是上級貴族，而且還是軍務大臣身邊的名門望族。」

聽到亞里沙的提問，貴族出身的冒險者如此回答。

「那麼，就由我這個局外人來——」

我可不想讓這些不識趣的傢伙把夥伴們的慶功宴搞得一塌糊塗。

當我準備展開行動的瞬間，貴族出身的冒險者抓住我的肩膀制止了我。

「慢著！那些名門貴族根本不會區分冒險者。假如你不小心惹他們不高興，那些貴族或許會對授爵的事挑毛病導致取消也說不定。這時候忍氣吞聲才是上策。」

似乎是因為非人種族取得爵位的機會非常稀少，因此他們也無法隨便出手。

既然不能直接動手，那就間接——

「啊，那個勞倫斯他！」

聽見亞里沙的呢喃，我中斷思考看了過去，正好見到霍茲納斯樞機卿介入其中。

「住手吧。單方面辱罵他人的你並不美麗。」

「神官，你竟敢愚弄我！指導低賤之人乃是吾等正統貴族的義務！你給我滾回去等著主持葬禮！」

面對霍茲納斯樞機卿挑釁般的話語，罵人的貴族反射性地嗆了回去。

他似乎沒發現對方是巴里恩神國的大人物。

「貴賤是誰決定的？這個世界除了龍族和魔族以外的生物，都是誕生自七柱神的神之子，其中並無貴賤之分。」

亞里沙在我身旁小聲地說著「勞倫斯說得真好啊。沒錯，人類四海皆兄弟」，同時不斷地點起頭來。

「你得寸進尺了是吧——」

「福林吉大人，不可以。」

謾罵貴族的隨從似乎認識霍茲納斯樞機卿而拚命地加以制止，但他卻甩開隨從的手罵得更狠。

「你是想說吾等世界上最偉大的希嘉王國貴族，和這種低賤的老鼠同等嗎！不過是個用來代替醫藥箱，除了守墓之外一無是處的神官──」

話說到一半，巨大的拳頭突然從謾罵貴族的頭上揮了下來。

他隨即發出宛如搞笑漫畫角色的一聲「嗚嘎」慘叫，向前倒了下去。

根據AR顯示，那名動手的彪形大漢似乎是擔任軍務副大臣，名叫波龐伯爵的人物。

「霍茲納斯樞機卿，請您原諒吾部下那些不堪入耳的難聽話。」

渾身肌肉隆起，彷彿會把禮服撐破的波龐伯爵儀態端正地向霍茲納斯樞機卿低頭致歉。

「您搞錯道歉的對象了，首先該向那幾位道歉才對。」

「那幾位？」

中途參與紛爭的波龐伯爵似乎並不了解詳情，對霍茲納斯樞機卿的話歪頭表示不解。

「閣下指的是那幾位獸人──鼠人族的他和旁邊的魔術師。」

此時知道詳情的下級貴族青年，向波龐伯爵解釋了事情的來龍去脈。

「原來如此。諸位冒險者，請容吾為不檢點的部下向你們道歉。」

見到波龐伯爵低頭致歉的模樣，兩位當事人顯得不知所措，坐立難安地接受他的道歉。

然而，軍閥貴族間對他那行動感到不滿與不快的聲音此起彼落。應該是對身為上級貴族同時兼任軍務副大臣的波龐伯爵向並非貴族──而且是他們所瞧不起的冒險者和人族以外的種族──低頭這件事感到不高興吧。

「閣下，您竟然毆打身為正統貴族的我，還對低賤的獸人和區區的冒險者低頭！您究竟將身為王國貴族的格調當成什麼了！」

謾罵貴族在同伴的攙扶下站起身來，向波龐伯爵質問道。

「你們這些蠢貨！難道忘了王祖大和大人說過的話嗎！『種族不分貴賤』，給我閉門思過，仔細琢磨這句話的涵義！」

謾罵貴族一行人在波龐伯爵的斥責下渾身發抖，隨後被趕過來的警衛兵帶離了現場。

「看來只要還有您這般人物在，勇者王大和大人的教誨就將永世流傳呢。」

「哪裡，吾正為自己管教部下不周而羞愧不已。」

霍茲納斯樞機卿和氣地跟波龐伯爵聊了起來。

看來這場小糾紛似乎也告一段落了。

「佐藤大人！」

此時留著一頭動畫角色般桃色頭髮的美少女——正在王立學院留學的盧莫克王國公主梅妮亞，帶著好幾名漂亮的貴族千金朝我走來。在她身後的好像是歐尤果克公爵領的貴族千金，有幾個人曾在茶會上見過面。

「您已經跟卡麗娜姊姊跳過舞了嗎？如果已經跳過了，接下來請務必與我共舞一曲。」

「梅妮亞殿下之後換我。」

「不，下一個是我。」

貴族千金們尖叫著朝我聚集過來。她們都是些年近國高中的年輕女孩，令我稍微感到有些遺憾。

「給我等一下——！」

「嗯，先約好了。」

亞里沙和蜜雅這對鐵壁組合衝了過來。

這麼說來，明明約好要跟夥伴們跳舞，我卻尚未履行約定。

「不好意思，梅妮亞大人。雖然很抱歉——」

「真是沒辦法，我排在各位之後就行了。」

由於梅妮亞公主善解人意地乾脆讓步的緣故，其他千金們也不堅持己見地答應了亞里沙她們的主張。

「話說回來梅妮亞殿下，那些孩子沒跟您在一起嗎？」

在前往大廳的舞蹈區域時，亞里沙向梅妮亞公主問道。

她含糊其辭提及的那些孩子，指的是被盧莫克王國所召喚，受到梅妮亞公主保護的日本人小孩。

「是啊。小葵在平民區的私塾讀書，小唯則是在果庫茲商會效力。」

小葵因為深受私塾老師喜愛而進了私塾，而小唯則是經由戀人介紹得以在雇主家工作的樣子。

我們在閒聊中抵達舞蹈區域，於是我按照約定依序和夥伴們跳起舞來。

雖然跟亞里沙與蜜雅跳的舞很普通——

但小玉那「轉圈圈～轉圈圈圈圈～」興高采烈地轉個不停的舞姿，以及波奇那複雜奇特的「跳舞妖精波奇的舞蹈是Let's music喲」的立體舞蹈，被當成雜耍引起眾人哄堂大笑。

不過也多虧如此，那些畏縮不前的冒險者們才能進來共舞，感覺挺不錯的。

「莉薩小姐，妳的笑容很僵硬喔！」

「放鬆是很重要的，我這麼告知道。」

就連不擅長跳舞的莉薩，也跳出了一支激烈且充滿魄力的舞蹈。

我先跟害羞不已的露露以及儘管無表情其實很開心的娜娜跳舞。之後，我與被波奇及小玉帶來的卡麗娜小姐也跳了一支舞，緊接著又與梅妮亞公主一行人跳起舞來。

即使具備高等級的耐力值也依然相當累人啊。

「那邊的先生。」

正當我打算用侍女給的葡萄汁潤喉時，一名意外的人物向我搭話。
雖然她臉上蒙著面紗，但這個國家戴眼鏡的人屈指可數。她正是我們從王櫻踏上歸途時遇見的希斯蒂娜公主。
「您知道西門子爵在哪裡嗎？」
根據地圖情報，西門子爵似乎位在會場深處的商談空間。
我以「剛剛見到過」的方式告訴她。雖然對於身為公主的她，找在公都經營卷軸工房的西門子爵究竟有什麼事感到有點在意，但基於好奇心這麼問感覺會自找麻煩，所以我沒有多嘴詢問。
「是嗎，謝謝你。」
簡短地道過謝後，公主便帶著兩名護衛侍女往商談空間的方向走去。
「佐藤。」
「主人，料理在等著我們，我這麼告知道。」
在蜜雅和娜娜的邀請下，我朝著會場的料理區域走過去。
這個我打算悠閒填飽肚子的地方，其實是冒險者們展開激鬥的戰場。
雖然料理很美味，但我還是希望用餐時能悠閒一點。

幕間

「——你說什麼？」

燈光微弱的陰暗房間裡，響起了男子語帶不悅的聲音。

——ＫＷＹＷＥＥ。

身上長有蝙蝠翅膀、停在男子肩上的異形小人發出了刺耳的鳴叫聲。那是被稱作小惡魔的魔族。

「從輕跟阻人縮一次。」

獸人隨從用難以理解的語氣命令膽怯的報告者。

「好、好的。吾等位於王都地下的基地遭到了破壞。」

聽見報告者說的話，被稱為主人的男子不高興地皺起眉頭。

「是王國騎士團嗎？」

「不、不是。根據部下的調查，是魔術系攻擊所導致。」

男子聞言咂嘴一聲，報告者連忙補充道。

據說原本用來奪取王都魔力的基地，因為不明人士運用地脈發起的攻擊而遭到破壞，甚至無法從殘骸查明對方使用了何種魔法。

「根據部下的說法，那可能並非遭到了魔法攻擊，而是受到龐大魔力突然流入地脈產生的餘波，才會導致基地的魔法裝置遭到破壞……」

「你說龐大的魔力？」

「揪竟大到什麼陳度！」

獸人隨從為主人說的話做補充。

「是、是的，根據推測，只有持有的魔力遠遠超越上級魔族和魔王的人，才有辦法做到那種事……」

「怎摸可能有那總超乎藏理的人醇在！」

「應該是使用王之力的希嘉王國國王，又或者——」

在對激動的隨從感到畏懼的同時，報告者說出自己的猜測。

「是希嘉王國的勇者幹的好事嗎？」

此時被稱為主人的男子打斷了他的話。

如果是在公都的地下迷宮打倒「黃金豬王」，就連出現在大沙漠的「狗頭古王」也能殲滅的那位實力超乎尋常的勇者，應該就辦得到吧。

「沒想到作為擾亂後勤要點的基地會被破壞……看來他們已經發現吾等的計畫了。」

他腦中閃過的，是這半年來在希嘉王國建造的所有據點不斷被人發現的事實。

雖然本次作戰是做好了以此為前提的萬全對策才展開的，但開頭就受到挫折，對他而言也相當出乎意料。

「請您奉心，阻人。我還準備了集他重計花喪轉移游者注意力的計某。」

隨從向一臉懊惱的主人小聲地說。

他的手上拿著像是笛子的魔法道具，以及裝有蟋蟀的蟲籠。

那原本是要等事件發生後才使用的小道具樣本。

「雖然時候尚早，但也沒辦法……」

主人小聲地允許作戰提前展開。

雖然從計畫的第一步來看不確定因素過多，但他們已經沒有其他方案可行了。

「我很看好你們喔。」

「不深港激。」

聽主人這麼說，隨從跪地行禮。

「一切都是為了用『自由之光』來引導愚昧無知的人民。」

那名主人的話語在黑暗中不斷迴蕩。

和平的王都

「我是佐藤。雖然小時候過生日時，家人與朋友總會為我舉辦生日派對來慶祝，但自從出社會之後，好像只有互相請客去居酒屋或吃午餐，不再盛大地慶祝了。」

「那麼，今天要去哪裡玩呢？」

我在王都宅邸的客廳看著記有觀光名勝的地圖。

因為夥伴們提議的地點都已經貼上了標籤，所以我打算制定一個包含那些地點在內的旅遊計畫。

「鏘鏘——！」

亞里沙用嘴巴發出音效，同時擺出奇怪的姿勢登場。

或許是將娜娜的姊妹們帶去精靈村落時製作的吧，她身穿精靈風格的春季連衣裙，腳上則穿著看似絲襪的貼身衣物——

「難不成，那是真正的絲襪？」

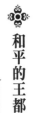

「Exactly！」

幹嘛說英文啊？

「來吧、來吧，陶醉在小亞里沙誘人的大腿曲線中吧～」

她在我對面的沙發用力坐下，接著朝我伸出緊包在絲襪中的腿。

雖然要抬起腳用挑逗般的視線看我是無所謂，但那稚嫩的外表讓她與其說是性感，看起來像是在伸懶腰的印象更加強烈，令人不禁露出微笑。

「那麼，容我稍微失禮了。」

畢竟有了本人的允許，於是我輕輕地捏了一下絲襪確認觸感。

觸感相當不錯，纖度大概有二十五丹尼爾吧？

「慢著，等一下，你這麼大膽的——啊啊，不可以～～」

我放開亞里沙那因為緊張，為了掩飾害羞而開始掙扎的腳。

「雖然似乎不是尼龍，但總覺得觸感一模一樣呢。」

「嘿嘿嘿～因為我回想起還有用蜘蛛絲來紡絲的技術嘛。這是我帶了許多從迷宮得到的蜘蛛絲請人製作的喔。」

過去因為娜娜姊妹們的修行前往波爾艾南之森時，她前往裁縫工房的理由似乎就是為了製作絲襪。

「雖然需要用到鍊金術和水魔法，但能取得蜘蛛絲的蜘蛛是在不受歡迎的第四地區毒蟲區域出沒，即使我們不出馬應該也能穩定供應貨源。」

我向亞里沙打聽蜘蛛的種類並試著檢索地圖，才發現目標的分布區域十分廣泛。蜘蛛等級只有五級到十三級，對有好好準備蜘蛛毒對策的中等冒險者來說應該能夠輕鬆狩獵才是。

「感覺挺不錯的。」

「所以我有件事想拜託主人！希望你將加工所需的精靈鍊金術和水魔法，改編成人族也能使用。」

「喔，當然可以。」

如果有一天能見到路上的各位大姊姊們穿上絲襪展現美妙的大腿曲線，就算稍微辛苦點也無所謂。

「佐藤。」

「鏘鏘喲！」

「鏘啷啷～？」

蜜雅、波奇和小玉也穿著白色絲襪走了過來。

看來試穿絲襪的人並非只有亞里沙。

「這個叫絲襪的東西觸感十分獨特呢。」

穿著紅色絲襪的莉薩顯得魅力十足。

仔細一看會發現上面好像還用紅色絲線到處繡著看似玫瑰花的圖案。

「膚色絲襪和打赤腳沒差別，我這麼告知道。」

「總感覺雙腳比平時繃得更緊，看起來變細了呢。」

娜娜穿著膚色絲襪，而露露和亞里沙一樣穿著黑色絲襪。

「大家都非常可愛喔。」

夥伴們都因為受到稱讚而顯得很害羞或是高興，唯獨娜娜一臉不解地偏著頭。

「娜娜，怎麼了？」

「主人，絲襪的根部感覺怪怪的，我這麼告知道。」

娜娜突然掀起裙子，手指著包裹在絲襪下方的內褲一帶。

「等、等一下，娜娜！快點遮起來！不可以給人看！」

「露出的不是內褲而是絲襪，我這麼抗議道。」

「內褲也走光了所以一樣啦！」

羞恥心薄弱的娜娜遭到了露露的斥責。

「佐藤。」

「真是的，你想看到什麼時候啊！」

蜜雅和亞里沙的鐵壁組合為了不讓我看見娜娜而抱住我的臉。

雖然我沒在看娜娜的內褲，但這麼說很像是在找藉口，因此我一言不發地等待事情告一段落。

「如何？這下明白絲襪的魅力了吧？」

「嗯，理解了。」

「那麼，現在要開始上課了！畢竟絲襪的魅力可不止這一點！」

亞里沙開始指導大家擺出讓絲襪顯得亮眼的撩人姿勢。

我一邊看著熱鬧的夥伴們，一邊挑選今天要在王都觀光的地點度過這段時光。

◆

「Beautiful～」

小玉目不轉睛地仰望著裝飾在庭院的巨象雕像，雙眼閃閃發光地發出喜悅的喊聲。

這裡是在博物館認識的雕刻家宅邸。

我們在傭人的帶領下，走在一條被樹籬遮擋的狹窄道路上。

「Amazing～？」

「Excellent喲！」

這回看見的是公鹿雕像。

每座雕像都給人一股隨時會動起來的躍動感。

雖然波奇只是受到小玉影響，但從那猛烈搖晃的尾巴來看，她的確相當興奮。

「真是特殊的表現手法呢。光用鑿子應該無法刻成這樣，果然也使用了土魔法嗎？」

「或許吧。」

明明是石製雕像，卻有許多宛如黏土工藝般的光滑曲線。雖然我認為一般的雕刻方式應該也能雕得出來，但它們肯定使用了土魔法或同系統的魔法道具。

「風。」

當蜜雅小聲講出這句話的時候，我產生了一股穿過輕薄風膜的感覺，接著就聽見了用鑿子削切石頭的聲音。

「主人，有很多人正在和石頭戰鬥，我這麼告知道。」

「似乎是一群雕刻家。」

繼續走一陣子後，我們看到一群正在雕刻的人。

「真有節奏感。」

「是啊，蜜雅。」

我一邊聆聽夥伴們的對話，一邊往帶路傭人稱之為「老爺」的人物看過去。

「嗨，你們來啦。」

一名身穿工作圍裙的紳士摘下用來代替護目鏡的頭盔，露出和藹的笑容看著我們。

打過招呼後，由於對方邀請我們利用多餘的材料體驗雕刻，於是便恭敬不如從命。

「主人，發現了邪教的雕像，我這麼報告道。」

娜娜指向放在廢料堆積場附近的醜陋雕像說。

「啊啊，那是某個名門貴族公子做的失敗作啦。也可以拿來當素材喔。」

一旁打算來廢料堆積場丟棄碎石和沙子的工匠爽快地跟我們解釋。

「真是詭異的形狀……原本是想雕刻成什麼啊？」

「誰知道，聽說是進行儀式的邪神像喔。」

「「邪神像！」」

面對這不尋常的發言，我和亞里沙異口同聲地朝工匠看了過去。

「不是、不是，這只是件異想天開的創作啦。雖然那位公子說要用在『自由之風』的儀式上，但他們不過是一群喜歡怪東西的閒人而已。」

為了解開誤會，另一名語氣穩重的工匠代替講出邪神像的工匠向我們進行說明。

這麼說來，冒險者公會的會長好像也說過「自由之風」是個隨興的團體。

因為這個名稱與信奉魔王的團體「自由之翼」和「自由之光」很相似，令我不由自主地提高警戒。

「畢竟那位公子是個光有人在眼前殺魚就會眼前一黑昏倒，內心纖細的人嘛。」

「當有蟲停在雕像上時，他也會為了不殺生而拚命吹氣想把它吹走呢。」

看來因為會高價收購風格詭異的繪畫和雕像，他作為顧客和贊助者都很受歡迎。

「所以說，不必擔心也沒事啦。」

工匠就這樣結束了邪神像的話題，我們也在接受簡單的教學後開始體驗雕刻。

「刻得挺寫實的呢。你至今已經雕刻幾年了啊？」

「不，今天是我第一次雕。」

由於剛剛獲得了「雕刻」技能，我試著將多餘的技能點數分配上去。

「哈哈哈，那還真是厲害呀。」

他似乎覺得我是在開玩笑。

「不過，有點寫實過頭的傾向。不妨試著跟這些小姑娘一樣，自由地發揮玩心吧。這麼一來應該能做出更加美妙的作品。」

紳士指著波奇和娜娜雕塑的「漫畫肉」和「立體主義小雞」這麼指導我。

另外，露露似乎打算製作人物的半身像，她請莉薩用魔刃切開石頭之後，就一直表情認真地雕塑著鎖骨的曲線。

至於亞里沙則是——

『亞里沙，妳如果做出不檢點的雕像，我會沒收喔。』

「討、討厭啦，小亞里沙怎麼可能會做那種東基嘛？」

當我想起在陶藝教室發生的事，使用空間魔法「遠話」提醒亞里沙時，明顯產生動搖的她直接出聲找起藉口。

或許是時間點剛好在她準備揮下槌子的緣故，手上的槌子猛然朝著石像的頸部揮落，直接將石像頭給敲了下來。力氣不足的亞里沙大概同時使用了空間魔法來進行雕刻吧。

「小姐妳力氣還真大，要輕一點敲才行啊。」

「嘿嘿嘿，稍微失誤了。」

亞里沙難為情地朝在附近作業的雕刻家徒弟回了一記笑容，再次雕刻起比剛剛小上一圈的雕像。

希望她這次做的雕像會正常一點。

「唔嗯，雖然雕得很粗糙，但狂野的風格挺不錯的。」

「您過獎了。」

紳士誇獎莉薩打造的凶惡巨蛙雕像。

不知為何，我覺得這跟獸人女孩們初次靠自己的力量打倒的魔物有些相似。

「哦——」

最後來到小玉雕刻處的紳士發出了讚嘆。

「棒極了！這孩子的感性和才能簡直堪稱天才啊！」

小玉雕刻的小鹿雕像確實能夠打動人心。

「似乎很好吃喲。」

「確實能夠引起食慾呢。」

「沒錯，感覺很值得料理。」

——正是如此。

如同波奇、莉薩和露露說得一樣，小玉雕出的小鹿雕像具備讓人食慾大增的奇妙魅力。

「潘德拉岡卿，這孩子的才能應該好好培養才是。若是身為主人的你或這孩子自己願意，隨時都能來這裡修行。」

紳士似乎看上了小玉的才能。

「妳覺得怎麼樣，小玉？要試著學習雕刻嗎？」

「要。」

小玉點點頭。

雖然還有繪畫和忍者的修行得做，但我認為趁著年紀還小，讓她學習各種感興趣的事物比較好。

於是我們直到下午都享受著雕刻體驗，隨後我和露露製作料理來招待紳士與雕刻家們。

◆

「哦～還真是個充滿異國風情的店面呢。」

離開雕刻家宅邸之後，我們造訪了離工匠街不遠的某間商會。

這裡是我預定購買卷軸的鼬人族商人霍米姆多利先生所經營的沙北商會王都分店。

除了亞里沙和蜜雅兩人以外，其他成員都前去與這間商會位於同一條商業街上的其他商會——也就是曾經關照過娜娜姊妹們的砂糖航路貿易商人的店，同時我也讓露露用護衛的名義前去購物。

雖然莉薩主張要同行擔任我的護衛，但我讓露露她們分頭行動的主因就是莉薩，因此我回絕了她。畢竟毀滅了莉薩故鄉的似乎就是鼬人族，她應該也很討厭見到鼬人的臉才對。

「有點可怕。」

「是啊，畢竟用了不少東洋風的雕刻跟裝飾，色調也很獨特。」

我摸了摸抱著雙肩發抖的蜜雅的頭，帶著兩人進入商行。

「年輕的先生，請問您今天來此有何貴幹呢？」

人族的店員很快地跑了過來。

或許是因為我們並未搭乘馬車，店員採用了對待平民的接待方式。

「請問霍米姆多利先生在嗎？我預約今天來購買卷軸——」

告知來意的同時，我出示了貴族證。

「真是失禮了，士爵大人。請到這邊的接待室稍候片刻，我立刻去通知會長。」

看到貴族證的店員顯得十分訝異，立刻改用招待貴族的方式引領我們前往會客室。

留下負責招待的人族女性店員後，他便前去知會霍米姆多利先生。

雖然這間商會半數以上都是和霍米姆多利先生一樣的鼬人族，但接待似乎大多仍交由人族負責。

我們享用女性店員端上的香甜柑橘果汁等了一陣子，隨後門口傳來輕輕的敲門聲。

允許對方進入之後，商會的主人霍米姆多利先生便與隨從一同走了進來。

「嘻嘻嘻，歡迎光臨，潘德拉岡士爵大人。」

霍米姆多利先生在下座就座，接著從隨從拿著的華麗箱子中拿出幾張卷軸放在桌上，每張似乎都是出自迷宮的卷軸。

「這些卷軸莫名地詭異呢。」

「姆。」

正如亞里沙所言，有兩張看似很棘手的卷軸。兩邊都記載著死靈魔法，是能夠召喚骷髏和殭屍當隨從的「不死隨從召喚」，以及召喚下級非實體不死族的「惡靈召喚」。

每一樣都是在希嘉王國無法公然交易的卷軸。

霍米姆多利先生透過迷宮都市的冒險者公會將「櫻吹雪」之類的卷軸賣給我時，刻意轉達想另外見面交易的理由我總算明白了。

話雖如此，我依然對購買這兩張卷軸感到有些猶豫。雖然死靈魔法的卷軸並不違法，但畢竟還是個會被人懷疑良知的物品。

剩下的卷軸是出自繁茂迷宮的土魔法「農地耕耘」、複合魔法「製作住宅」、召喚魔法「蝙蝠召喚」、出自夢幻迷宮的術理魔法「迴轉齒輪」，以及出自吸血迷宮的「骨頭加工」等五種。最後的「骨頭加工」由於外觀很普通所以沒發現，但它和最初的兩個同樣也是屬於死靈魔法的卷軸。

之前在迷宮都市當作禮物送給潔娜小姐的骨製耳環，就是運用「骨頭加工」的魔法將獨角獸的角加工製成的。

由於它在各方面都能派上用場所以讓我非常想要，即使稍微被人懷疑良知也無所謂。

聽完隨從的卷軸說明後，我們便具體地開始協商。

「都是些很有意思的卷軸呢。請問要開價多少您才肯轉讓給我呢？」

「嘻嘻嘻，定價就交由首屈一指的卷軸收藏家潘德拉岡士爵大人來決定吧。」

明明打算交由對方開價，對方卻將問題推了回來。

一般而言，下級魔法約價值一枚金幣，中級魔法則約價值三枚金幣；不過之前從他那裡收購「櫻吹雪」時，我開出了接近行情上限的金額，現在也應該把價格再稍微拉高點才行。

「那麼，您覺得七張卷軸共一百八十枚金幣怎麼樣？」

「佐藤。」

當我開出價格之後，蜜雅朝那兩張詭異的卷軸看了一眼，手指擺出交叉的手勢說。

「主人，蜜雅說得對，這種可能會被其他貴族當成把柄的卷軸還是不要買比較好。」

「說得也是。」

就像前陣子被捲進比斯塔爾公爵府的事件時，骷髏被敵人當成斥候使用；如果我購買骷髏召喚卷軸一事在社交界傳開，感覺各方面都會很麻煩。

「那麼，除了那兩張之外的五張卷軸——您覺得一百二十枚金幣怎麼樣？」

「我怎麼可能對士爵大人的判斷提出異議，就以那個價格轉讓給您吧。」

商談輕易地談妥了。

「士爵大人，本商會還有其他鼬帝國的珍品。倘若您方便的話，要不要參觀看看？」

難得對方提出邀請，於是我便恭敬不如從命了。

當然，這是事先確認過亞里沙和蜜雅的意願後才決定的。

於是我們在霍米姆多利先生的帶領下，朝著深處的倉庫走去。

「唉呀，失禮了。」

「沒關係——」

途中我差點跟走出房間的人相撞在一起。

對方是個有著濃厚黑眼圈的奇怪人物。

——什麼！

我無意間確認了ＡＲ顯示，結果發現那個人的身分是「自由之光」——不對。我看走眼了，他並不屬於信奉魔王的集團「自由之光」，而是隨興超自然團體「自由之風」的人。

「請問怎麼了嗎？」

「沒什麼，只是覺得他長得有點像我認識的人——」

路上閒聊時我順便打聽了一下，得知剛才那位男性好像是來採購獨特商品的上級貴族家子弟。

據說他非常喜歡做些可疑的行為，尤其喜歡從後門出入。

「這個櫃子擺放的是地吉麥島的工藝品，而那邊則是從地吉麥島的夢幻迷宮中帶回來的商品。」

霍米姆多利先生向我介紹起擺放在倉庫的商品。

上面塞著大量帶有如同繩文陶器般花紋的壺跟奇特的工藝品，雖然不清楚東西好壞，但滿溢而出的異國風情讓人看了就覺得賞心悅目。

另一方面，那些取自迷宮的道具，大多都是外表類似齒輪和螺絲的東西，看起來就像是垃圾堆。

「姆。」

此時一臉無趣盯著櫃子看的蜜雅突然發出了不開心的低吟聲。

於是我也凝視起她眼前那如同煤炭碎片般的物品，接著AR顯示便彈了出來。

「這個是——」

看著顯示在眼前的情報，我不禁喃喃自語了起來。

「那是一種被稱為咒石，下級咒術師常用的咒具。」

聽見我的喃喃自語後，霍米姆多利先生說出與顯示內容相同的情報。

所謂的咒術師，似乎是一種專門操縱「詛咒」的死靈魔術師，主要出沒在沙珈帝國以及大陸西部。

「你說咒具嗎？」

「是的。不過像那顆咒石之類的劣質品，頂多只能做到讓詛咒對象的鼻子發癢之類的惡作劇吧。」

所以不去在意也沒關係，霍米姆多利先生面帶笑容地說。他那宛如肉食動物般的笑法令人覺得有點恐怖。

由於這顆咒石據說是出自沙珈帝國的吸血迷宮，能賣給像剛才遇見的那位「自由之風」的男性之類的客人。

畢竟那不是會造成損害的東西，放著不管似乎也無妨。

因為在那之後依舊沒找到什麼有趣的商品，亞里沙和蜜雅看起來也很無聊，於是當我邊逛邊盤算該如何道別的時候，霍米姆多利先生或許也察覺到了這件事，便提議要帶我們去看看**珍藏品**。

「這是魔巨人嗎？」

霍米姆多利先生帶我們來到的倉庫裡並排著幾尊魔巨人，除了加裝在頭部到肩膀位置的箱子以外，其餘跟普通的三公尺魔巨人並無區別。

「沒錯，就是魔巨人。不過它和『普通』的魔巨人有些不同。」

霍米姆多利先生打了個信號，一名身穿工作服的鼬人踩上放在魔巨人身旁的鋼架，跳進了魔巨人的頭部。

鼬人在魔巨人的頭上嘎吱作響地動起手來，魔巨人也同時有了動作。

「難不成，他是在操縱魔巨人？」

「是的，您說得沒錯。」

面對亞里沙的提問，霍米姆多利先生瞇細雙眼點點頭。

這麼說來，宰相好像說過鼬帝國透過載人型魔巨人部隊，以及能讓魔物強制服從的「螺絲」組成的從魔軍團，在大陸東方建立起帝國。

這個魔巨人並未加裝實質上的裝甲和固定武裝，因此應該不是鼬帝國的軍用魔巨人，而是挪用同類的基礎設計，用來當作重型機具的類型吧。

「士爵大人要不要也試著操縱看看？」

「好啊，請務必讓我試試。」

「我也要！我也想試試看。」

「姆？」

因為蜜雅看起來不感興趣，於是我和亞里沙一同登上鋼架階梯走進魔巨人的駕駛座中，而蜜雅則是請女性店員帶去欣賞從地吉麥島帶回來的繪卷。

「總覺得像是柯南到了未來會出現的機器人呢。」

由於亞里沙提到了早期名作動畫的哏，於是我便回了一句「的確是」。

「座位上到處都是操縱桿，感覺就像起重機一類工程機械的駕駛座。」

「腳底下跟左右兩邊各伸出兩支操縱桿以及兩塊腳踏板嗎——這是用來控制手腳伸展和調整輸出的吧？」

「嘻嘻嘻，大致上正確。『很厲害喔』，孩子。」

來到鋼架上的鼬人毫不吝嗇地用生澀的話語稱讚起亞里沙。

唯獨「很厲害喔」幾個字用的是沙珈帝國語。看來比起希嘉王國語，他大概更擅長說沙珈帝國語吧。

擔任維修員的他教我們簡單的操作方法。

這個巨人像採用了只要踩住腳踏板就會前進、拉起就會後退、鬆開就會停止的機制，同時為了安全起見，控制腳部的操縱桿步行時似乎會失去作用。

為了確保安全，首先由我來嘗試駕駛。

「哦哦，真厲害！」

雖然反應有點延遲，但操作方式非常簡單，我馬上就習慣了。

於是我透過搬運木箱跟簡單的動作享受了一番。

「——主人！我說主人！」

由於感覺到亞里沙在呼喚我，我便停下動作往她看了過去。

「真是的！你打算一個人玩到什麼時候啦！」

「抱歉、抱歉。」

我確認起主選單的時鐘，才發現自己已經享受駕駛超過十分鐘。

操縱機器人比想像中更加有趣，我不小心就著迷了。

雖然精靈村落也有能夠搭乘的多腳載人型魔巨人，但那是通過口頭命令來行動的，不像這尊魔巨人一樣能有親自操縱的感覺。

我操縱魔巨人回到鋼架處跟亞里沙交換，一邊守望著亞里沙坐進駕駛座，同時讓全身徜徉在拂過鋼架上的清風之中。

『●●』

∨獲得技能「鼬人族語」。

因為聽見敞開的倉庫大門附近傳來的說話聲，似乎使我獲得了新技能。機會難得，我便分配技能點數使其產生作用。

『——襲擊——奪取——是**皇弟殿下**的心願。』

由於聽見了不祥的詞彙，我集中精神使用順風耳技能。

說話的似乎是個身穿長袍的鼬人族魔法使。根據AR顯示他的等級是三十一級，還能夠使用「召喚魔法」、「術理魔法」和「闇黑魔法」等三種魔法。

他說話的對象，似乎是帶領我們參觀這裡的霍米姆多利先生。

『連神名之下的巴里恩神國也——』

『夠了，西卜洛赫伊。我等臣民怎能擅自揣測**皇弟殿下**的意圖，即使表現不敬也該有個限度。』

霍米姆多利先生中途打斷了魔法使的話。

魔法使原本還想說些什麼，但在察覺我的視線之後立刻用兜帽遮住臉，隨即離開了現場。看來鼬人族的國家也有各種內幕。

雖然我不打算親自參與其中火中取栗，但也不希望麻煩事發生時陷入被動，於是便在剛剛的魔法使身上做了記號。

「嘻嘻嘻，真抱歉沒有好好招待您。」

「沒事，請別在意。剛才那位是商會的人嗎？」

由於霍米姆多利先生走了回來，於是我向他打聽了一下剛剛那位魔法使的事。

畢竟我看著他們的事已經曝光，什麼都不問反而顯得更奇怪。

「是的。他怎麼了嗎？」

「沒事，因為我第一次見到鼬人族的魔法使。」

「原來如此、原來如此，畢竟獸人族都很輕視魔法嘛。」

原則上獸人族與鱗族的身體能力都遠遠勝過人族，獸人女孩們也是如此。

因此似乎有不少人認為在對方詠唱魔法時接近，用物理手段解決比較快。

「比起這個，您覺得載人型魔巨人如何？」

「嗯，非常出色。那種魔巨人在鼬帝國很普遍嗎？」

這種操縱機器人的感覺棒極了。

下次也試著親手做一臺吧。

「那是距今幾十年前，當今陛下即位前所開發出來的。因為是簡易作業用的魔巨人所以體積較小，軍用魔巨人的大小約是它的兩到三倍。」

果然如同我所料，那並不是軍用魔巨人。鼬帝國的軍用魔巨人大小似乎與希嘉王國的差不多。

畢竟不能把軍用魔巨人帶到國外啊，霍米姆多利先生接著補充道。

「士爵大人要不要也訂購幾臺？最快一到兩年後就能交貨喔。」

據說已經有出手闊綽的名門貴族訂購了十臺左右。

明明價格昂貴到連魔劍都不算什麼的地步了，真虧他買得下去。

在亞里沙愉快地駕駛魔巨人的另一端，擺放著數臺魔巨人車。在之前的園遊會上曾聽說作為魔巨人核心零件的魔操肢核出自地吉麥島的迷宮，因此這類魔巨人製品或許就是鼬帝國的主要商品也說不定。

「主人！有沒有看到我帥氣的模樣？」

「嗯，非常帥氣喔。」

正當我們聊著這些內容時，亞里沙結束試駕回到了這裡，於是我們與前去觀賞繪卷的蜜雅會合後，便告別了霍米姆多利先生的商會。

「主人！有好多甜點喲。」

「乾燥水果也很美味～？」

「乾貨的味道也很棒。」

當我們來到砂糖航路貿易商人的店與大家會合時，獸人女孩們已經成了甜點和乾貨的俘虜了。

「主人，這些吊飾嬌小又柔軟，十分可愛，我這麼告知道。」

「也找得到上白糖和冰糖，似乎還有賣桶裝和瓶裝的蘭姆酒。」

娜娜和露露分別向我報告了吊飾和食材的事。

「那就趁這個機會買齊各種東西吧。亞里沙和蜜雅也去看看有沒有什麼想要的。」

「嗯，期待。」

「雖然書也不錯，但也想看一下布和染料呢。」

亞里沙和蜜雅興高采烈地往商品展示櫃走去。

為了能讓這間商會獲得超過之前娜娜姊妹們造成損失的利益，我原本就預計大量購入這裡的商品，因此一口氣買了許多大家感興趣的異國商品。

充分享受購物之後，接下來我們前往越後屋商會。

◆

「那麼，我稍微去聊點公事，大家就去買東西吧。」

我在生意興隆的越後屋商會一樓階梯前給了夥伴們零用錢，並與她們分道揚鑣。

只有負責企畫的亞里沙與負責料理的露露兩人與我同行。

「士爵大人，歡迎您大駕光臨。」

在樓梯上迎接我們的銀髮美女是身為庫羅奴隸，同時也是統籌越後屋商會會計事務的掌櫃祕書蒂法麗莎。她那聰慧的美貌今天也十分出眾。

雖然我認為差不多也該讓她脫離奴隸身分了，但她是個奴隸罪犯，因此無法用一般的方式解放，必須得到國王的赦免。

下次跟國王見面時，試著交涉看看是否能夠予以赦免吧。

「我已經整理好妳們之前委託的靈感募集要點，同時露露也準備了珍藏的料理食譜，請各位敬請期待。」

「露露的新食譜嗎！那還真令人期待呢！」

身穿店員制服的紅髮女孩在二樓插嘴道。

她就是擁有呆毛會突然彈起這項萌點的妮爾。因為和蒂法麗莎相同的理由，她也是個奴隸，拜託國王發出赦免時可不能把她給忘了。

「妮爾小姐午安，妳調來王都了嗎？」

「是的！因為要在王都開設**連鎖家門**的咖啡店，所以被艾爾泰莉娜大人叫過來了。」

「妳說對的只有前面的『連鎖』而已嘛，是連鎖加盟才對。」

妮爾似乎是因為亞里沙提議的連鎖咖啡店那件事，才從迷宮都市被叫了過來。

「妮爾，有話之後再說，士爵大人他們還有事要跟掌櫃商量。」

「唉呀，我妨礙到你們了嗎？抱歉啦，蒂法小姐。那麼之後再聊吧，露露。」

妮爾不等露露回答，開朗地返回工作崗位。這孩子還是一如既往地很活潑。

「今天還真熱鬧呢。」

「就是說啊。蒂法麗莎小姐，今天有什麼要事嗎？」

「因為年初要進行成人儀式的人都上門來購置要配戴在成人典禮禮服上的裝飾品，所以才把你們叫了過來。」

這邊的成人典禮似乎是在元旦進行。

由於今年流行華麗的打扮，因此出自迷宮都市的花俏飾品很受歡迎。

「這麼說來，露露也快要成年了吧？」

「是的，下次元旦就十五歲了。」

「原來元旦是妳的生日嗎？」

「您說生日嗎？」

總覺得我跟露露在雞同鴨講。

「主人，這邊沒有慶祝生日的習慣。大家一般都是在元旦的時候增加歲數的。」

看不下去的亞里沙向我解釋。

原來如此。難怪明明一起旅行了將近一年，卻沒人提過生日的話題。

「一般也只在七歲和成年的十五歲時會慶祝。」

「原來如此。那麼今年得幫露露辦個成人禮才行呢。」

就以振袖和服的盛裝為基礎，同時善用最高級的鏤金技能，準備一個不遜於露露美貌的髮簪吧。

露露也收到了來自蒂法麗莎的祝福後，我們便朝著會客室走去。

「這個還真好吃耶。」

「嗯，說得沒錯。」

我在掌櫃辦公室讓艾爾泰莉娜掌櫃和蒂法麗莎試吃添加了蟻蜜的醬汁進行調味的蒲燒，得到兩人相當不錯的評價。

「不過，這股甜味應該是使用了砂糖吧？」

「別擔心，這是用蟻蜜製作的，因此能用比砂糖更便宜的價格售出。」

目前我打算從迷宮回收的龐大蟻蜜庫存中分一些給她們。

「蟻蜜？那麼別賣給貴族比較好呢。」

「也準備了販售給貴族、使用了砂糖的食譜。」

「不愧是露露小姐，準備真是萬全。」

畢竟希嘉王國的貴族大多都討厭取自魔物的食材。

不過原本就是把之前使用砂糖的食譜加以改良才做出了這次的蟻蜜醬汁，因此不算是準備萬全。

談妥了提供食譜的價格後，我請露露直接將食譜內容教給越後屋商會的廚師。

「——露露大人！」

此時一名身穿廚師服的鬍子男衝了進來。

「哦哦！露露大人真的來了！」

「呃，請問您是——」

「露露大人不記得也很正常，我是曾在公爵大人的城堡裡受廚師長之命擔任露露大人助手的人。」

「啊！啊啊，是那時候的！」

聽廚師這麼說，露露似乎想起來了。

據說他吃到迷宮都市攤位的料理後，直覺告訴他那是露露的食譜，因此才來到越後屋商會求職。

「能在『奇跡般的廚師』直傳弟子門下學習，實在不勝感激！」

「慢著！要第一個跟露露老師學習料理的，是身為露露老師首席弟子的本小姐——妮爾的職責喔！」

一頭紅髮的妮爾穿著圍裙衝了進來。

看來她也跟鬍子臉廚師一樣，想從露露那裡學習食譜的內容。

「哼，連料理基礎都是自學的妳，有資格自稱是露露老師的首席弟子嗎？」

看來「露露老師」這個嶄新的稱呼逐漸成形了。

不過我認為這比起「奇跡般的廚師的直傳弟子」這奇怪的稱呼好多了。

「那麼我們走吧，露露老師。」

「嗯，花時間爭論太浪費了，露露老師，我們去廚房吧。」

露露在妮爾和鬍子臉廚師的催促下離開了房間。

「有點擔心那兩人會失控造成露露小姐的麻煩呢……」

「掌櫃，我去跟著她們吧。」

「是嗎？那就拜託妳了。」

有蒂法麗莎看顧就能放心了。

「話說回來，雖然我知道他對於身為『奇跡般的廚師弟子』的露露十分著迷，但難道

『奇跡般的廚師』本人就不重要嗎？」

「畢竟沒有見過面，大概是不知道長相吧？」

亞里沙一臉傻眼地聳肩回答道。

或許是跟亞里沙抱持著同樣的想法，掌櫃也露出了苦笑。

「掌櫃，我把試做內衣拿過來了。」

身材嬌小的貴族女孩魯娜騎著石狼魔巨人進入房間。

她還是老樣子喜歡騎乘石狼移動。

「哦～胸罩和內褲的試做品已經完成了嗎？」

雖然仍有些粗糙，但已經很有模有樣了。

「都是多虧了小亞里沙提供的版型喔。」

他們似乎將紡織工廠的多餘空間拿來當成縫製內衣的工廠。

難得待在王都，這幾天我卻沒有扮成庫羅造訪越後屋商會，我看近期來露個臉好了。

「那麼，我想提議一項商品──」

亞里沙拿出絲襪的樣品進行展示，同時開始介紹。

介紹順利地落幕，越後屋商會的商品清單上追加了絲襪。

我也把昨天通宵進行調整的絲襪專用鍊金術、魔法配方，以及編織用的魔法裝置交給越後屋商會。

「這魔法裝置的造型還真奇特呢。」

「那好像叫做古代拉拉其埃風格喔。」

這個洗衣機大小的魔法裝置，是亞里沙從精靈裁縫工房要來的東西。

我活用偽裝技能，將外觀改為古代拉拉其埃款式，再加工成看起來很老舊的樣子。

「把這麼貴重的東西借給我們沒關係嗎？」

「嗯，沒關係。我們在砂糖航路旅行時得到了各式各樣的魔法道具，這個道具只讓我們來用又過於大費周章，我認為應該交給能夠善用的人來使用。」

雖然回答得有點拐彎抹角，但這就跟將魔法裝置的外觀弄成古代拉拉其埃款式的理由相同，是為了讓出處變得曖昧不清。

雖然我相信艾爾泰莉娜掌櫃，不過這是為了不讓知道這個裝置存在的第三者為了尋找魔法裝置而造成精靈村落麻煩的保險，因此才刻意這麼做。

商談結束後，我便開始諮詢起私事。

「——家庭教師和傭人嗎？」

「是的，我想聘請能指導我家孩子們禮儀的老師，以及熟悉王都宅邸雜務的傭人。」

「這樣的話，我們有適合的人選。」

掌櫃說完便呼喚一名擔任幹部的貴族女孩，並請她將稱作「黃色封面的人才表」的東西拿過來。

「這是曾在列瑟烏伯爵領的城堡及貴族宅邸任職過的女僕名單。本來都是些想聘請到商會來的人才，但發生了一點事情……」

大概是考慮到蒂法麗莎和妮爾的情況才作罷的吧。

她們平時似乎都是兼任副業或在重新開張的紡織工廠工作。

「應該沒有什麼特殊問題吧？」

「不會的，全部都調查完畢了。」

人才表上不僅包含身家和最後任職的職業，甚至連簡歷以及是否有亞人歧視等情報都一應俱全。

我依照宅邸的規模挑出了六名人選，並將前來面試的中年婦女——名為緹瑪雅的老練女僕任命為女僕長，簽訂了明天起生效的合約。教師和園丁也找到並聘請了適合的人選。

至於車夫也並未另外聘請專業人士，而是跟馬車一組，在馬車工會簽訂了一個月左右的合約。雖然我也考慮過使用儲倉內的馬車，或者用土魔法「地隨從製作」做一具魔巨人馬，但感覺會因為過於顯眼而引來糾紛，於是我忍了下來。

「——王都出現了魔物？」

在等待露露她們回來的空檔，閒聊時掌櫃突然提起這個話題。

這麼說來，園遊會上似乎也有貴族提過這件事。

「是的。雖然並未直接確認魔物的存在，但似乎有人在平民區見到了難民淒慘的遺體，以及在汙水處理廠發現只剩上半身的鼬人族商人。」

其他還有疑似魔物的影子襲擊人，以及在廢棄房屋發現可疑的儀式痕跡等，各式各樣的傳聞甚囂塵上。

「畢竟這半年來發生許多次魔王復活與魔族引發的騷動，雖然這方面的傳聞在即將舉行『驅魔』儀式的年底並不罕見，不過——」

「既然有遺體，那麼肯定發生了些什麼吧。」

亞里沙接續著掌櫃的話說道。

因為覺得亞里沙看著我的眼神就像是在催促我進行調查，我便試著用地圖搜索了一下，結果只得出了跟之前在園遊會上聽到傳聞時相同的結果。

公都的下水道並不存在鱷魚之類的大型危險生物，頂多就是老鼠和蝙蝠。

「衛兵之間都在傳說可能是召喚魔法使召喚的生物、死靈魔術師呼喚出來的食屍鬼、鍊金術士製作的合成生物，或是逃跑的從魔等其中之一。」

召喚魔法使嗎——我的腦中浮現了在沙北商會見過的鼬人族魔法使的臉。

雖說他給人的感覺很詭異，但是光憑他會使用召喚魔法就把他列為嫌疑犯的話，似乎太操之過急。

硬要說的話，我覺得更像是魔族搞的鬼，但似乎沒有這個選項。

「可能性還真多呢。」

有部分態度隨便的衛兵甚至針對這次犯人究竟是哪一邊而賭了起來。

「話說回來，『驅魔』儀式是什麼啊？」

「小亞里沙不知道嗎？是一種將王都與其周邊的瘴氣匯聚到聖杯中，再由七神殿的神官們一口氣加以淨化的儀式。因為魔物不喜歡沒有瘴氣的地方，所以能將王都附近的魔物一網打盡。」

掌櫃將除夕當天進行的儀式解釋給亞里沙聽。

我也是最近才知道「驅魔」是每半年會舉辦一次，運用大聖杯或小聖杯進行的儀式魔法具備能驅趕王都與王都周邊魔物的效果。而這次是六年一度，同時使用王室的大聖杯和公爵們持有的小聖杯的大規模儀式，因此似乎也被稱作「大祓禊」。

似乎就是因為這個儀式能夠大量減少王都周邊的魔物，才能維持其他國家無法比擬的廣大農田。會在農地外圍設置結界柱的帶子防止魔物再次入侵，也是維穩手段的一部分。

「那樣不危險嗎？魔物不會趁著瘴氣聚集的時候跑過來？」

「不要緊的。不僅巡迴騎士和飛龍騎士會加強巡邏，瘴氣濃度也會在魔物聚集之前就變淡消失，因此幾乎不會有魔物來到王都能夠看到的地方。」

王都出生的掌櫃打包票說不用擔心。

「這樣啊，感謝妳的說明，艾爾泰莉娜小姐。離題了真是抱歉——對了，剛才您提到有鼬人族的商人被殺，是沙北商會的人嗎？」

亞里沙回歸正題，用剛才造訪的霍米姆多利先生的商會名稱問道。

「是的，正是如此。難不成士爵大人曾經跟沙北商會交易過嗎？」

「我只是去購買卷軸，稱不上什麼交易。」

「有什麼問題嗎？」

掌櫃點頭同意了亞里沙的提問後接著向我詢問道，於是我把事實告訴她。

「不，因為沙北商會也會販賣希嘉王國禁止的商品，要是您在不知情的狀況下購入可就不好了。」

「感謝您的忠告。」

感覺那裡也有不少遊走於灰色地帶、容易與違禁品搞混的商品，看來得好好注意一下。

雖然購買了骨頭加工的卷軸，但那張卷軸的外觀並不邪惡，我也不打算用來炫耀，應該沒問題吧。

「不過，既然知道那裡有販賣違禁品，去相關機構檢舉不就行了嗎？」

「因為沙北商會有強力的貴族撐腰，如果無法人贓俱獲，他們會隨意搪塞過去。」

不過那僅限於咒石那種灰色地帶的商品，倘若是魔人藥或屍藥之類的東西，似乎就足以當作證據。

這時候露露和妮爾回到了這裡。

「沙北商會怎麼啦？」

「我們在聊他們販賣危險商品的事。」

「果然是這樣嗎——我經常看到那裡的後門有可疑人物出入。」

另外沙北商會附近有賣美食的攤位喔，妮爾接著補充道。

她口中「可疑人物」，指的大概是隨興超自然團體「自由之風」的人們吧。

◆

「現在回去似乎稍微有點早呢。」

「既然如此，要不要去這條路前方不遠的噴泉廣場逛逛呢？」

露露提議前往妮爾告訴她的觀光勝地。

據說那裡能見到街頭藝人、肖像畫師，以及各式各樣的攤位，感覺十分有趣。

「啊～快看、快看！是那裡吧？」

「主人，前方發現目的地，我這麼報告道。」

我們很快就抵達了噴泉廣場。

雖然能夠直接搭乘馬車過來，但那樣實在太過無趣，因此我們在稍微有點距離的地方下車，一同散著步走向目的地。

「嗚哇啊啊啊啊啊啊啊啊！」

大夥散步到一半，有個男性突然從巷子裡發出慘叫滾了出來。

烏鴉不知為何不停地啄著他的頭。

「可、可惡，該死的漆黑魔獸！」

「竟、竟敢對吾的盟友出手，實在豈有此理。」

一群看似男子同伴的人們從後方趕了過來，他們嘴上說的話雖然很勇敢，但每個人都滿頭大汗地喘個不停，彷彿隨時都會倒地不起。

「獵物～？」

「抓到烏鴉先生了喲。」

小玉和波奇抓著烏鴉走回來。

不久前頭部遭到攻擊的青年也跟在兩人身後。

「感、感謝救援。」

青年手上拿著看似出自烏鴉身上的大根羽毛。

看來是打算拔烏鴉的羽毛以致遭到了反擊。

因為這些青年想要烏鴉，於是我便以兩枚銅幣的價格賣給了他們。這兩枚銅幣是小玉和波奇的跑腿費，我打算之後用來幫她們買點肉串。

「同志啊，這麼一來我們的野心就更進一步了！」

「說得沒錯，這樣就能與偉大的邪神大人進行交流了！」

世上應該不存在光靠一隻烏鴉就能交流的神吧。

「這下我等在祕密結社『自由之風』的地位也會提升，跟漆黑魔獸展開激鬥總算是有了價值。」

光天化日之下，怎麼能在觀光勝地說出祕密組織的名字啊。

真是的，難怪公會長會說「自由之風」是個隨便的團體。

我們告別沉浸在自我世界中的隨興團體後，繼續散起步來。

「蕎麥的香味～？」

「沒有賣肉酥餅喲。」

「好像也有攤位在賣烤櫻花鮭魚片呢。」

食慾至上的獸人女孩們很快就被攤位吸引了注意力。

畢竟機會難得，我們決定隨便買點東西邊走邊吃。

「櫻花。」

通往噴水池的道路旁好像種滿了櫻花樹。

「開始零星地長出花蕾了。」

「嗯，好期待。」

雖然還要一陣子才會開花，不過等盛開之後跟大家一起來賞櫻似乎也不錯。

「人比想像中得還要多呢。」

「擁擠。」

對於露露環顧路上行人後小聲說出的感想，蜜雅表示同意。

「既然有那麼大的噴泉，當然也會吸引很多觀光客啊。」

亞里沙看向位於人群對面的大型噴泉塔這麼說。

接下來要去的噴泉廣場，是王都的八大噴泉之一，同時也是最受庶民和下級貴族歡迎的觀光景點。

位於水池中央的噴泉刻著形形色色的花紋，上面同時設置了各式各樣的雕像。

這些雕像似乎裝有配合整點鐘聲做出動作的機關，因此先欣賞完這裡，再依序去參觀其他地方好像也挺不錯的。

由於這類人群免不了會出現小偷和色狼，我便和獸人女孩們一同將其排除。為了即使身在人群中也能找出不法之徒，我將雷達的範圍提升到三十公尺左右。

「哇啊！真是懷念！」

見到獸人用豎笛操縱籃子裡的蛇來進行街頭表演，亞里沙顯得既興奮又開心。

——懷念？

亞里沙的故鄉流行這種街頭表演嗎？

「扭來扭去～？」

「是蒲燒喲！」

波奇在看到蛇之後便聯想到了蒲燒。

明明才剛在攤位吃過點心，她的食慾卻絲毫沒有衰減。

或許今天晚餐不做鰻魚飯，改成蛇龍蓋飯也不錯。

正當我開始煩惱配菜該用什麼比較好時，耳邊傳來了夥伴們的歡呼聲。

「咻——的一下就噴出來了喲！」

「Wonderful～？」

「妳們兩個，太靠近的話會掉進水裡喔。」

「跟蜜雅的魔法好像，我這麼告知道。」

「是嗎？」

「這裡沒有只要背對著將銅幣扔進水裡，就能獲得幸福的傳說嗎？」

「不行喔，亞里沙。不可以把錢當玩具。」

夥伴們開心地看著噴泉。雖然前幾天造訪的公園也有噴泉，但這座噴泉的規模較大，因此能理解她們為何會忍不住感到興奮。

「雖然很漂亮，但濺出來的水好冰。要是迷宮都市有的話，感覺他們會很高興呢。」

「說得沒錯。不過水在那裡算是貴重品，應該沒辦法蓋一座吧？」

「只要設定噴水時間，除此之外就當成蓄水池不就行了？」

唔嗯，如果蓋在西公會前的廣場附近，可能會變成觀光景點或者休息空間吧。

「佐藤。」

蜜雅扯了一下我的衣袖，於是我朝她指的方向看了過去，發現停在噴泉對面的幾輛馬車中，有一輛特別地高級且優雅。

曾在王櫻根部見到的粉金色頭髮少女、擔任「守櫻人」的雅典娜小姐正好從車窗探出頭來，車裡還坐著戴眼鏡的希斯蒂娜公主以及兩名侍女。

大概是和公主一起過來欣賞噴泉的吧。

馬車由六名女性近衛騎士所保護。不愧是公主的護衛，所有人都配備著金光閃閃的金屬鎧甲。

就在這時候，王都各地紛紛響起宣告整點的鐘聲。

「哇啊，好厲害！亞里沙快點看！主人也請一起看，很漂亮喔！」

受到露露比平時更加尖銳的亢奮語氣影響，我將顯示詳細情報而遮住視野的視窗關掉。

——哦哦。

接著不由得被眼前的景象吸引了目光。

雖然不清楚是水魔法還是術理魔法，噴泉四周的水池噴出的水無視重力浮了起來，在空中描繪出數個圓圈。

緊接著噴泉宛如要鑽過那些圓圈般飛濺而起。

圓圈也隨著噴泉的流向漂動，劃出彩色的光芒消失無蹤。

過沒多久，水中的噴嘴宛如要為其增添色彩般同時噴出水來，大量的水橋圍繞著中央噴泉組成綻放的花朵。

灑落的水花也化為花瓣，如同櫻吹雪般飄在廣場的天空中。

下方的石像也愉快地跳起動作滑稽的舞蹈。

——這幅光景確實非常奇幻。

話說回來，沒想到不只是機械裝置，還準備了魔術方面的機關。

露露仍然抓著我的袖子，一言不發地沉浸在眼前的景象中。

不只是露露，其他人也彷彿失去靈魂似的注視著不斷變化的水之祭典。

……蜜雅，還有波奇。我明白妳們的心情，但還是把張開的嘴巴闔上吧。

我悄悄地伸出手，將兩人的嘴巴闔了起來。

紅繩魔物

「我是佐藤。在家用遊戲中，有時會為了指導玩家使用支援魔法，而讓敵人使用支援魔法進行強化。雖然這種教學方式很有效，但如果支援效果太強，會讓敵人變得很討厭這點算是美中不足吧。」

「——喵？」

小玉環顧四周，耳朵彈了起來。

「怎麼了——」

——紅色的光點。

當我著迷地看著噴泉時，AR顯示的雷達上出現複數的紅色光點。看來是魔物。

腳下隨即傳來強烈的震動，噴泉和石板地也搖晃起來。

「嗚哇！什麼，怎麼了？」

「**情況緊急**喲！」

夥伴們縱然驚訝，仍舊各自從妖精背包拿出愛用的武器，不敢大意地看著四周。由於身邊仍有行人在到處亂跑，所以並未拔劍出鞘。

視線中並未見到能代表紅色光點的魔物接近——在下面嗎！

「大家快點離開噴泉！」

我藉助好幾種技能的力量，大聲地發出避難指示。

四周的群眾即使因為突發狀況而驚慌失措地發出慘叫和怒罵，還是迅速地遵照我的指示開始撤離；或許是我使用了交涉技能和指揮技能的緣故吧。

噴泉對面有幾輛馬車遲遲無法行動，其中也包含了希斯蒂娜公主乘坐的馬車。

看來似乎是因為馬匹受到驚嚇亂竄、車輪卡進變形的石製地板中，或是遭到其他馬車妨礙而動彈不得。

「主人，噴泉怪怪的！」

正如莉薩所說，不久前還在上演華麗噴水秀的噴泉戛然而止，隨後各處都開始漏水，噴出來的水將來不及逃走的群眾與馬車都淋成了落湯雞。

不久後噴泉的基座傾倒，水池底下圍繞噴泉的蓋子被掀起，宛如黑色細纜繩般的觸手蠕動著爬了出來。

「主人，兩點鐘方向發現魔物，請允許我展開排除行動。」

「避難優先！娜娜和莉薩負責阻止魔物跳到周圍！波奇和小玉去幫助那些來不及撤離的

人們！」

「是的，主人。」

「遵命！」

「收到了喲！」

「了解惹～？」

在擔任前衛的夥伴們衝出去的同時，體型與中型犬相仿、外表看似蟋蟀的詭異魔物不斷冒出，黑色軀體上宛如被蛇纏繞般的紅色花紋十分顯眼。

「有魔物啊啊啊啊啊！」

「要被吃啦啊啊啊啊啊！」

「快跑啊啊啊啊啊啊啊啊！」

那些尚未撤離或是在遠處觀察情況的人，紛紛一臉驚恐地開始死命逃跑。

莉薩和娜娜則牽制著那些被慘叫聲吸引注意力的魔物。

「亞里沙和蜜雅用魔法支援，露露負責保護亞里沙和蜜雅。」

「是，我明白了！」

露露發動了手鐲型的術理盾。

「ＯＫ！」

「嗯。」

亞里沙和蜜雅也拿起常用的法杖。

下達完指示後，我守望著夥伴們，同時打開地圖再次確認起四周情況。

就算是因為被噴泉吸引注意力導致發現得晚，我的雷達直到魔物出現前都沒有反應。是轉移還是召喚呢——無論對方是用什麼方法在王都的中心地帶召喚出魔物，為了今後還能和平地在王都觀光，必須好好調查才行。

似乎還有十五隻左右的魔物在下水道徘徊。

『我發動了「戰術輪話」！尚未確認的敵方名稱是「奇形蟋蟀」，等級十級。』

亞里沙用空間魔法架起了只有夥伴才能聽見的情報網。

『牠們身上有種叫做「魔繩身」的奇怪狀態！是一種沒聽過的支援系技能，而且有可能是反擊型技能，大家小心一點！』

『知道了。』

『是的，亞里沙。』

莉薩觀察情況發出牽制用的一擊，在魔物的表皮上擦出紅光。

被莉薩的長槍碰到的瞬間，蟋蟀魔物的表皮浮現出紅繩狀的魔法陣；不過依舊被莉薩的長槍刺穿，發出紅色的光芒散去。那個魔法陣似乎是障壁。

『從手感看來似乎是防禦系技能，強度大約跟娜娜的「盾」差不多。』

『那還挺硬的呢。』

聽見莉薩的報告，亞里沙小聲地說出感想。

——嗯？

地圖上的魔物動作突然變得激烈起來。

『魔物的動作很奇怪，有東西在搞鬼！』

當我發出警告時，蟋蟀們也幾乎同時跳了起來。

就算等級只有十級，動作卻異常地快。有數隻蟋蟀突破了莉薩和娜娜的警戒線。

「惡即斬斬～？」

「電光石火喲！」

正在協助避難的小玉和波奇迅速地擊倒魔物。

離兩人太遠的魔物也被我用魔法念動力「理力之手」抓住後砸在地上。

畢竟亞里沙和蜜雅正在進行詠唱，就算有目擊者也會誤以為是她們兩人使用的魔法吧。

其中一隻被擊落的蟋蟀再度朝著公主的馬車跳了起來。

雖然我是用正常情況下肯定會斃命的方式去砸，但蟋蟀們的種族固有能力「魔繩身」不僅具備防刃性能，吸收衝擊的能力似乎也很優秀。

「保護殿下！」

護衛騎士用風箏盾擋住了跳過來的蟋蟀。

因為騎士都是貴族子女，原以為只是花瓶，但反應相當不錯。

「索芙菈、莉艾兒去排除魔物！其他人優先保護殿下！」

不愧是公主的護衛，以三十級的隊長為首，其他三人也具備了二十出頭的高等級。

另一方面，雖然蟋蟀魔物擁有名為「魔繩身」的不知名種族固有能力，但等級也只有十級。就算魔繩身屬於戰鬥取向的能力，騎士們應該也不會處於下風。

更何況──

「……■泥縛。」

希嘉三十三杖的「守櫻人」雅典娜小姐使用土魔法，將其他準備再次跳躍的蟋蟀腳底化為泥地剝奪牠們的行動力，接著再用泥觸手將牠們當場綁住。

「幹得不錯，『守櫻人』！在我們解決牠之前壓制住牠！」

騎士隊長稱讚起雅典娜小姐。

這是因為看似能夠瞬殺蟋蟀的兩名騎士，出乎意料地陷入苦戰的緣故。

「這種程度的魔物！就讓我用土魔法解決掉吧！」

「──知道了，既然那麼有自信，就都交給妳了！安和蕾諾雅也去幫她們兩個。」

騎士隊長雖然有些猶豫，依然立刻答應了雅典娜小姐。

接著再從公主的護衛裡派出拿著長劍與權杖的兩名騎士加入與蟋蟀的近身戰。

「……■■綠柱石筍。」

雅典娜小姐的詠唱結束之後，翠綠色的石筍便從土裡冒出來，刺穿被泥土束縛的眾多蟋蟀腹部。

不對，只有兩隻被打倒。剩下一隻在「綠柱石筍」的擠壓下，逃離了「泥縛」的束縛。

「怎、怎麼會這樣！我那連騎士們的鎧甲都能貫穿的『綠柱石筍』竟然沒辦法將牠們一網打盡！」

「殿下，請退到我後面來，珐法守著我的背後！」

騎士隊長無視雅典娜小姐那聽起來像是炫耀的驚呼聲，帶著走下馬車的公主開始退後。

或許稍微幫個忙會比較好。

逃出泥縛的蟋蟀朝公主飛了過去。

「……■水劍山。」

清澈的嗓音自我身旁傳來，無數水針從沾溼地面的水窪中冒出，由下而上地射穿了飛在空中的蟋蟀。那是蜜雅的中級水魔法。

雖然蟋蟀有紅繩花紋的障壁保護，但水針依然將其像紙一樣地貫穿了。

『主人，似乎就是那傢伙在後面追趕蟋蟀。』

亞里沙所指的位置，躺著一隻野牛般大小的老鼠型魔物「奇形大鼠」，牠似乎已經被莉薩和娜娜給打倒了。

「——妳們要玩到什麼時候！」

騎士隊長斥責起騎士們，她們似乎尚未打倒最一開始的那隻蟋蟀。

受到激勵的騎士們迅速向蟋蟀發起猛攻，好不容易才擊碎紅繩狀的障壁。接著她們迅速利用數量優勢，一轉眼便折斷蟋蟀的腳，進而將牠粉身碎骨。

看來一旦沒有魔刃或是術理魔法的「魔法破壞」，想要破壞「魔繩身」的障壁似乎非常麻煩。

「佐藤。」

蜜雅在稍遠的陰影處發現了一隻奇妙的生物。

一隻長著蝙蝠翅膀的黑色小人，正鬼鬼祟祟地看著這場騷動，外表跟我使役的掌中石像鬼很相似。

根據AR顯示，牠是一級的小惡魔，擁有「小詛咒」技能，似乎是一種魔族。因為稱號顯示為「使魔」，於是我調查了一下；但主人一欄寫滿了獨特的文字，對方似乎採取了某種遮蔽的手段。

由於很詭異，我決定附上標記，放任牠回到主人身邊。

「獵物～？」

「逃跑了喲！」

完成避難疏散的小玉和波奇似乎也發現了小惡魔。

見到小玉和波奇朝著自己跑來，小惡魔動作滑稽地試圖逃跑。

『波奇隊員、小玉隊員，用不會追上小惡魔的速度追過去。』

『系系系～？』

『收到了喲！』

或許是習慣跟小孩子玩捉迷藏，兩人用恰到好處的速度追趕著小惡魔。

此時十字路口的另一端出現一輛馬車。那是巴里恩神殿的馬車。

「[redacted]法力彈。」

馬車窗戶射出的透明子彈貫穿小惡魔。

——ＧＹＷＡＡＡＡＷＮ。

小惡魔發出慘叫，化為黑霧消失無蹤。

『可惜～？』

『被幹掉了喲。』

小玉和波奇在馬車面前煞住腳步。

兩人朝打倒小惡魔的神殿馬車看去。

巴里恩神國的樞機卿打開車門走了出來。

「唉呀，我該不會搶走了妳們的功勞吧？」

「喵。」

「沒、沒關係喲。」

「是嗎，那就好。」

樞機卿走到退縮的小玉與波奇身邊，語帶溫柔地撫摸兩人的頭問：「有沒有受傷？」

或許是不擅長應付大人物吧，波奇將尾巴藏在雙腿之間，小玉的耳朵也垂了下去，於是我將戒備魔物出現的噴泉一事交給莉薩和娜娜，朝他們走了過去。

不過在那之前——

我假裝檢查泉水底部的裂痕，朝下方連接下水道的洞口射出「追蹤箭」，目標是下水道裡倖存的蟋蟀。因為跟這裡一樣，要是放任牠們出來亂跑可就危險了。

隨後我抬頭一看，這才發現樞機卿早已離開小玉與波奇身邊，朝公主等人走了過去。

「猊下！猊下，請您等一下！」

隨行的祭司小心翼翼地不讓祭司袍的長袖被扭曲的石板冒出的沙塵弄髒，朝樞機卿追了過去。

樞機卿絲毫不在意服裝是否會弄髒，以不將地面狀態當一回事的輕鬆方式行走著。

「殿下與各位隨從可有受傷？」

「非常感謝您的關心。不過，請恕我等謝絕樞機卿猊下的幫助。」

是因為王族一般都不會直接發言嗎，回答樞機卿的並不是公主而是騎士隊長。

「太、太無禮了！居然對猊下的慈悲——」

正當隨行的祭司想對騎士隊長抱怨時，樞機卿語氣平淡地說了句「別說了，祭司斯塔克」制止了他。

「雅典娜小姐，麻煩妳治療我的部下。」

「好、好的！[redacted]……」

在騎士隊長的命令下，雅典娜小姐開始詠唱起土魔法「治癒：土」。

「原來如此，有希嘉三十三杖的年輕才女在啊。」

明明被人明確地拒絕，樞機卿卻沒有絲毫不快地點了點頭。

回到身邊的小玉與波奇抱住了我的腿。

「那邊的勇士們可有受傷？」

「感謝您的關心，我們這邊沒有人受傷。」

「不愧是『無傷』的潘德拉岡啊。」

看來他認識我們。

樞機卿彷彿惡作劇成功的小孩子般，向我拋了個只有帥哥才能被容許的媚眼。後方的亞里沙則笑嘻嘻地說了句「勞倫斯×佐藤」。

「那麼，後會有期。」

樞機卿這麼對我說完，便朝著在遠處觀望我們的人們走了過去。

他大概是打算去治療他們吧。儘管沒有重傷人士，依然有不少人受了輕傷。

「那邊的男性，去叫衛兵過來。」

騎士隊長對我說道。

她不讓身邊的人去，應該是不想減少公主的護衛吧。

「好的，我知道了。」

我向娜娜使了個眼色，請她去找衛兵。

由於我早已在地圖上確認衛兵們接獲通報正往這邊趕來，因此我透過「戰術輪話」將娜娜誘導到衛兵們的行進路線上。

我告知莉薩解除戒備，確認起魔物的屍體。

「主人，我可以去收集魔核嗎？」

「不，這些魔物很詭異，就直接讓衛兵們回收吧。」

「喵！」

「這些肉也一樣嗎？」

看著老鼠魔物的小玉和波奇驚訝地跳了起來。

「妳們兩個，下水道老鼠的細菌很可怕，所以不可以吃喔。」

「細菌～？」

「很可怕嗎？」

「所謂的細菌啊～」

亞里沙用不懷好意的表情開始向小玉和波奇說明衛生觀念。如果她開始得意忘形的話，我再去阻止她吧。

「——果然沒有能承受『綠柱石筍』的硬度。是因為那個奇怪的紅色障壁擋住了我的魔法嗎……」

粉金色頭髮的女孩——雅典娜小姐正來回檢查著魔物的屍體。

「被水魔法打倒的就是這個吧——好厲害，完全貫穿了。明明痕跡那麼細，卻能突破足以擋住我綠柱石筍的障壁，輕而易舉地貫穿魔物的身體，其中一定有什麼祕密才對！」

「螺旋。」

蜜雅慢條斯理地走過去，小聲地向調查自己魔法的雅典娜小姐說出祕訣。

「螺旋？——真的耶！傷痕裡出現了螺旋狀的痕跡！原來這就是訣竅！」

雅典娜小姐笑容滿面地回過頭，發現提供建議的人是蜜雅之後，頓時臉色一沉。

「嗯，提升貫穿力和集中率。」

蜜雅雖然對雅典娜小姐的表情感到疑惑，依然將效果告訴發現了正確答案的她。

「波爾艾南的蜜薩娜莉雅！」

「蜜雅就好。」

與語氣充滿敵意的雅典娜小姐不同，蜜雅依舊貫徹自己的作風。

「雖、雖然這次我輸了，但這並非是人族的土魔法敗北！只是我實力不足而已！」

由於不明白眼眶泛出不甘心淚水的雅典娜小姐為何發出吶喊，蜜雅偏過了頭。

「不對。」

「才沒有不對！只是我還不成熟而已。」

「沒錯。」

見蜜雅點了點頭，雅典娜小姐的眼中再度湧出不甘心的淚水，感覺隨時都會奪眶而出。

「蜜雅真是的，還是老樣子說話惜字如金耶。」

「姆？」

亞里沙擠進兩人中間說：

「蜜雅口中的『不對』，是指『人族的土魔法敗北』這方面喔。」

「——咦？」

聽見亞里沙的說明，雅典娜小姐彷彿頭上浮現問號般露出困惑的表情。

「因為蜜雅的魔法『水劍山』是主——人族製作的嘛。」

本來差點講出作者是我的她會改口說是「人族」製作的，或許是想起我並未張揚自己會製作咒文的事吧。

「不成熟也沒關係啊。別看蜜雅這樣，她也是活了一百三十年喔。只要夠努力，遲早會追上的。」

「說得沒錯！畢竟人族的成長很快，我會立刻追上妳的！」

雅典娜小姐接受了亞里沙的解釋，並向蜜雅發出宣言。

蜜雅則是一派從容地說：「嗯，加油。」做出回應。

「雅典娜，這樣才算是希嘉三十三杖。」

身邊跟著侍女與騎士隊長的希斯蒂娜公主如此稱讚她。

「妳剛剛提到蜜薩娜莉雅大人使用的魔法是人族製作的吧？」

公主向亞里沙問道。

「是的，我的確這麼說過。」

亞里沙態度恭敬地回答公主。

「請問妳認識製作人嗎？」

「那個——」

亞里沙顯得欲言又止。

「希望您不要繼續深究，因為我們立下了絕不透露製作人姓名的約定，對方才願意將咒文轉讓給我們。」

我在詐術技能的幫助下編了個合理的藉口。

「就算是我的請求也不能說？」

「實在非常抱歉。」

見我低頭回絕，侍女們和騎士隊長身上頓時冒出殺氣。

她們似乎覺得我不夠尊重王族。

「當然，會有謝禮喔。上級水魔法的魔法書或詞典之類的東西怎麼樣？」

雖然這個提議很吸引人，但我仍舊低著頭道歉，並再次拒絕了她的提議。

「是嗎，我明白了——衛兵好像趕到了。」

公主嘆了口氣，接著便從我身邊離開。

她的目的地是整齊排列著魔物屍體的地方。

「軟軟的～」

「很有彈性喲。」

「尾端的部分似乎開始腐爛了。」

小玉和波奇正在用手指戳著魔物的屍體。

察覺公主靠近的莉薩抱起兩人拉開距離。面對久違的屍體，小玉和波奇顯得幹勁十足。伸出舌頭倒還無所謂，但翻白眼實在很可怕，希望她們別這麼做。

「雅典娜，聖櫻樹不開花的理由，會不會就是這些魔物呢？」

聽見公主的詢問，雅典娜小姐短暫地沉思了一會兒。

她們似乎在調查聖櫻樹——也就是王櫻不開花的理由。

「……確實有這個可能性。畢竟魔物們的障壁都是沒見過的魔法陣——」

——對了。

聽到雅典娜小姐的話我才想起來。

那個魔法陣與我在迷宮地下擊退的那些迷賊們，因為攝取過量魔人藥而纏繞在身上的東西一模一樣。

「那位先生，如果知道些什麼就說出來吧。」

我的思緒似乎表現在臉上了。畢竟是公主的命令，於是我將魔法陣和攝取過量魔人藥的迷賊纏在身上的防禦障壁一模一樣的事說了出來。

隨後我姑且在地圖上搜索了魔人藥，但除了個人少量擁有之外，似乎沒有在流通。話雖如此，地圖搜索無法偵測保管在道具箱內的物品，所以依然存在被藏起來的可能性。

「魔人藥……看來有必要稍微調查一下呢。謝謝你——你叫什麼名字？」

「抱歉這麼晚才自我介紹。在下是穆諾男爵的家臣，佐藤‧潘德拉岡名譽士爵。」

「這樣啊，我會記住的。雅典娜，接下來的目的地是哪裡？」

雅典娜小姐聽見公主的詢問，說出越後屋商會資助的植物學家名稱。

「沒聽過的名字呢。要是能多少得到點線索就好了……」

「沒問題的，殿下！賭上守櫻人的稱號，我今年也會讓聖櫻樹開花！」

「沒錯，為了完成我們與王祖大人的約定，必須讓櫻花開花才行。」

公主和雅典娜小姐都幹勁十足。

我看著眼前溫馨的景象，此時與公主對上了眼。

「一定會開花的。」

畢竟櫻樹精都這麼說了。

「隨口說說的奉承話就免了。」

公主哼了一聲轉過頭去。

我說的明明是真心話，卻沒能傳達給公主殿下的樣子。

「對了——」

公主從我身上別開視線後，看著玩膩屍體姿勢後玩起猜拳的小玉和波奇，露出了若有所思的神情。

「就讓妳們見識見識有趣的東西吧。」

公主展開並使用了從懷裡取出的卷軸。

「煙火～？」

「是主人的煙火喲！」

如波奇所說，那是由我設計，並在西門子爵的卷軸工房量產的光魔法卷軸「幻煙火」。

「妳的主人——潘德拉岡卿用的煙火更加漂亮嗎？」

「沒錯喲！主人的煙火最——」

雖然莉薩伸手摀住波奇的嘴，但已經來不及了。

因為她另一隻手抱著小玉，所以才沒能趕上吧。

「剛才的水魔法製作人也是你吧？」

「是的，正是您想的那樣。」

面對公主把握十足的提問，我點了點頭。

就算現在敷衍了事，一旦她以王家權力做後盾去逼問西門子爵也毫無意義。

「哦～老實承認了啊。」

公主像是在推測什麼似的凝視著我。

「我有些事一直想在見面的時候請教你。幻煙火及煙火的魔法有部分明顯十分冗長，那是為什麼呢？」

能問出這種問題，代表她得到了卷軸的原形，並看過裡面的內容了吧。

「那是因為比起實行效率，更重視可讀性和再利用性的緣故。」

「有必要提高可讀性嗎？會打算閱讀咒文，藉此知曉魔法的內部運作只有敵人或咒文研究者而已喔？」

敵人——如果是軍用魔法，為了防諜而降低可讀性應該很有效。

「一旦提高可讀性，問題發生時就能輕易加以修正。就以往的咒文來看，光是查出問題出自哪個部分就得花上不少力氣。」

「是嗎……那麼提升再利用性的理由又是為何？魔法的咒文可不像詩詞文章那般單純，能夠隨意增減喔？」

公主的眼鏡閃爍著光芒。

或許是接受了可讀性的說明，公主將問題內容轉到再利用性上。

「不，實際並非如此。以往咒文由於太過於追求實行效率，將大篇文章退化成無法分解的程度。」

「退化？這我可不能當作沒聽到呢。與王祖大人時代的魔法相比，現代魔法無論是發動速度還是威力都有所提升，難道不是嗎？」

「那是犧牲了可讀性和再利用性所得到的結果。若是從優化單一咒文的意義上來看確實是進化了，但也導致創造衍生魔法的難度大幅提升。現在開發魔法不就需要龐大的時間和人力嗎？」

「……確實。」

公主微低著頭小聲說道。

雖然看不清楚反光的眼鏡內側，但她的嘴角正微微顫抖。

——難道我惹她生氣了？

因為解釋咒文改良太令人開心，使我忘了確認公主的想法。

「那麼，我還有個問題，能讓我聽聽你的見解嗎？」

由於公主用閃閃發亮的眼神語帶挑釁地提出疑問，於是我做出了「若我能回答的話」這般回覆。

「您知道加爾塔夫陛下在位的時代，路塔・樂活卿以『火球』為基礎開發的『路塔式火球』嗎？」

……不知道。

我查了一下手邊的魔法書，上面記載著那是提升了威力的亞種火球。

那是一種軍用魔法，同時書上還寫到現在軍隊仍在使用的火球魔法分為路塔式火球，以及其派生魔法的路塔利歐式火球。

這兩項魔法消耗的魔力似乎都跟普通火球差不多，但能夠提升三成的破壞力。

「您是說軍用火球吧？」

我運用剛剛才知道的情報附和道。

「既然知道，那麼您應該也很清楚路塔式火球的問題點吧？」

我點頭對公主的提問表示同意，總覺得這有點像是在面試。

她所說的問題點也有記載在魔法書上。路塔式火球跟路塔利歐式火球都有個極其罕見的問題，那就是會在施術者目標以外的地方爆炸。

同時這也是一般魔法書上記載都是舊版「火球」的理由。

「那麼，您知道那個問題為何會產生嗎？」

「引發問題的原因嗎——」

我複誦了一次問題，同時簡單地瀏覽起咒文。

那是一段總覺有點眼熟的麵條式代碼——也就是全部擠在一起的混淆性代碼。雖然我是初次見到這個咒文，但能看出和之前製作火魔法給亞里沙時參考的咒文代碼有相似的問題。

還記得當時因為那將指定效果範圍的重要變數以及在各種地方都會用到的自由變數放在一起的壞習慣，導致我移植時花了不少力氣。

「您不知道嗎？」

公主用如同考官般的語氣詢問道。

「不，沒那回事——」

我一邊回答，一邊在腦中展開魔法程序。

——找到了。這個咒文果然也有同樣的錯誤。

「請您看看這裡跟這裡。指定爆炸條件的部分領域，偶爾會被用來計算軌道補正。由於使用這部分的狀況非常有限，因此故障的情況才會很少見吧。」

我從萬納背包拿出魔法書攤開，指出錯誤的部分以及理由。

雖然原因可能還有很多也說不定，但她應該沒打算尋求完美的回答吧。

「——真是太棒了！」

原本看著咒文碎碎唸的公主抬起頭來。

「啊啊！多美妙的一天啊！」

公主雙手握住我的手，用如同作夢少女般閃閃發亮的雙眼看著我。

與剛剛那考官般的神情相比，簡直就像換了個人似的。

「您真的是煙火卷軸的製作人呢！」

看來她似乎懷疑過我是否就是製作人。

雖然因為回答問題實在很開心，一不小心就給出了正確答案；但當時要是隨口答句「不知道」，好像就能蒙混過關。

「總覺得這個氣氛很不妙耶？」

「嗯，危險。」

亞里沙和蜜雅這對鐵壁組合，悄悄地開始做起緊急阻擋的準備。

「自從見到煙火那漂亮的咒文組合時，我就已經是您的俘虜了。」

正確來說是「您『咒文』的俘虜」吧。

這樣會引起騷動的，希望您說話不要省略。還有，臉靠太近了。

「啊啊，真想跟您徹夜長談呢。」

公主高舉起一隻手，宛如舞臺女演員般仰望著天空。

雖然我很開心能夠拉開距離，但她的另一隻手仍然抓著我的手不放。

「若您願意詳細說明那充滿藝術的咒文程序，我可是做好了即使要下嫁到潘德拉岡士爵家也無妨的覺悟喔。」

雖然隱約察覺到了，不過公主看來是個重度的咒文迷。

「殿下！請您快上馬車！」

「說、說得沒錯！為了讓聖櫻樹開花，必須快點展開調查才行！」

「啊、啊啊，佐藤大人——」

像是澈底變了個人似的公主，被侍女和雅典娜小姐推上馬車後離開了。

「不可以花心。」

「主人，你難道會散發吸引怪人的賀爾蒙嗎？」

蜜雅和亞里沙一步步向我逼近。

我將亞里沙拚命聞個不停的臉推回去，接著朝著因為煙火的事曝光而被莉薩責備的波奇走去。

「主人，對不起，波奇正在好好反省喲。」

「非常抱歉，主人，都是我監督不周。」

莉薩和波奇一同向我低頭道歉。

「兩人都抬起頭來。我本來就忘了叮嚀別把煙火的事說出去，妳們沒必要道歉。」

「不會丟掉波奇吧？」

「當然不會啊。」

我摸了摸波奇的頭，她的眼眶泛著淚水。

「真是的，主人實在很寵波奇呢。」

「不准吃肉？」

聽見蜜雅的「不准吃肉」這句話，不僅是波奇，所有獸人女孩們都變得臉色蒼白。

這處罰有這麼嚴重嗎？

「不、不准吃肉……主人，波奇不能吃肉嗎？」

「放心吧，我不會這樣處罰妳的，證據就是今天晚餐吃漢堡排喔。」

「好棒！波奇無論多少漢堡排都吃得下喲！」

「小玉也是～」

波奇和小玉高興得蹦蹦跳跳。

今天原本打算拿炸櫻花鮭當作主菜，不過看來隨機應變更換主菜似乎才是正確的。

我們在衛兵那裡錄完口供後，便決定交給衛兵們善後，重新展開王都觀光。

禁書庫

「我是佐藤。說起禁書庫，總給人一種收藏禁忌魔法書的奇幻印象。要是有龍或者地獄看門犬那類生物在看守，感覺藏書的價值也會增加呢。」

「你好，陛下。」

日落之後，我來到了國王的職務室。

這次是為了報告白天遇到纏繞著詭異紅色繩狀障壁魔物的事情。

雖然我個人不想參與無關的事，然而這件事變嚴重的話，我們也無法安穩地在王都觀光，於是我才打算幫忙解決事件。

「原來是王祖──無名大人！」

「歡迎您大駕光臨，王──無名大人。」

我一如往常地先用一句「我不是王祖啦」糾正將我當成王祖大和的兩人，接著才進入正題。平時身為國王護衛的希嘉八劍首席祖雷堡先生今天不在，因此門外只有兩名近衛騎士在看守。

由於主要的「紅繩魔物」事件似乎會談很久，於是我打算先從簡單的事情講起。

「雖然公私不分不是好事，不過越後屋商會有兩名遭人栽贓而被貶為罪犯奴隸的女孩，可以請您赦免她們嗎？」

雖然嚴格來說並不算栽贓，不過那理由和找麻煩差不多，所以我決定以此為前提來延續話題。

「可以請教是什麼罪嗎？」

「大概是不敬罪吧？」

我不提及姓名，簡單講述事情的經過。

「原來如此。這種程度的罪只是小事一樁，我馬上發出特赦。」

國王小聲說出與剛才的我相同的感想，之後迅速地準備了赦免書。雖然他還說可以發布特赦公告，但那麼做似乎會導致王家和列瑟烏伯爵領的隔閡變深，因此我決定拒絕。

「謝謝你，陛下。」

道過謝之後，我將霍茲納斯樞機卿擁有認知妨礙道具，以及他真正的等級和技能構成說了出來。

「居然還有那種祕寶……」

「無名大人，感謝您貴重的情報。」

樞機卿至今曾數度造訪希嘉王國，雖說他似乎沒有什麼怪異的行徑，但姑且決定派幾名有實力的諜報員盯著他。

「另外，由於王都的地脈很詭異，所以我調整好了。」

不過受櫻樹精之託這件事有暴露我真實身分的危險性，因此我沒有講出來。

「什麼！地脈竟然！」

「陛下！王都出現魔物的原因正是地脈出現混亂吧！」

此時見兩人開始講起正題，於是我也參與了對話。

「王都出現了魔物？不是下級不死族或從魔嗎？」

由於不久前的比斯塔爾公爵府襲擊事件中曾經出現過骷髏和投擲岩爆彈的昆蟲系從魔，所以我才這麼問。

「是的。從昨晚到今天傍晚，王都內一共有五處地面鑽出了昆蟲、老鼠和蝙蝠等魔物。牠們攻擊出現地點附近的人並破壞周遭建築後，似乎又躲回地下去了。」

宰相將出沒的地點與數量告訴我。

我們遭遇的是第四個地點，第五個好像是在我們吃晚飯時發生的。

「在五個地點中，只有希嘉八劍的盧歐娜卿趕到第三個地點，以及祕銀冒險者與潘德拉岡士爵遭遇的第四個地點這兩處來得及趕在魔物逃離前進行討伐。」

「其他全都逃跑了？」

聽見我的發問，宰相點點頭說了句「是的」。

雖然之前逃走的魔物確實可能出現在我們所在的大噴泉附近，但據我所知，當時並未見到受傷的魔物。

況且當時我已經用「追蹤箭」殲滅了殘存在地下的魔物，因此出現在第五個地點的魔物應該是從外部入侵，或是被某人帶進來的吧。

我試著搜索地圖，卻並未發現依然活著的魔物；倒是見到了幾具魔物的屍體，看來逃離第五個地點的魔物已經死了。

我將發現魔物屍體的地點告訴了宰相，他顯得很高興。

「——那麼，找到魔物的入侵路線了嗎？」

「不，路線尚未判明，請原諒臣的無能。」

取而代之的，是前往下水道調查的衛兵們似乎發現了奇怪的儀式痕跡。

「儀式的痕跡？」

「是疑似咒術系的魔法陣。」

我雖然看了王立研究所的職員抄下的樣本，但都是些我所不知道的魔法陣。而且也不像在公都地下迷宮遺跡或迷賊拷問房中見過的魔法陣。

從附帶的報告書來看，魔法陣是用木炭畫成，附近還見到了昆蟲和小型動物的屍體，以及疑似咒石的殘骸。在咒術系魔法陣的附近，似乎找到了幾個熔燬的魔法道具殘骸。

咒石嗎……這麼說來我好像在鼬人族的沙北商會看過。聽說他們會賣給那個來自隨興超自然團體「自由之風」的男性。雖然光憑這點就懷疑他們似乎有點太過武斷，不過還是留意一下吧。

為了保險起見，我將報告書上的地點寫在主選單的筆記上。

「這些魔法道具已經調查過了嗎？」

「是的。這是王立研究所的調查資料。」

因為魔法道具已完全熔燬，因此似乎只查出「音三十四知式魔法道具」這項道具名稱和製作者的名字。

作者是一名鼠人族的二級魔法道具士，是個在幾年前被王都的魔法道具工房開除，近年為了糊口在平民區無論違法與否一律接受委託製作魔法道具的人物。

據宰相所說，他已派出搜查員去監視那位二級魔法道具士，等著他和委託人接觸。

從事發開始到現在明明只過了一天左右，還真能幹呢。

本來還打算用地圖搜索幫助調查，看來是我多管閒事了。

「王都經常出現魔物嗎？」

「怎麼可能，王都出現未知的魔物這種事可是數十年一度的大事件呀。」

陛下回答了我的問題。

「陛下，七神殿的神官們所說的『前所未有的危機』，或許就是指這件事也說不定。」

「本以為只是一如既往用來募款的玩笑話，看來是我思慮稍嫌不周啊。」

國王一臉苦澀地說：

「為了慎重起見，我已經下令要希嘉八劍和騎士團前去巡邏了。」

「嗯，即使沒有事情發生，也能夠維持治安。」

原來如此，看來他們與下級貴族不同，姑且會保持警戒。

我將報告書遞交給他們兩個的同時，問了件我很在意的事。

「報告書上寫到，戰鬥中的魔物身上會出現纏繞紅色繩狀的魔法陣，那跟大量攝取魔人藥所產生的東西不同嗎？」

「根據實際交戰過的騎士所說，當時在現場的潘德拉岡卿似乎說過這樣的事。需要傳喚他到王城來嗎？」

唉呀呀，這下可自討苦吃了。

「不必了，我會親自去詢問他。比起這個，陛下。有魔人藥相關的詳細資料嗎？」
「那些資料都收藏在王城的地下禁書庫裡。」
看來管理得相當嚴實。
「我想拜讀一下，可以允許我進入禁書庫嗎？」
「您怎麼如此見外，這座城堡也算是屬於王——無名大人的。您可以自由進出想去的任何地方。」
不不不，你這樣也太隨便了吧。
於是我在國王的帶領下，乘坐位於王族私人區域最深處的升降梯，前往地下深處的禁書庫中。
禁書庫與寶物庫相鄰，通往兩邊的路徑上設置了用魔法裝置強化過的厚重大門。
大門由幾名等級三十左右的近衛騎士進行看守。
「接下來只有獲得許可的人才能通過——」
我聽著國王的話，同時為了能夠仔細觀看施加在門上的魔法迴路而靠了過去。
中途產生了一股像是穿過結界的觸感。
「——不愧是無名大人。不對，既然是無名大人，會擁有許可也是理所當然的。」
「陛下，用詞。」

由於守衛聽見國王使用敬語說話而產生動搖，於是我小聲出言提醒。

根據國王所言，我剛才通過的東西是都市核用來防止入侵的強力結界，一般只有獲得許可的人才能通過；要是強闖的話王城內會響起警報，緊接著近衛騎士就會迅速趕到。

「前方是禁區，若想通過，請說明此行的目的。」

擔任守衛的近衛騎士似乎是個把正經穿在身上的耿直人士，即使面對國王也要依照程序確認通行目的。

「寡人乃希嘉國王賽提拉利克・希嘉。同行者為勇者無名大人，來到此地的目的是閱覽禁書庫中的資料。」

國王面對騎士一板一眼的流程沒有絲毫不快，正大光明地宣言道。

從他的感覺來看，這套流程的制定者應該是王祖吧。

「同行者閣下，請您按照規定摘掉面具，好讓我們確認。」

雖然國王一臉擔心地轉頭看了我一眼，但我舉手制止了他並回了句：「可以喔。」接著露出面具下的容貌——變裝面具，順利地得到通行許可。

「我以近衛騎士贊・凱爾登之名下達許可——■『開門』！」

騎士舉起看似都市核控制器的護身符詠唱咒文與開門暗號，接著厚重門扉便自發性地緩緩打開。

「請通過。」

「嗯。」

我跟在落落大方點了點頭的國王身後走進去，隨後門便慢慢地關了起來。

我們走在魔法燈光照耀的通道上，走廊在中途分為通往禁書庫和寶物庫兩個方向，而我們往禁書庫的方向走進去。

雖然走了一陣子，但國王完全沒有顯露出疲態。於是我在閒聊中試著詢問，才知道他年輕的時候曾以聖騎士為目標鍛鍊過。

抵達禁書庫前我們一共穿過了七道門，不過從第二道門開始就不是由人類看守，而是由魔巨人或活動甲冑之類的魔創生物擔任守衛。走廊也每隔一段距離便設置了混淆用的雕像，更突顯了前方禁書庫的重要性。

「這裡便是禁書庫。」

國王揮了一下權杖，眼前宛如隔間的雙開門隨即開啟。

走進禁書庫，舊紙張的氣味便迎面而來。禁書庫內相當昏暗，似乎維持著以保存書籍為優先考量的最佳溼度和溫度。

當國王舉起權杖後，館內的燈光亮了起來。會採用間接照明，應該是為了不讓強光傷害到書本吧。

我們走過入口大廳，接著再穿越高達天花板的書櫃叢林。

確認地圖之後，我才發現這裡和剛才所在的王城是屬於不同的地圖，於是我便使用了「全地圖探測」這項魔法。禁書庫這張地圖裡只有一名讀者，似乎沒有其他圖書管理員，唯獨設置了大約二十架負責整理的小型魔巨人和活動人偶。

「還以為是誰蒞臨此地，原來是陛下啊。」

伴隨著一本正經的聲音現身的，是有著眼鏡這一大特色的希斯蒂娜公主。

「嗯，近來如何？妳還是老樣子，是個不參加夜會的書蟲呢。」

聽國王這麼說，我略感不解地偏過頭去。

我曾在授勳儀式的祝賀舞會上見過她，難道那並非出席舞會而只是去找人嗎？

「是啊，畢竟和下任列瑟烏伯爵的婚事很幸運地一筆勾銷，這下暫時能隨心所欲地來禁書庫看書了。如果可以，我真想一輩子都不結婚，徜徉在書堆中呢。」

公主原本與國王親暱地聊著天，此時注意到躲在國王背後的我。

她那氣勢強悍的藍色眼瞳正藏在銀框眼鏡後方瞪著我。

「這位奇裝異服的人是誰？新的護衛嗎？」

「注意妳的措辭，這位是勇者無名大人。」

「請多指教啦～殿下。」

把無名誤認為王祖大和的事，似乎是只有陛下和宰相之間的祕密。我語氣隨興地向公主打了聲招呼，她隨即露出有點不愉快的表情看著我。

「這就是勇者？連那位大人的腳跟都——」

公主用順風耳技能也難以辨識的音量小聲說完，便從我身上移開視線看向國王。

「我還要調查有關聖櫻樹的事，因此先行告退了。」

公主向國王打完招呼，就返回自己位於禁書庫中的研究室。

這麼說來白天碰面的時候，她好像也說過「聖櫻樹不開花的原因」之類的話。

「無名大人，抱歉我有個這麼不長進的女兒。」

「沒關係啦～」

或許是因為白天看過她耍笨的模樣，她那冷淡的態度並未讓我產生不快。

「比起那種事，我想快點調查資料。」

「那麼就去找管理員吧。」

在國王的帶領下，我們來到圖書館深處、擁有八條手臂的魔巨人所在地。

「無名大人，它就是這間禁書庫的『管理員』。」

「陛下，今日、需要、何種、書籍？」

魔巨人管理員用斷斷續續的合成音詢問。

明明外表那麼嚴肅，合成聲音卻可愛到彷彿會出現在萌系動畫中似的。

「『管理員』啊，寡人以希嘉王國國王的權限，允許這位無名大人能閱覽到三層為止的禁書。開始處理吧。」

「是，開始、進行、處理。」

這個禁書庫一共有四層。

最下層的書似乎無法閱覽。不過，反正使用地圖搜索道具就能知道書名，如果有想看的書，我只要伸展「理力之手」然後儲存下來閱覽就行了。

「無名大人，我想您也很清楚，禁書庫最下層有著唯獨當代國王才能進入的規定。目錄是由『管理員』所保存，若有需要的書籍我會去幫您拿來，還請您諒解。」

不不不，怎麼能讓國王跑腿啊。但也不能說出「我隨便看看就好，所以不必了」這種話，於是我輕快地說了句「到時就麻煩你了」草草帶過。

由於國王還有政務要忙，所以我向他道了謝之後便分頭行動，接著在「管理員」和隨侍的活動人偶們幫助下，對魔人藥展開調查。

關於魔人藥，我找到了包含配方在內的一系列歷史書籍。

雖然我一邊刻意避開配方進行調查，但有關這次魔物騷動發現的怪異種族固有能力「魔繩身」卻依然一無所獲。

雖然在大約四百年前的亞人戰爭時，有留下對動物和魔物施加魔人藥進行實驗的紀錄，但裡面也沒有出現「魔繩身」這個詞彙。

我也試著直接向管理員詢問：「有沒有『魔繩身』的相關資料？」它則是一口咬定地予以否定。

「還有其他資料嗎？」

「魔人藥、相關的、書籍、只有、這些。」

此時管理員左右兩邊的眼睛互相閃了幾下，接著回答道：「資料庫中、有追加的、私造、魔人藥、調查書。」

請它將資料拿來一看，才知道那是索凱爾在迷宮都市私造魔人藥的事件調查報告，因此沒有什麼新發現。

至今似乎仍未發現從塔爾托米納運離的魔人藥走私地點。根據上面該事件諜報員的看法，認為有可能位於需求量較高的大陸西方各國。

而在凱爾登侯爵管理的其中一個軍用倉庫中發現的大量魔人藥，似乎由王立研究所祕密進行了廢棄處理。

另外也順便調查了咒術，但並未發現與先前見到的魔法陣相同的東西。

雖然有相似的魔法陣，但都是些「讓腳趾頭撞到衣櫃角的詛咒」、「使人後背發癢的詛咒」，以及「讓人尿床的詛咒」這類無聊至極的東西。

總覺得都是些隨興超自然集團「自由之風」會喜歡的咒術。

或許咒術痕跡和魔物出現沒有關係也說不定。

不過，既然這個魔法陣的危險性極低，在王立研究所作出結論前就先不管吧。

隨後我又調查了幾件小事，接著拿起過程中從書架上找到的魔法書看了起來。

不愧是禁書庫，上面記載了許多從未見過的上級魔法和禁咒指定的咒文。像是能使生物窒息的風魔法、能引發核爆般現象的空間魔法，以及能夠復活龍的屍體作為不死龍來操縱的死靈魔法等，看似不妙的魔法相當多。但似乎不存在對神魔法。

只有類似核爆的魔法被刻意刪除了重要編碼導致無法執行。

雖然感覺只要稍微努力就能重新補上，但我不打算將咒文完整復原。如果真的是能引發核爆的魔法，不僅輻射很可怕，從這些編碼來看感覺是種難以駕馭且必須抱持自爆覺悟的魔法，嘗試的風險太大了。

為了讓亞里沙和蜜雅使用，我將看似很方便的「煉獄白焰」、「海龍白閃」和「破空侵奪」等幾項禁咒記錄了下來。

另外，那些威力不及上級魔法或是咒文編碼較少的魔法，即使內容看起來屬於禁咒，依然被歸類在準禁咒這種不同分類進行管理。

過幾天請亞里沙嘗試了一下才知道，禁咒就算詠唱成功也沒辦法無詠唱發動。這件事似乎在王祖大和的勇者故事中也曾提到。

雖然有點偏離正題，但想調查的內容都已經確認完畢，於是我在禁書庫外找了個不起眼的地方，設置能再次造訪用的刻印板之後就離開了。

◆

「——事情就是這樣，拜託你們收集情報了。」

離開禁書庫後，我變成庫羅的模樣來到越後屋商會，委託掌櫃協助收集「紅繩魔物」的目擊情報。

「我明白了。蒂法麗莎，請妳立刻去安排。」

「要讓乞丐公會也出動嗎？」

「嗯，拜託妳了。」

掌櫃一聲令下，蒂法麗莎默契十足地展開行動。

「另外也去收集被魔物咬過的屍體情報。在允許的範圍內進行就行了。」

「我明白了。」

我叫住準備離開房間的蒂法麗莎，追加委託的內容。

「全身覆蓋紅繩魔法陣的魔物嗎……感覺跟迷賊幹部們的能力很像呢。」

蒂法麗莎離開房間之後，曾淪為迷賊階下囚的掌櫃突然這麼說。

「嗯，據實際遇到的潘德拉岡那小子所說──紅繩魔物的『魔繩身』和迷賊的『魔身賦予』雖然有所不同，但效果十分相似。」

這些情報似乎講出來比較好，畢竟國王曾在無名面前提過佐藤的名字，那麼庫羅知道這件事應該也不奇怪。

關於紅繩魔物的事這樣就行了，接下來──

「您說奴隸解放嗎？」

「庫羅大人，我們是罪犯奴隸，無法用一般的方式脫離奴隸階級。」

蒂法麗莎事情處理完回到這裡的時候，我將妮爾也叫來，談起解除奴隸契約的事。

「不必擔心，吾主已經幫妳們從國王那裡拿到了赦免書。」

說完我便將赦免書遞給妮爾和蒂法麗莎。

「要失業了嗎！」

將解放奴隸誤解為解僱的妮爾語帶焦慮地說。

「妳打算辭職嗎？」

「才沒那回事！」

妮爾用認真的表情迅速回答。

「那麼，就一如往常地努力工作吧。」

有別於面帶笑容接納現狀的妮爾，問題在於自從聽到奴隸解放就一臉陰沉的蒂法麗莎。

「怎麼了，蒂法小姐？」

即使妮爾這麼問，蒂法麗莎仍舊低著頭。

「妳不滿意透過赦免的方式解除奴隸身分嗎？」

果然還是該像國王說的那樣，發布赦免的告示比較好嗎？

「——契約——庫羅大人——羈絆——不要——」

順風耳技能斷斷續續地捕捉到了蒂法麗莎說的話。但音量過小，以致於難以分辨。

「蒂法麗莎。」

「我想保持現況！請讓我繼續當庫羅大人的奴隸！」

聽見我的呼喚，蒂法麗莎猛然抬起頭拚命地懇求。

雖然搞不太懂，但她似乎還想保持奴隸身分。

思春期的孩子還真難懂。

「如果哪天想被解放，隨時都能告訴我。」

「……是。」

蒂法麗莎用細如蚊鳴的聲音回應我說的話。

隨後我將她的赦免書交給掌櫃保管；畢竟要是被她一時衝動撕毀或燒掉可就麻煩了。

事情結束後，我出發前往迷宮都市的「蔦之館」。

我打算使用這裡的研究設備來製作通信用的魔法道具。雖然單純傳達資訊的話，用亞里沙的「戰術輪話」或我的「遠話」比較方便，但是這些魔法存在必須由我或亞里沙發起才能用的缺點。

況且由於在迷宮下層生活的轉生者骸曾經提過，過去他曾因為製作電波塔和鐵路網而觸犯了眾神的禁忌，使我遲疑是否該這麼做。

不過，既然已經有了同樣功能的魔法，也存在都市核通訊以及出自迷宮的「成對通話水晶」等物品，我認為只要限定機能和使用者就不會觸犯禁忌，因此決定製作。

「那麼，要用哪種迴路來做呢──」

這次我決定以紅繩魔物威脅到夥伴們和越後屋商會時，能進行緊急通知當作主軸來進行製作。

適合製作通訊裝置的魔法有術理魔法、風魔法和空間魔法三種。

精靈魔法和召喚魔法不太普通；光魔法也只能進行筆直的點對點，不適合個人之間的通訊。雖然水魔法、土魔法和雷魔法也能進行通訊，但和光魔法一樣有很多限制，所以這次暫時不考慮使用。

由於風魔法的效果會受到天氣影響，因此這次決定主要使用簡單的術理魔法以及雖然會讓魔法迴路變複雜，但也難以妨礙的空間魔法。

「——大概是這種感覺吧？」

給夥伴們和越後屋商會幹部使用的空間魔法式簡易通訊裝置完成了。

為了節省魔力，能夠發送十六位元的實際信號，接著以接受到的信號為基礎，將三十二行的資訊顯示在魔法道具螢幕上。至於實際資料是十六位元卻不是兩百五十六行的原因，是因為剩下的部分要用來分辨發送者和接收者。同時修正錯誤資訊以及通訊資料的識別碼並不包含在實際資料內。

因為信號採廣域範圍發送，所以做成由負責收訊的魔法道具來辨識發送對象是否為自己的形式。

為了避免糾紛，我刻意讓夥伴們與越後屋商會幹部們使用的魔法道具無法互相通訊，造型也大不相同。

「做成像呼叫器一樣的造型或許有點玩過頭了。」

越後屋商會的幹部們用的魔法道具造型是護身符。

雖說不管是哪一個都需要大量的魔力，但也因此能通訊到王都的任何地方。

「至於是否要分發給她們，就視情況而定吧……」

而術理魔法式魔法道具的原理與「信號」魔法相同，是只能收發「發生緊急事態」這種特定信號模式的簡易版本。

同時採用了只要帶在身上，就會從使用者身上自動填充所需魔力的設計。

「天亮了嗎……」

當我走出蔦之館時，太陽早已高高升起。

「看來又要捱亞里沙的罵了。」

我伸個懶腰放鬆緊繃的身體後，便使用「歸還轉移」回到了王都宅邸。

幕間

「美都，能看見王都嘍。」

銀髮美女身穿一襲與旅行不相襯的禮服，站在山頂凝視遠方這麼說。

「咦～在哪～？」

被稱為美都的黑髮少女從乘坐的走龍上起身眺望遠方。

「就在正前方的雙子山中間，能看到吧？」

「不行、不行，我又不是小天，怎麼可能用肉眼看見嘛。」

美都這麼說完，接著小聲地說了句「視覺擴張」。

「看見了，的確是王都。」

美都透過無詠唱施展術理魔法輔助，看見了就普通的視力來說，距離遠到不用望遠鏡就看不見的王都。

「是因為許久不見了嗎，總覺得好像大了不少。」

「不是錯覺喔，的確比之前看到時大了好幾倍。」

「對吧、對吧！沒有結界柱的農地現在也擴大到徒步走到王都得花好幾天的距離了，看來歷代國王都有努力執行夏洛利克他們構思的農地擴張計畫呢。」

美都語氣興奮地說完後，瞇起眼眺望農田。

銀髮美女用她那白皙纖細的手指，溫柔地拭去美都眼角的淚珠。

「真是太好了呢，美都。」

「嗯。」

美都提起精神一掃感傷的情緒，驅使走龍沿著道路前進。

「美都，有魔物。」

「達米哥布林嗎？出現在村子附近很危險，驅除掉吧。」

美都一舉起手，身邊頓時浮現十五支透明的箭，並在她揮落手臂的瞬間發射出去，將潛藏在叢林中的魔物一掃而空。

只要是熟知術理魔法的人，一眼就會看出那是下級魔法的「魔法箭」，但依然會對她那比熟練魔法使施展時多上三倍的數量感到驚訝吧。

話雖如此，若跟假面勇者無名的一百二十支「魔法箭」相比，這還算在常識範圍內也說不定……

「長城內側有魔物嗎……果然沒辦法打造出完美的安全區域呢。」

「那是當然的。只要人種聚集就會產生瘴氣，而瘴氣一旦變濃就會湧出魔物，這是世間的常理。」

「說得也是，我明白啦，小天。」

美都的表情有些悲傷。

「妳發現了嗎，美都？」

銀髮美女轉頭看向山的另一端——王都所在的方向。

「嗯，瘴氣很濃呢。」

美都用掛在脖子上的銀色望遠鏡朝相同方向看去，接著點了點頭。

雖然遠比迷宮內和戰場來得稀薄，但見到的瘴氣依然比平常濃上好幾倍。

剛才的達米哥布林應該也是因為濃厚瘴氣累積而產生的魔物吧。

「反正也快過年了，只要進行『驅魔』儀式就能淨化了吧。」

那個儀式至今依然持續一事是她在傑茲伯爵領當打工服務生時從旅行商人那裡聽來的。

「妳放心吧，美都。要是魔物或魔族受到瘴氣影響而出現的話，我會用本體將牠們燃燒殆盡。」

「啊哈哈，那可不行。」

「為什麼！」

見朋友開口拒絕，銀髮美女表情一臉意外地反問。

「要是小天認真起來的話，受災情況會比魔物和魔族出現更嚴重啦。」

「那種事怎麼……」

「妳敢說不會嗎？」

銀髮美女顯得欲言又止，最後別過頭當作回答美都的問題。

看來王都不用化為灰燼，能夠平安地過個好年了。

各自的樂趣

「我是佐藤。『想在清靜的場所和大自然過日子。』——某位喜歡自給自足生活方式的朋友說完這句話之後，就買了棟深山裡的別墅。不過他很快就住膩，又搬回城市裡就是了。」

「——咦？」

用「歸還轉移」回到王都宅邸辦公室中的我眼前，見到了波奇從窗外墜落的身影。

我連忙為了接住她，將常駐發動的「理力之手」伸了出去。

「Ouch！」

正不斷旋轉調整著地姿勢的波奇，因為在出乎意料的時間點被「理力之手」按到腹部，發出了西洋風格的叫聲。

「抱歉、抱歉，妳沒事吧？」

「謝謝主人喲。波奇沒事喲！」

我將波奇放在地上，自己也跳出窗戶來到後院。

「回來了～？」

抬頭一看，發現小玉正貼在上方的牆壁向我招手。

看來波奇是跟小玉一起做忍者修行的時候失誤了。

「忘記說了喲。『我回來了』喲！」

「歡迎回來，妳們在晨練嗎？」

「系～」

「因為王都外圍的馬拉松結束了，所以和小玉一起當忍者從屋頂之間跑回來喲。」

「晨練是無所謂，但不可以做危險的事喔。」

「知道了喲。波奇覺得自己比起忍者果然更適合做武士大人喲。」

我與兩人聊著這些話題走進院子，便見到正在慢跑的莉薩以及做伸展運動的娜娜。

正好身體很僵硬，於是我也一起做起伸展運動。

「波奇要練熟居合拔刀，成為武士大人喲！」

波奇這麼說著，撿了一根掉在庭院的樹枝開始模仿居合的動作。

印象中，波奇好像在迷宮都市向沙珈帝國出身的武士卡吉羅先生請教過居合的架式。

「居合很不錯呢！」

「嗯，拔刀術。」

我順著聲音回頭一看，發現是身穿睡衣的亞里沙與蜜雅。
露露跟在她們後面，手上拿的托盤放有與人數相符的蔬菜汁。
「主人，讓波奇見識一下真正的居合吧。」
亞里沙一副「好了，快上吧！」的表情催促道。
夥伴們受到她的影響，也紛紛充滿期待地看著我。
看她們這麼期待，實在很難說自己從來沒做過。
「希望主人能使用波奇的武士刀喲。」
我接下波奇遞過來的日本刀，這是之前從迷宮的寶箱裡取得的。
接著我開始進行預演，簡單地模仿起居合的動作。

>獲得技能「居合」。

於是一如往常地獲得了技能，我便把技能點數分配上去使其產生作用。
當我伸手按在回鞘的刀上時，便不知不覺地明白了力道的掌控以及角度。
「要上嘍。」
我這麼說完，便使出了居合斬。

「好厲害～？」

「究極的居合拔刀喲！」

「真是精彩的拔刀術。」

擁有良好動態視力的獸人女孩們紛紛出聲稱讚。

「騙人的吧！速度太快了，根本看不到。」

「我只知道主人的手動了一下。」

「好厲害。」

由於速度太快，後衛們似乎看不到。

「不愧是最快的劍術呢！」

亞里沙語帶興奮地說。

雖然一般而言由上往下揮的刀比較快，但由於我的居合斬會立刻收刀回鞘，所以才會讓人產生那種印象吧。

「那不是最快的啦。」

我先是示範了揮出刀的居合斬，接著再展示由上往下劈砍的速度來解開誤會。這招由上而下的揮刀動作，運用了卡吉羅先生所指導的「示現流」技巧。

「原、原來如此。作弊的不是居合而是主人啊。」

後面那句話是多餘的。

「主人，我想嘗試防禦居合，我這麼告知道。」

由於不先習慣居合會有危險，於是我說了句「下次再說吧」，延遲了娜娜的請求。

接著取而代之地同意了亞里沙「砍點東西試試看嘛」的要求，先是準備了三個稻草捲，接著同時使用縮地和居合技巧，做出拔刀出鞘後收刀的瞬間將稻草捲砍破這種類似街頭表演的技巧。

「哦，Great～？」

「波奇也想試試看喲！」

於是我將刀子還給蹦蹦跳跳如此宣言的波奇。

「唰唰唰唰唰！」

波奇嘴上發出音效，同時反覆做出居合動作。

不知道是刀身過長還是波奇的手太短，她似乎無法順利拔出刀來。

「波奇，認真點。」

或許是看起來像在開玩笑，莉薩語帶責備地說。

「是、是的喲！」

於是波奇鼓起幹勁。

那股幹勁化作魔力流進日本刀中。

——我有股不祥的預感。

「砰——的喲！」

波奇夾帶紅光的居合一閃而過，刀刃軌跡前方出現了一發弧形的魔刃砲。

——唉呀，真危險。

因為不祥預感而早有防備的我展開手掌大小的魔力鎧，同時用縮地衝過去抵消了波奇的魔刃砲。

「啊哇哇哇喲。」

莉薩的鐵拳落在了因為見到自己失敗而頭暈目眩的波奇頭上。

「對不起喲。」

「不，錯的是在院子裡開始訓練的我。」

我撿起波奇扔出的刀鞘開口安慰她。

真希望這附近有個可以讓大家盡情修練的地方。

◆

「是泡警器喲？」

「看來是防盜警報器的魔法道具版呢。」

吃過早餐後，我將剛完成的緊急通知道具分發下去，並教導她們使用方法。

而越後屋商會的部分，我在回王都宅邸前繞路去了一趟，將道具和記載使用方法的信一同放在掌櫃的辦公桌上。

「畢竟王都也不太平靜，這是為了讓妳們隨時都能聯絡我或亞里沙而製作的。」

「既然機會難得，怎麼不做個能用『遠話』的智慧型手機呢？」

正當我用「之後再改良」的空頭支票應付亞里沙的牢騷時，宣告有人來訪的鈴聲突然響了起來。

來的是我經由越後屋商聘請的人，也就是女僕及教授禮儀法度的家庭教師。

這些長相平庸的女僕們不僅臉色蒼白又十分消瘦，於是我請露露在工作前先帶她們去享用早餐。

「那麼老爺，我現在可以開始了嗎？」

家庭教師雖然看起來惹人憐愛，但與她文靜溫和的外表相反，說話語氣十分一板一眼。

由於新人貴族的課程放在後半段，因此從今天開始起一段時間內，上課的人只有小玉和波奇。

「多指教～？」

「請多指教喲。」

「雖然私下是無所謂，但在公開場合請好好說出『請多多指教』。」

兩人與家庭教師的聲音從客房傳了出來。

「系～」

「是的喲。」

「回答只要簡短說『是』就好。」

「系！」

「是──的喲。」

看來前途堪憂啊。

我和家庭教師簽訂的契約是每天早餐後的兩小時進行授課。畢竟要是時間太長，兩人會無法維持集中力。

於是兩個小時後──

「無精打采～？」

「波奇很努力了喲──癱倒。」

顯得一臉疲憊的小玉和波奇，以及比她們更加疲憊的家庭教師從客房走了出來。

我端出茶和點心慰勞搖搖欲墜的家庭教師，同時詢問起兩人的情況。

「嗯，這個，兩位都很有熱情——怎麼說呢，她們十分努力。」

家庭教師含糊不清地解釋兩人的情況。

看來兩人儘管很想聽從老師的話，但使用的語助詞和說話方式實在過於根深蒂固，因此無法把公開場合用的說話方式學好。

「總之，矯正的部分往後延，起初粗略一點也無所謂，先把社交的相關知識教給她們比較好吧？」

反正能進行教育的期限也很短暫——一同聽完事情經過的亞里沙這麼提議。我看家庭教師也沒反對，於是就拜託她按照這個方針進行課程。

目送家庭教師離開後，我先是拿出鯨魚肉乾撫慰陷入疲憊模式的兩人，接著按照預定和大家一起出門。

◆

「——真棒的演奏呢。」

步伐輕快地走在前方的亞里沙小聲說出感想。

由於今天我們受到先前認識的樂聖凱斯特拉先生邀請，因此我以學習社交必備素養為藉口，也邀請了卡麗娜小姐一同前來。

「那熱情的旋律實在棒極了——我很滿足喔。雖然和精靈的音樂相比十分粗糙，但人族的音樂也十分出色，能感受到不同的樂趣——這是實話喔？」

十分滿足的蜜雅久違地長篇大論地說起演奏感想。

雖然我以前也聽過，但或許是在有考量音響效果建造的音樂廳裡進行演奏的緣故，是一場令人覺得水準完全不同的美妙演奏。

「喔耶～」

「Bravo喲，卡麗娜也覺得很棒喲？」

「是、是啊，我覺得很棒。」

或許是初次聽到蜜雅長篇大論吧，卡麗娜小姐回答小玉和波奇的問題時顯得心不在焉。

其他孩子們似乎也很享受這場出色的演奏，看得出來大家都很滿足。

在我們朝向開放的大廳入口走去時，娜娜忽然停下腳步。

「主人，通道被堵住了，我這麼通知道。」

前方似乎有一群盛裝打扮的婦人以某人為中心圍成一團。

「那個人不是勞倫斯嗎？」

從人牆縫隙見到中心人物的亞里沙小聲嘀咕。

那名亞里沙稱作勞倫斯的人，是巴里恩神國的霍茲納斯樞機卿。

「從大嬸到年輕女孩都吃得開，還真是受歡迎呢。」

「的確如此呢。」

聽亞里沙這麼說，卡麗娜小姐一副不感興趣地回答。

「卡麗娜大人對他沒興趣嗎？」

「我認為他確實是個美男子啦。」

卡麗娜小姐偏著頭如此說道，似乎真的不感興趣。

「哎呀，這不是佐藤嗎？」

此時在人群之中，有一名性感氛圍特別出眾的美女——拉優娜・樂活子爵夫人在見到我之後，隨即擺出誘人的眼神朝我招了招手。

「什麼！這次竟然被老女人纏上了？」

「姆，花心蘿蔔。」

我向產生誤解的兩人說了聲「之後再解釋」，接著便朝樂活子爵夫人走了過去。

「霍茲納斯猊下，向您介紹我的朋友。」

聽樂活子爵夫人這麼說，樞機卿隨即朝我看了過來。

「真湊巧呢，潘德拉岡卿。」

發現是我之後，樞機卿笑著說。

「哎呀？原來兩位認識嗎？」

樞機卿向一臉訝異的樂活子爵夫人解釋昨天發生的事。

「真不愧是我的佐藤呢。」

「是啊，若沒有他們的努力，恐怕連我們都有危險。」

樂活子爵夫人自豪似的說，樞機卿面帶微笑地附和了句客套話。

「只有佐藤你們能夠狩獵魔物太狡猾了。」

卡麗娜小姐聽到魔物的事之後顯得很羨慕。

而平時總是對此有所反應的波奇和小玉卻沉默不語。

「怎麼啦，妳們兩個？」

「喵～」

「沒什麼喲。」

由於亞里沙的聲音顯得很疑惑，於是我回頭一看，才發現她們兩人都躲進莉薩背後，小玉的耳朵垂了下去，波奇也將尾巴藏了起來。

從位置來看，她們似乎不擅長應付樂活子爵夫人或樞機卿。

「抱歉打擾各位歡談，您是潘德拉岡卿吧？凱斯特拉大人請我來邀請您過去一趟。」

因為一名像是音樂廳經理的人前來迎接，我便向樂活子爵夫人和樞機卿告別，隨後請對方帶我們前往樂聖凱斯特拉先生所在的後臺。

「歡迎，小小名樂手。」

凱斯特拉先生與其說是歡迎我們，倒不如說是在歡迎蜜雅。

「我們的演奏感覺如何呢？」

「嗯，滿足。」

蜜雅點頭回應道。

「潘德拉岡士爵和各位小姐是否也盡興了呢？」

「是的，這是一場十分美妙的演奏，非常感謝您今天的招待。」

對蜜雅的答覆十分滿意的凱斯特拉先生終於將注意力轉到我們身上，於是我向他道謝並表達感想。

稍微聊了一會兒之後，凱斯特拉先生邀請蜜雅趁沒有節目時上臺演奏。

「要。」

由於蜜雅也很有興致，於是我們便前往觀眾席，蜜雅與凱斯特拉先生則走上了舞臺。

蜜雅先是隨性地幫魯特琴調起音來，隨後開始演奏凱斯特拉先生剛才彈奏過的曲子。

——真不愧是蜜雅。

那旋律既細膩又強勁，動人心弦到令人難以想像是從她那纖細的手指和瘦弱身軀所演奏出來的，充滿了一旦閉上眼彷彿就能看見情境的表現力。

在我聽得如痴如醉的時候，第一首曲目宣告結束。

「非常抱歉，凱斯特拉大人。」

正當兩人聊起第二首曲子該演奏什麼時，劇場的音響技師長突然插話。

「怎麼了嗎，音響技師長？」

「我想感謝您讓我聽到如此精彩的曲子，同時也有一事相求——」

音響技師長一臉愧疚地說，由於技師和工作人員會因為太過著迷而停止作業，因此希望兩人能等作業結束後再這麼做。

「唔嗯，那還真是抱歉。」

「凱斯特拉大人！討論下個場次的時間到了！」

凱斯特拉先生才剛跟音響技師長道歉完，劇場的工作人員便從舞臺旁前來呼喚他。

「世道總是不盡人意啊……看來第二首曲目只能留待下次了。妳還會再來演奏吧？」

「嗯，期待。」

蜜雅點頭同意了凱斯特拉先生的提議。

或許有一天，蜜雅會跟公都的歌姬希莉露多雅一樣，在王都音樂廳演奏也說不定。

◆

「樂譜，好多。」

「唔哇～還以為只是薄薄的一張紙，沒想到居然這麼厚。」

離開音樂廳後，在蜜雅的要求下我們來到附近有著許多樂器店與樂譜店的街道購物。

本來還打算如果遇見了把整張臉貼在櫥窗上注視著樂器的少年，就把樂器買下來送給他；但很遺憾並未見到那種如同電影情節般的場景。

「主人，有很多士兵，我這麼報告道。」

正如娜娜所說，今天路上有很多巡邏的衛兵。

不僅貴族街的衛兵數量明顯大增，通過主要幹道時也看到了好幾次由數名全副武裝騎士組成的巡邏隊。這毫無疑問是昨天紅繩事件造成的影響吧。

「喵？」

「吵吵鬧鬧喲。」

小玉和波奇突然一臉戒備地看著主要幹道左邊延伸的街道。

三名奇裝異服的男人推開街上行人衝了過來，身後跟著不斷出言警告的衛兵們。

「「「滾開、滾開！」」」

「禁止通行～？」

「不許通過喲！」

「真是放肆。」

小玉和波奇將左右兩邊的男人打倒在地，中間的男人也被卡麗娜小姐的迴旋踢給擊倒。

我們將這些男人交給隨後趕到的衛兵。

「小姐們的身手還真是厲害！」

「大胸部姊姊也好厲害！」

「真想讓她當我家兒子的媳婦。」

「美女好強啊～」

受到周圍人們的稱讚，卡麗娜小姐害羞地縮起身子。

或許是那副模樣相當可愛，四周的稱讚聲變得更加熱烈，超出忍耐極限的卡麗娜小姐便獨自逃離了現場。

「卡麗娜～」

「卡麗娜，等等喲！」

小玉和波奇連忙朝卡麗娜小姐追了過去。

圍觀群眾見到這副光景後才發現鬧過頭，紛紛一臉尷尬地四散離開。

「莉薩，不好意思，卡麗娜小姐她們就交給妳了。」

「遵命。」

莉薩跟在三人身後追了上去。

「感謝您幫忙逮捕這些可疑人物。」

看似衛兵隊長的男子向我道謝。

他身後的衛兵正在審問被繩子綁起來的男人們。

「快說！委託人是誰！」

「不知道，你在說什麼啊！」

「別給我裝蒜！我們已經查明你們昨天把可疑的道具運到下水道了！」

把可疑的道具運到下水道？

難道這些傢伙就是引發昨天魔物事件的犯人嗎？

「非常感謝您的協助！」

面對衛兵隊長「若不介意，敢問尊姓大名」的提問，我說了句「賤名不足掛齒」便帶著笑容道別。

由於有點感興趣，所以我在有些距離的地方等待卡麗娜小姐她們回來順便旁聽。

「——你想代替委託人上絞刑臺嗎？」

在衛兵的威脅下，男人這才心不甘情不願地鬆口說出：「我們只是接了一位高貴人士的委託而已。」

「對方的家名叫什麼？」

「誰知道。委託我們的是個自稱『侍奉高貴人士之人』、語氣高高在上的大叔。」

似乎是個沒有顯著特徵的中年男性。

「你們沒有跟蹤他嗎？」

因為覺得有點興趣，於是我使用審問技能插嘴提問。

「當然有啊。但委託人只是用名字稱呼了正在等他的傢伙就被罵了一頓喔？」

「名字是？」

「放我走就告訴你——嗚啊！」

當男人打算討價還價時，衛兵們毫不留情地揍了他一頓進行逼問。

這對教育不太好，真希望你們別在這種地方進行暴力審問。

「——潘德拉岡士爵大人，還有波奇大人和小玉大人，感謝各位的協助！」

「欸嘿嘿喲！」

「喵嘿嘿！」

聽見衛兵隊長道謝的波奇和小玉顯得很害羞。

就在路上即將展開如同拷問般的審問時，波奇和小玉帶著卡麗娜小姐回到了這裡，於是我派出「無情的拷問官波奇和小玉」，表演了精彩的拷問方式。

「波奇是搔癢專家喲！」

「搔癢癢～？」

看著波奇和小玉手指**不斷擺動**的模樣，嚴肅的衛兵們臉上也露出了笑容。

「這下就能繼續調查了。那麼，我們先告辭了。」

衛兵們向我們敬禮之後就離開了。當然，他們也帶走了那些被逮捕的男人。

「是馬庫雷家嗎？那些傢伙真的是引發魔物騷動的犯人？」

「光憑單一證詞無法判斷吧？」

對方似乎是名門望族。

「不過，他們是做壞事出名的貴族吧？」

卡麗娜小姐如此提問，於是我向她說明，若是在沒有物證的情況下，只會被對方狡辯脫罪一事。

我姑且進行了地圖搜索，但在馬庫雷家族的成員和傭人中，並沒有魔王信奉集團「自由之光」的成員，宅邸和倉庫也沒有魔人藥或其相關材料。

雖然有嫌疑，但也沒有能斷定他們就是犯人的證據。

這方面還是等待宰相麾下的諜報員和衛兵們的搜查結果似乎比較好。

我也試著用空間魔法「眺望」和「遠耳」環顧四周，但沒有那麼湊巧遇上可疑的對話或狀況。

「肉～？」

「是蟲先生的腳喲。」

當我們離開主要幹道前往馬車等待的地點時，小玉和波奇突然指向一輛蓋著布的馬車。從破布的縫隙中能窺見蟲系魔物的腿，似乎是運送魔物屍體的馬車。

「好像是昨天事件中出現的魔物屍體呢。」

「昨天？這裡離昨天發生事件的地點很遠吧？」

亞里沙歪著頭表示不解。

「我沒講過嗎？昨天除了我們遇到的事件以外，其他地方也發生了魔物騷動喔。」

我把從宰相那裡聽來的情報告訴夥伴們。

因為卡麗娜小姐也在，所以我草草地帶過了情報來源。

由於亞里沙說「俗話說犯人會返回現場，我想去案發地點看一看！」，於是我們決定乘坐馬車去案發地點巡視。

案發地點大多位於平民區，或者說五件中有四件發生在那裡。

每個案發現場附近都被衛兵封鎖，還能見到從附近神殿派來的神官們正在詠唱領域淨化的身影。

「主人，請看那裡。」

莉薩在其中一個現場小聲地對我說，我朝著她指示的位置看過去，發現了一個用外套兜帽遮住臉的鼬人。

對方好像使用了認知妨礙的道具，但我依然透過ＡＲ顯示得知他是曾在沙北商會見過的魔法使。

「佐藤。」

「主人，發現可疑人物，我這麼報告道。」

這時候蜜雅和娜娜也指著幾名穿長袍用兜帽遮住眼睛的男子說。根據ＡＲ顯示，他們是隨興超自然團體「自由之風」的成員。

「喔，那些傢伙沒關係。」

他們一定正在擅自猜測可疑事件背後的陰謀論或妄想吧。

◆

「主人，那是什麼？」

經過現場附近的公園時，露露突然這麼問。

我原以為又發生了什麼新事件而連忙回頭一看，不過——

「——大概是紙劇場吧？」

「哦——這裡也有紙劇場啊。」

因為有點感興趣，於是我知會車夫並走下馬車。

「哎呀？這裡也有耍蛇人呢。」

「這個很流行嗎？」

此外還能零星見到一些練習其他街頭表演的人。

我們一邊閒聊，一邊走向表演紙劇場的地方。

「幼生體！」

紙劇場的附近有許多小孩。

「一個糖果一枚劣幣！有買糖的孩子來前面，沒買的孩子到後面。」

看來是採用紙劇場本身免費，藉由販賣糖果來取得收入的方式營業。

「真令人懷念～是杏子糖嗎？」

「杏子糖？我賣的是水糖喔。」

紙劇場的老闆打開掛在脖子上的瓶子向我們展示裡面的水糖。

雖說是水糖，但那並非現代日本常見的透明款式，而是在歐尤果克公爵領也經曾見過、略帶茶色的麥芽糖漿。（註：水糖為日本一種製法與麥芽糖相近，主要差異在製作成分的糖漿。文中雖然稱為水糖，但實際上應該歸類為麥芽糖。另外，杏子糖則是用水糖包覆水果等物後使其凝固製成的甜點。）

「請給我們所有人的份。」

「沒問題，多謝惠顧！」

我支付一枚銀幣，但沒有要找零，而是請老闆也給紙劇場周圍的孩子們各追加一份。

畢竟只有我們享受總覺得很過意不去嘛。

「——很久很久以前，在王都尚未搬到這裡的時候，這裡曾是個每天都會受到碧領魔物襲擊的危險場所。」

紙劇場老闆開始講起故事，標題好像叫做「王祖大人驅除惡靈王」。

「此時出現的是──」

「王祖大人！」

「大和陛下！」

「汪祖大人。」

或許是已經看過很多次，孩子們搶先一步說出臺詞。

「沒錯，正是如此，就是討伐了大魔王，吾等建立了希嘉王國的王祖大人！」

紙劇場老闆裝模作樣地念出臺詞，孩子們高興地大呼小叫。

故事繼續推進，雙親與孩子遭到魔物殺害的孩童與父母們，請求王祖大和設法解決來自碧領的魔物。

然而，由於才剛建國不久，缺乏戰力的王祖無法倚靠武力完成這件事，對此人們感到很失望。

正當王祖在王城某處悲嘆著自己的無力時──

「某個地方傳來了『偉人之子的王啊』這般呼喚著王祖大人的聲音。在聲音的引導下，王祖大人來到森林深處，一名少女在那裡等著他！」

紙劇場老闆用手上的小道具發出音效說：

「『去滅亡之國的廢墟收集聖杯吧。若是能收集到聖器，我就將能讓魔物無法接近的淨化之術傳授給你。』少女這麼說完，就拋下了詢問『請問尊姓大名！』的王祖消失無蹤。於是為了尋求聖杯，王祖大人派出了有名的騎士們前往位於大沙漠中的孚魯帝國遺跡。」

唔哇～雖然知道是虛構的，但還真是過分的命令。

故事的原型說不定是出自英國的亞瑟王傳說吧？

在我胡思亂想的期間，紙劇場的演出也並未間斷。歷經了千辛萬苦，騎士們終於收集齊五個聖杯，並將其帶回到王祖面前。

「『少女啊！聖杯已經收集完了！』當王祖大人在山丘上這麼大喊之後，少女便隨著光芒一同現身。」

老闆現出了先放入代表光芒的黃色三角形圖畫，將圖畫抽出畫框後，少女便隨之出現的表演方式。大概是將三角形圖畫抽出的同時也取出了另一張圖畫來藉此替換吧。

「『真虧你能完成約定，那麼接下來輪到我遵守約定了。』少女這麼說完，便在光芒的包覆下化為巨大的聖杯！」

此時紙劇場老闆用掛在腰間的樂器發出音效，孩子們也忘了享用水糖，只是全神貫注地看著紙劇場。

「『神官們啊，幫助偉大的王祖使用聖杯吧。王祖啊，使用聖杯的力量擊退魔物吧。』少女這麼說完，神官們隨即開始儀式。於是魔物們喜愛的邪惡之心和惡靈們被神官們的力量聚集在聖杯之中，變成一隻漆黑的怪物。」

紙劇場老闆講到這裡，開始模仿起「咕噢噢噢噢噢」的恐怖音效。

膽小的小孩子見狀便摀著耳朵、閉上眼睛；而年長的孩子們則生怕錯過高潮，目不轉睛地盯著劇場。

「現身的魔物襲擊了在聖杯前進行儀式的神官們！然而，那裡可是有勇者中的勇者！王者中的王者！我們的王祖大人在啊！只見王祖大人拔出護國聖劍光之劍，輕巧地跳到怪物面前，『唰』的一劍就將怪物一分為二！」

紙劇場老闆迅速換上王祖斬殺怪物的圖，並敲響設置在紙劇場舞臺旁類似鐃鈸的樂器。

「王祖大人好帥！」

「不愧是王祖大和陛下！」

「等長大之後，咱要成為騎士侍奉國王大人！」

「我也是！」

孩子們眼神閃閃發亮地看著王祖揮動聖劍的圖畫。

「就這樣，魔物就此在這塊土地上消失無蹤，王祖大人在沒有魔物的土地上建立了新的王都！」

「所以王都才沒有魔物！」

「媽媽說過，連都市外也有安全農田的地方就只有王都附近而已。」

「這件事我也知道。」

孩子們七嘴八舌地討論起自己知道的知識。

雖然紙劇場老闆依然在說故事，但孩子們已經沒在聽了。

「總之，因為這個緣故，直到現在每年的除夕都會進行這項驅魔儀式。所以大家記得在除夕那天稱讚王祖大人的偉大，並向神獻上祈禱喔。」

紙劇場老闆先是將故事做個收尾，接著對孩子們這麼說。

「我們家會去巴里恩神殿。」

「我家是在自己家裡向王祖大人的雕像祈禱喔。」

「咱們家是去加爾雷恩大人的神殿。」

看來王都的人們大多都知道這項驅魔儀式。

「雖然有點冗長，但還算有趣呢。」

「沒有那種事喲！非常非常有趣喲！」

亞里沙語氣輕佻的感想，遭到了波奇熱情地反駁。

「不能再這樣下去了！波奇的創作慾正不斷燃燒喲！」

看來波奇寫故事的熱情被點燃了。

我們溫柔守望著眼神熊熊燃燒的波奇，這天很早就返回王都宅邸。

◆

「那麼，今天要做什麼呢？」

距離除夕還有三天，雖然元旦要去王城參加授爵和晉升的儀式，不過在那之前並沒有什麼要事。

公都的貴族與在王都認識的艾瑪．立頓伯爵夫人等熟人都紛紛邀請我去參加晚會、下午茶會以及園遊會，但連續參加這類活動實在很累人，所以我決定適可而止。

如果可以，我想在新年前和西門子爵見面訂購新卷軸，但由於上級貴族年底似乎忙著四處奔波，因此行程難以配合。

穆諾男爵領的執政官妮娜女士也幹勁十足地活躍著，就連平時既軟弱又懶散的穆諾男爵，似乎也在為自家領地的民眾和家人努力工作。

「我上午要去幫忙妮娜小姐處理文件。中午過後越後屋商會似乎要舉辦加盟說明會，我也會作為旁聽者參加。」

亞里沙感覺相當忙碌。

「我打算到除夕為止都去鑽研年菜料理。」

「等到有空時，我也會幫忙的。」

「好的！」

露露笑容滿面地點點頭。

手邊關於年菜料理的食譜，只有擔任精靈廚師的妮雅小姐所提供、讓人想冠上「搞笑精靈風年菜料理」之類的東西而已。

雖然很遺憾，但我和亞里沙都沒有年菜料理的食譜，歷代勇者和轉生者們留下的年菜料理也只有少部分流傳下來。

我姑且向公都的著名美食家，也就是貪吃鬼貴族羅伊德侯爵和何恩伯爵兩人借了家裡的食譜，按照預定應該會跟明天抵達的飛空艇一起送到。

「音樂廳。」

蜜雅似乎想去音樂廳的舞臺演奏。

「波奇要進入猛烈執筆的回合喲！」

看來她昨天被紙劇場點燃的創作慾還在燃燒。

「娜娜想跟幼生體玩遊戲，我這麼告知道。」

「那麼要去孤兒院看看嗎？據說分為神殿附屬以及國家經營的，種類很多喔。」

我運用地圖搜索，將位於王都宅邸附近同時治安良好的巴里恩神殿附屬孤兒院所在地告訴她。

自從來到王都後我還沒去神殿捐過款，就在送娜娜過去的時候順便捐一點吧。

「小玉要去雕刻？」

「系～」

小玉點頭回應亞里沙的問題。

「莉薩小姐呢？要去品嘗美食嗎？」

「因為最近有點運動不足，我會找個地方練槍。」

「像聖騎士團駐紮地之類的？」

「不，要拒絕他們的邀請很累人，而且貿然引人注目招來反感並不是什麼好事。」

和迷宮都市不同，王都內能揮槍的地方僅有私人土地、武術道場，以及軍隊相關的設施而已。

雖然附近就有武術道場，但由於流派不同很容易演變成踢館，因此無法這麼做。

「不必擔心，王都外圍有幾個不起眼的場所。」

莉薩說是在跑晨間馬拉松時發現的。

光是練習用槍架勢倒是無所謂，但感覺不太適合讓莉薩全力活動身體。

等送夥伴們離開後，再去找個能讓莉薩她們修行的場地吧。

◆

「主人。」

娜娜在神殿前呼喚著我。

依序將亞里沙、小玉和蜜雅送走後，我帶著娜娜來到宅邸附近的巴里恩神殿。由於王都占地廣闊，光是巴里恩神殿就多達四座，而位在我們宅邸附近的是其中第二大的。

「感覺很安靜呢。」

「是的，主人。」

實在難以想像這裡正處於收到神諭的巫女們接二連三地昏倒、神官們說出「王都即將面臨前所未有的危機」這種話的狀況。

果然正如某人所說，只是因為這樣比較容易募款吧。

「聽見了幼生體的呼喚，我這麼告知道。」

希望她別用這種像是需要做意志檢定的遊戲風格說話。

聽見神殿後院傳來的小孩說話聲後，娜娜就顯得靜不下來。

「慢著娜娜，先去神殿捐款吧。」

再這樣下去搞不好會被當成可疑人士通報衛兵，於是我拉住即將失控的娜娜走進神殿，拿出裝有金幣的小袋子進行捐款。

「我們想參觀一下神殿的孤兒院——」

櫃檯那名因為收到高額捐款而顯得眉開眼笑的神官聽見我這麼說，忽然一副了然於心的表情，隨後點頭同意我的要求。

雖然感到納悶，但我仍然在神官的引領下帶著娜娜前往孤兒院。

「主人，勞倫斯正在那裡被幼生體包圍，我這麼告知道。」

聽到娜娜這麼說，我朝樹籬的另一端看過去，便見到勞倫斯——被亞里沙取了這個外號的霍茲納斯樞機卿正和包圍他的孤兒院孩子們玩在一塊兒。

「樞機卿猊下，向您介紹，這位是向神殿提供大量贊助，來自穆諾男爵領的潘德拉岡士爵。士爵大人，這位是巴里恩神國的霍茲納斯樞機卿猊下。」

神官互相向我們介紹了彼此。

看來神官似乎誤以為我是想認識樞機卿才會捐那麼多錢。

「嗨，又見面了呢，潘德拉岡卿。」

「樞機卿猊下，很榮幸見到您。」

因為娜娜就連打招呼時也一副坐立難安的模樣，得到帶路神官的允許後，我說了句「去陪孩子們玩吧」，便送她離開。

「那位可愛的小姐是潘德拉岡卿的未婚妻嗎？」

「不是，娜娜是我的冒險夥伴，就像家人一樣。猊下您常來這裡嗎？」

「是呀。雖然不是每天，但直接跟幼小的孩子接觸，教導他們正確的神明教誨也是聖職者的工作。」

真想讓那些毫無信仰的神官聽聽這段話。

「——樞機卿猊下。」

此時在孤兒院和神殿交界處等待的巴里恩神國女神官呼喚樞機卿。

「已經這麼晚了嗎？抱歉，潘德拉岡卿。雖然還想再和你聊聊有關信仰的話題，但看來時間到了。」

樞機卿語帶歉意地說完後，便和女性神官一同離開了孤兒院。

我透過順風耳技能聽見兩人的對話，得知他們打算前往王都最大的巴里恩神殿，似乎是要討論驅魔儀式的相關事宜。

「主人！請問可以發糖果給孩子們嗎，我這麼提問道。」

我先是詢問管理孤兒院的見習神官後，叮嚀娜娜「為了防止蛀牙只能給一個喔」，便給出了許可。由於年輕的見習神官看起來很羨慕，所以我也將娜娜正在分發的糖果送給她當做禮物。

我暫時觀望了一下娜娜與孩子們的情況後，便返回了王都宅邸。

◆

「明明離王都沒多遠，卻不見人影呢。」

「是的，主人。」

返回王都宅邸之後，我先是用「歸還轉移」和莉薩一同前往王都近郊的轉移點，接著來到了王都南方的某個魔物領域。

現在我們正在一個四周被其他魔物領域包圍的荒地峽谷中。

就算讓同伴們在這附近進行戰鬥訓練應該也沒問題吧。

「主人，是三顆頭的許德拉。」

此時那三顆頭自谷底的沼澤探了出來。雖然身體浸在水裡難以判斷，但這裡的許德拉似乎與穆諾男爵領的不同，背上沒有翅膀。

「那塊沼澤似乎就是這個領域的魔力池。」

這裡只要一次「歸還轉移」就能往返王都宅邸，而且還有魔力池——小規模的泉源在，非常適合用來建設祕密基地。

「需要排除礙事的魔物嗎？」

雖然覺得我們這樣很像壞人，但那麼大量的許德拉肉庫存已經減少了許多，於是我示意莉薩動手。

「嗯，拜託妳了。我要調查沼澤，記得先把許德拉引到那邊的荒地再打倒。」

「遵命。」

莉薩向許德拉扔出用戒指創造的石槍作為威嚇，將其逐一引到荒地上。

而我則先用地圖進行調查，接著用「眺望」和「透視」確認黏稠混濁的沼澤內部及其周邊情況，最後施展「理力之手」將沉在沼澤裡的大量魔物骨骸回收到儲倉裡。

這些大概是許德拉的手下亡魂吧。

其中也包含了人骨和生鏽的武器，以及雖然相當老舊、但能證明身分的紋章短劍等物品。我打算稍作整理之後，再匿名還給他們的遺族。

沼澤連著一條向外流出的小河，巨大的許德拉離開沼澤後下降的水位也很快地恢復了原狀。既然沒見到流進沼澤的河川，那麼底部應該存在湧泉吧。

「瘴氣真濃啊……」

透過瘴氣視，我發現整座沼澤都充滿了濃厚的瘴氣，於是我釋放出平時抑制住的精靈光來進行淨化。

雖然到完全淨化似乎需要花費好幾個小時，但結束後這裡就會成為小精靈聚集的精靈池了吧。

當我調查到一定程度時，莉薩笑容滿面地走了回來。

「主人，許德拉的討伐完成了，眼球和毒腺都完好無缺。」

「謝謝妳，莉薩。許德拉由我來回收，周遭的探勘就麻煩妳了。我打算拿這裡當作大家的訓練場，就以這個為前提進行調查吧。」

「我明白了。」

目送莉薩離開後，我前去回收許德拉。

共有三顆許德拉的眼球和肝臟、心臟各一顆，一旁還放著早已先行取出的巨大赤紅色魔核。既然她看起來那麼期待，就用來做今天的晚餐吧。

「那麼，首先就從新的卷軸開始檢查吧。」

雖說必須打造據點，但只要用魔法「石製結構物」就能立刻蓋好建築物，所以現在先滿足私慾也沒關係吧；反正有的是時間嘛。

第一張是出自繁茂迷宮的複合魔法「製作住宅」。

「真簡陋。」

使用卷軸後，出現了一間用木材和稻草打造而成的簡易小屋。

即使是身高不出眾的我也必須彎腰才進得去，內部也只有讓一個人躺下的空間。屋頂的稻草有許多縫隙，感覺下雨肯定會變成落湯雞。

確認魔法「製作住宅」登錄在主選單的魔法欄位後，這次我便試著從魔法欄進行發動。

我開始在腦中構思房屋的形象。

剛才用卷軸打造的小屋似乎是預設好的，完成後可以自由更改設計。

從雙層建築到豪宅都能自由選擇，裝潢方面雖然連玻璃窗水晶吊燈都有，但遺憾的是無法設置魔法道具。

「瞬間就能蓋好一百平方公尺的獨棟建築呢。」

現代日本常見大小的房子僅用數十秒就蓋出來，同時還能觀賞建造過程，十分有趣。

雖然也有浴室和廁所，但要是不接上自來水就沒有水，沒有排水道的話水就會漏到房子外面。儘管很遺憾，但這項魔法似乎並非那麼萬能。

「連大樓風格的房子都能蓋啊，難道說……」

以辦不到為前提試了一下，發現即使在沼澤——也就是水中也能建造房子。不過雖然能完全防水，但由於換氣和出入方面的問題感覺沒什麼實用性。

即使如此，只從蓋房子的功能來看，這項魔法的應用範圍比「石製結構物」更廣，使用上也很方便。雖然建造過於豪華的房子會消耗大量魔力，但我的魔力足夠一口氣建造十幾棟豪宅，應該沒問題吧。

第二張是出自繁茂迷宮的土魔法「農地耕耘」。

雖然用卷軸只能耕出家庭菜園那種程度的土地，但登錄進主選單之後，就能一次耕出最多十二公頃——等同於十座學校操場的土地。

「真是鬆軟。」

原本像砂一般堅硬的地面，被魔法耕耘過的地方卻變得像腐葉土一樣漆黑鬆軟。

這應該具備跟都市核主選單裡「農地改良」系統相同的效果。

雖然經歷多次嘗試後才知道，不過只要在使用魔法時打開地圖，就能在地圖上指定耕耘範圍的樣子。

同時也得知了一旦使用這種方法，就連平時預設不算在耕作範圍內的樹木或岩石，以及建築物或陡峭山坡也能強行耕耘。

樹根姑且不論，要是將樹木本身或是大塊岩石包含進去，耕耘的範圍會大幅縮減，不過從日本人的標準來看，原本的範圍上限就大到很蠢所以無所謂。

只要將剛剛的「製作住宅」和「農地耕耘」搭配使用，總覺得就能立刻開拓新的村莊。

——對了。

如果悄悄使用這些魔法，應該能夠幫上因為比斯塔爾公爵府襲擊事件，要被送往未開發碧領的葛延先生的忙。

他預定要等比斯塔爾公爵領的內亂告一段落後才會被派往碧領，屆時我就悄悄過去幫點忙好了。

那麼第三張。

這次我挑選的卷軸是出自繁茂迷宮的召喚魔法「蝙蝠召喚」。

用卷軸只能召喚出一隻比手掌還小，等級一的「小蝙蝠」。而且召喚結束後小蝙蝠馬上就飛走了。

於是我抱持期待從主選單的魔法欄中發動「蝙蝠召喚」。

腦中浮現出召喚對象的模樣，除了剛才的「小蝙蝠」之外，似乎還能從「小蝙蝠群」、

「巨大蝙蝠」、「傳信蝙蝠」和「潛影蝙蝠」等四種中任意挑選，也能將已經召喚出來的蝙蝠送還回去。

小蝙蝠的大小雖然跟剛剛一樣，但等級為十級，還能執行簡單的命令。

而小蝙蝠群正如其名，能夠召喚二到一百二十隻的小蝙蝠。但只能以群體為單位，無法逐一下達命令。

當我召喚出小蝙蝠群時，先前召喚的小蝙蝠便如同幻像般消失無蹤。

看來這項咒文系統無法進行多重召喚。

因為一時興起，我將絲帶綁在做好標記的小蝙蝠腳上當作記號再將其送還回去，不過標記也在送還的同時消失。即使重新召喚小蝙蝠，標記也沒有恢復，當作記號的絲帶自然也不見蹤影。

雖然在意究竟是標記在送還時消失還是小蝙蝠會因為送還而消滅，但現在無從驗證，還是等下次前往禁書庫時再去查魔法書吧。

於是我繼續調查「蝙蝠召喚」。

巨大蝙蝠是一種翼長與我臂展相同的十級大蝙蝠，能夠像小蝙蝠一樣執行簡單的命令，似乎也能跟透過土魔法製作的魔巨人一樣共享視覺。

一旦跟召喚出來的蝙蝠共享視覺，蝙蝠似乎就會被視為「使魔」，使得詳細情報上面顯示出我的名字。雖然也有召喚時不顯示主人名字的方法，但那麼做就無法對召喚的蝙蝠們下達命令。

傳信蝙蝠雖然可以用來當作信鴿，由於必須跟普通信鴿一樣事先讓牠認識目的地而難以使用——本應如此；後來發現只要和地圖聯動，就能讓傳信蝙蝠飛去地圖的指定地點而大幅提升便利性。至於飛行距離和速度都不如信鴿這項缺點還是視而不見吧。

潛影蝙蝠正如其名，是能夠潛入影子的不可思議蝙蝠，似乎能共享視覺以及透過影子潛入地圖上的指定地點，也能同時下達簡單的命令，感覺暗中行動時會很方便。

雖然空間魔法也能做到同樣的事就是了。

第四個卷軸是來自夢幻迷宮的術理魔法「迴轉齒輪」。

透明的齒輪在空中出現且緩緩地旋轉，並在數分鐘後消失。

如果從魔法欄使用，似乎最多能召喚出三十二個直徑從一公釐到十二公尺的齒輪，每個齒輪都能自由設定旋轉速度和方向。若是以最高速度旋轉，還能用來當作鋸片。

旋轉速度和方向能在召喚時進行設定，若是想中途變更就必須觸碰齒輪。因為透過「理力之手」也能進行，所以不用擔心會大意受傷。

由於只要提供魔力齒輪就會不停旋轉，因此能夠用來當作水車或風車，或是製作大型時鐘的樣子。

雖然原本不抱期待，但這項魔法的應用範圍很廣，感覺夢想一口氣變得遼闊起來。

總之先試著做出連接魔力池的抽水機或花卉鐘吧。

最後的卷軸是死靈魔法的「骨頭加工」。

我試著對儲倉裡的魔物骨頭進行加工，但因為控制不佳而變得歪七扭八的。

V獲得技能「死靈魔法」。

由於獲得了新的魔法技能，於是我將技能點數分配上去使其產生效用。

接著嘗試從魔法欄中使用「骨頭加工」。

這次很輕易地對骨頭進行了加工，就像在玩黏土一樣輕鬆自在。

自從之前在迷宮都市的露天攤販上見到用骨頭加工製成的飾品後，我就一直很想使用這項魔法。

不僅是骨頭、角、爪和鱗都能進行加工，更讓人吃驚的是就連迷宮下層的邪龍爪與牙的碎片都能用來加工。

「當初費盡千辛萬苦才完成的龍槍居然這麼輕易地……」

我一邊感受著工具的重要性，一邊試著對封藏在儲倉內的各種物品進行加工。

將邪龍的龍槍收進儲倉後，我又玩鬧性地製作許德拉的牙劍和城虎的牙刀等物品。

「——咦？」

雖然全神貫注製作的東西很普通，但一旦抱持雜念製作武器或防具，外觀不知為何就會帶有邪氣。

遺憾的是無法在製作時追加魔法迴路，不過只要一邊注入魔力同時進行加工，與魔物素材魔核同性質的物質就會結晶化，能夠做出容易注入魔力的擬態魔劍。

雖然對現在能正常做出魔劍的我來說沒什麼意義，但當作禮物或者從迷宮寶箱取得的物品似乎挺不錯的。畢竟跟鍛造的魔劍不同，只要不搞錯素材就不會做出太過強大的武器。

◆

隔天早上，通宵結束施工的我帶著大家造訪了據點。

「好多精靈。」

見到新據點的蜜雅滿意地點點頭。

「哦～是藉由讓外面布滿藤蔓跟葛葉，好讓人無法從外面看見房子吧。」

亞里沙交抱雙臂，感到佩服似的喃喃自語。她身邊的小玉和波奇也擺出相同的姿勢用力點起頭來。

「主人，那裡是菜園嗎？」

「沒錯，露露可以去種自己喜歡的蔬菜跟花喔。」

見到面前已經完成整地的農田，露露的眼睛亮了起來。

「蜜雅，妳覺得種些什麼才好？」

「好困難。」

露露跟熟悉植物的蜜雅商量起來。

「主人，魔巨人長出了青苔，我這麼告知道。」

娜娜指著偽裝用的警衛魔巨人說。

「那是刻意做成那樣的。」

「原來如此，我這麼同意道。」

或許是產生了某種親近感，娜娜凝視著警衛魔巨人點了點頭。

「這裡是用來做什麼的？」

「看大家的喜好再決定吧。這附近沒有任何人在，無論是訓練、演奏還是雕刻，想做什麼都可以。」

我事先囑咐看起來很開心的夥伴們，這裡的事不要告訴除了在場成員以外的人。

「卡麗娜也不行～？」

「被夥伴排擠很可憐喲。」

小玉和波奇的反應在我的預料之中。

「這裡是潘德拉岡小隊的祕密基地所以必須保密，要到卡麗娜小姐強到足以加入潘德拉岡小隊才行喔。」

當我還在猶豫該怎麼解釋時，亞里沙已經巧妙地說服了她們。

「主人，我可以帶大家去訓練場嗎？」

我向莉薩點點頭，於是她便帶著前衛們衝上山坡，前往位於山谷上方的荒地訓練場。

那裡也有適合小玉跟波奇進行忍者訓練和居合練習的地方。

雖然要進行加速砲實驗稍嫌窄了點，但也準備了能讓露露練習狙擊的場地。

「是說這裡還真漂亮。雖然是魔物領域的正中央，不過真虧沒人發現呢。」

「精靈感覺很開心。」

受到亞里沙和蜜雅稱讚的沼澤在一夜之間變得清澈、不再混濁，如今裡面充滿了透明的清水。一定是精靈光澈底淨化了瘴氣的緣故吧。

「雖然我也認為轉移據點不應該太顯眼，但會不會太小了點？」

亞里沙繞著狩獵小屋大小的據點走了一圈，接著抱怨道。

「地面部分確實如此，本體在地底下喔。」

藉由數次土魔法「陷阱」挖出縱穴，接著用「石製結構物」加工來自流星雨的超堅固隕石製成基礎結構，再使用「製作住宅」建造地下五層的基地。上下水道的抽水和換氣則由連接魔力池的「齒輪」進行。

另外再將與迷宮都市賽利維拉的「蔦之館」相同的「偽核」接上魔力池，讓其負責控制基地內的自動門、照明設備以及監視警報裝置。

「關鍵是這個。」

「鏡子——難不成！」

我對發現銀色鏡子真面目的亞里沙點了點頭。

「沒錯，這是常駐式轉移門。」

這跟放在「蔦之館」的東西相同，是在送娜娜的姊妹前往波爾艾南之森修行時所收下，她們多出來的份。雖然我並非無法製作，但由於必須經過複雜又麻煩的程序，於是就拿了現成的來用。

「只要有了它，即使我和亞里沙不在也能夠往返王都宅邸了吧？」

這跟轉移系魔法以及公都地下的轉移門不同，只能當作兩個固定地點，類似蟲洞的出入口來使用。

「當成緊急情況時的避難所好像也不錯呢。」

緊急情況？對了──

「亞里沙的『萬納庫』能裝得下飛空艇嗎？」

有飛空艇的話，遇到緊急情況時想移動或避難都很方便。

雖然有我在就不需要，但我也不是隨時都跟大家在一起。

「因為現在只放了製作沙魔巨人用的沙子跟岩石轟炸用的石材，我想應該裝得下。」

亞里沙的「萬納庫」是種能創造自己專用亞空間的上級空間魔法。雖然開關入口時會消耗魔力，但和「道具箱」技能不同，不僅收放物品不會消耗魔力，還能收納生物和魔巨人。

「那我就拿出來嘍。」

我找了個廣場取出飛空艇，這是一臺艦身採用大怪魚表皮製成的純白裝甲，再用發出金色光輝的奧利哈鋼進行裝飾的豪華飛空艇。

雖然採用了任何人都能操縱的簡單設計，但我依然吩咐她別讓喜歡特技駕駛的小玉，以及坐上駕駛座就會性格大變的波奇碰操縱桿；作戰時則預定由亞里沙或莉薩來負責駕駛。

「哎呀？你把飛行帆船搭載的六連裝魔砲轉移到這裡來啦？」

控管武裝是由露露負責，不過艦首六連裝魔砲跟近距離防禦的操控我打算交給波奇和小玉。畢竟她們非常喜歡幫六連裝魔砲換砲管嘛。

雖然飛空艇的防空雷達預計交給蜜雅，但小玉老師的直覺非常優秀，或許沒什麼機會派上用場也說不定。

「對了，順帶一提，上面還搭載了讓娜娜的『堡壘』能夠移動的『移動堡壘』，以及具備堡壘三倍以上防禦力的『城堡』試作版。」

這是之前在精靈村落和喜歡研究的高等精靈及精靈技師們一起研究的東西。

由於操作意外地困難，所以大概會連同機關部的控制一同交給娜娜負責。

「哦～挺厲害的嘛。」

「厲害的是機能。畢竟還是太大了導致無法裝在黃金鎧上；但在飛空艇的話勉強能裝進去，連大型聖樹石爐都有。」

這艘飛空艇上配備了相當於黃金鎧八倍的十六臺大型聖樹石爐，輸出十分充足。

「能裝進『萬納庫』裡嗎？」

「雖然比預料中來得大，但只要把石材拿出來就裝得下。」

「好多石頭～？」

站在亞里沙取出來的石材面前，小玉兩眼閃閃發亮。

「如果想雕刻的話，要拿多少都可以喔。」

「哇～」

見亞里沙如此大方，小玉高興地跳了起來。

因為差不多快到早餐時間了，於是我把莉薩她們叫回來，大家一起返回王都宅邸。

「有過這樣的房間嗎？」

亞里沙不解地偏著頭。

「往上走的樓梯在那條通道前面喔。」

這是我昨天才在院子下面用「石製結構物」魔法建造的房間，上樓梯之後有道暗門與我的辦公室相連。

放著轉移鏡的這個房間則設置了真鋼製成的強力警衛魔巨人，只有夥伴們能自由出入。辦公室暗門本身也配備了監視魔巨人的稻草人來控制門鎖，因此這些設施單純只是為了保險。

「咕啵～」

「是咕嚕啵喲。」

「姆姆，咕嚕嚕。」

我才剛走出辦公室，就見到小玉、波奇和蜜雅正在進行充滿既視感的對話。

「發生什麼事了？」

「好像是信鴿，你看牠的腳——」

聽到我的問題，露露指向停在窗外的鴿子。

正如露露所說，羽毛色彩繽紛的鴿子腳上綁著一個小筒。

當我一打開窗戶，鴿子便飛到了我的手邊。

我迅速將牠腳上的小筒取下、拿出摺疊好的信紙後，只見手上的鴿子「砰通」一聲化為白煙不見蹤影。

「Lost～？」

「消失了喲！」

「就跟式神一樣呢。那也是召喚魔法的一種嗎？」

「姆，精靈？」

亞里沙跟蜜雅在驚訝不已的小玉和波奇身旁研究起魔法。

我先是朝夥伴們瞥了一眼，接著開始讀起信來。

「這個是——」

那是一封來自意外人物的信。

迷偵探

「我是佐藤。故事中的名偵探總是以高到被人調侃『有名偵探的地方就會有事件』的程度遭遇事件。雖然他們那能不斷找出犯人的推理能力很令人羨慕，但我一點都不想跟他們處在同樣的立場。」

「是誰寄來的？」

「好像是希斯蒂娜公主。」

我將信鴿送來的書信作者告訴亞里沙。

「花心。」

「才不是啦，妳看這裡。」

「調查？」

信件內容是希望我一同協助調查紅繩事件。

「我記得那位公主大人應該正在調查櫻樹無法開花的事吧？」

「她似乎覺得櫻花不開就是因為紅繩魔物。」

我把信拿給亞里沙看。

「哦～原本以為那只是為了拉攏主人才找的藉口罷了。」

「怎麼可能啊。」

不過從上次最後見到公主的那副醜態來看，似乎不是沒有可能。

吃完早餐後，公主搭著馬車前來迎接我。

這輛六人座的馬車配備了四名近衛騎士護衛。

「佐藤大人！我來接您了！」

在馬車停下前，公主就不斷從車窗內向我揮手。或許是為了搭配櫻色禮服，她的金屬鏡框也呈現了奇妙的粉紅色澤。根據ＡＲ顯示，那似乎很奢侈地是用日緋色金的合金製成。

見到公主興高采烈的模樣，亞里沙小聲地說了句「果然我還是跟去吧」。

「妳不用去幫忙妮娜女士和參加越後屋商會的事了嗎？」

吃早餐時我確認過夥伴們的行程，感覺上大致與昨天相同。

「唔……阻止主人外遇比較重要啦。」

「嗯，同意。」

蜜雅也點點頭，像是在說絕對會跟來似的用力握住我的手。

莉薩和娜娜見狀也說要跟來當護衛，但考慮到還有調查事件這項目的，人數也不能太過招搖。

「佐藤大人，發生什麼事情了嗎？」

此時公主走下馬車，帶著兩名侍女以及粉金色頭髮的美少女魔法使——「守櫻人」雅典娜小姐走了過來。

「看來波爾艾南的精靈也要一起來呢！不過識破真相的人會是我！」

「姆。」

雅典娜小姐立刻就纏上了蜜雅。

「哇，蜜薩娜莉雅大人也會一起來嗎？」

公主拍了拍手並說：「那還真是令人期待呢。」

亞里沙隨便地編造出「我是蜜薩娜莉雅大人的侍女亞里沙」這種理由，就得到了同行的資格。

公主的馬車只能容納六個人，所以即使兩人身材瘦小，依然算是超載。

「佐藤大人，會不會太擠呢？」

「感謝您的關心，不過她們兩人很瘦小，不要緊的。」

每排座位都有足以容納兩名大人的寬度，所以即使夾在蜜雅和亞里沙中間，也稱不上擁擠。唯一的問題大概是亞里沙一旦找到機會就想對我性騷擾吧。

「若您覺得不適請儘管開口，車夫那裡還有空位。」

一臉嚴肅的仕女在後方的位子上這麼說。

原以為她是委婉地叫我去坐車夫席，但另一位看似文靜的侍女補充：「我們也很習慣坐車夫席，所以您不必客氣。」所以肯定沒有那個意思吧。

我向來送行的夥伴們揮了揮手，馬車便在護衛騎士們的保護下出發了。

「今天突然提出邀請，是否造成您的麻煩了呢？」

「沒那回事，我很榮幸能受到您的邀請。」

即使我覺得麻煩，最下級的名譽士爵也不可能拒絕王族的邀請。

「不過，為什麼殿下要親自調查呢？」

要是不繼續講話，感覺她又會開始對咒文高談闊論，於是我開口問起理由。

「為了實現和王祖大人的約定。」

公主一臉嚴肅地說，坐在一旁的雅典娜也表情得意地點著頭。

「這是從王祖大和陛下那裡繼承王位的第二代國王夏洛利克一世陛下的時代流傳下來的約定——『每年都要讓聖櫻樹開花』。守護那個約定，正是歷代王族與雅典娜她們『守櫻人』的職責。」

原來如此，所以知識淵博的她就擔任王族的代表採取行動。

「這麼說來我先前似乎也問過，您是為了讓櫻樹開花才著手調查紅繩事件的嗎？」

「是的，我們認為聖櫻樹不開花跟『紅繩魔物』脫不了關係。」

此時我身邊的蜜雅小聲地「姆？」了一聲，抬頭仰望著我的臉。

因為她知道聖櫻樹——王櫻不開花的原因是「地脈混亂」，而且已經在櫻樹精的委託下解決了。

這時我利用空間魔法「遠話」向蜜雅轉達「櫻樹精相關的事要保密」，封住了她的嘴。

「那麼，要去哪裡調查呢？」

「首先是王立研究所！」

原來如此，她似乎打算從收容了「紅繩魔物」屍骸，以及出現地點附近發現魔法道具的地方開始著手。

◆

「抵達。」

蜜雅輕快地跳下馬車。

不服輸的雅典娜小姐見狀也急忙跳下馬車挺起胸膛。那看似女高中生在和小學女生競爭的光景讓人會心一笑。

車夫面帶笑容地拿出下車用的板凳，隨後侍女先一步引領公主走下馬車。

「主人，幫我一下。」

亞里沙朝板凳看了一眼，接著像是在要求護送似的伸出手來。

「好。」

於是我抱起亞里沙走下馬車。

「不、是、這、樣、啦！」

我笑著無視亞里沙一字一句清楚發出的抗議。

「手。」

蜜雅對亞里沙吃起醋，抓起我的手往王立研究所走去。

才剛走進大廳，就聽到裡面傳來一陣急促的腳步聲，一名學者風格的老男人跑了過來。

根據ＡＲ顯示，他似乎是這座研究所的所長。

「這不是希斯蒂娜殿下嗎？見您大駕光臨這種地方，實在不勝惶恐。」

「你不該把王國的最高知識殿堂形容成『這種地方』才對吧。」

公主用跟我說話時完全不同的冷淡語氣回答。

「『紅繩魔物』搬到這裡來了吧？我想調查一下，帶路吧。」

公主一臉嚴肅地命令道。

「您、您是指魔物的屍骸嗎？」

「有問題嗎？」

「現在的狀態還不能讓公主殿下過目……」

所長奮力抵抗公主盛氣凌人的要求。

「所長，既然殿下叫你帶路，就廢話少說趕快照做。」

「遵、遵命。」

嚴肅的侍女命令道。

因為她也是伯爵千金，所以讓人有種習慣發號施令的感覺。

在舉旗投降的所長帶領下，我們來到了研究所深處。

「總覺得很像學校的走廊呢。」

「就是說啊。」

雖然這裡幾乎沒有玻璃窗，但氣氛十分相似。

我們在走廊上轉了幾次彎，接著走進一座位於別館、由厚重雙重門分隔的大廳。

大廳深處有一間被玻璃包覆的隔離房間，紅繩屍骸就放在裡面。

一名身穿白衣的研究員正戴著防毒面具和護目鏡檢查著屍骸。

「只有一具？」

「調查完畢的屍骸已經送去垃圾場了。」

面對雅典娜小姐的確認，所長語帶厭煩地回答。

他或許和希嘉三十三杖有過節也說不定。

「已經送走了？」

「請您看這裡，殿下。魔物的屍骸已經開始腐爛，因此解剖檢查結束的屍骸必須儘快處理才行。」

面對公主的疑問，所長露出討好人的笑容回答。

「明明還不到兩天……」

不僅肌肉和毛皮腐爛得十分澈底，就連骨頭也脆弱到研究員一碰就會碎裂。

「雖然還在調查中，但紅繩魔物死亡後的腐爛和劣化似乎異常快速，這種症狀經常出現在因闇黑魔法而急速成長的魔物身上。」

此時出現一名看似菁英研究員，渾身充滿自信的男性這麼說。

我還是第一次聽說闇黑魔法之中有能讓魔物急速成長的咒文，之後再問問看吧。

「你是誰？」

「失禮了，我是首席研究員——」

「沒人叫你過來就少給我多嘴。我會向殿下說明，你給我去完成準備提交給宰相大人的文件！」

「都在這裡，接下來只需要所長簽名而已。」

看著首席研究員那惹人嫌的側臉，所長氣得牙癢癢的。

公主向其中一名侍女使了個眼色，侍女隨即從首席研究員那裡收下文件交給她。

亞里沙和蜜雅似乎也很感興趣，我站在公主身後將兩人抱起來一同觀看文件。

由於姿勢難以看清內容，因此我運用空間魔法「眺望」來進行觀看。

「似乎已經推斷出魔法道具的機能了呢。請問有實物嗎？」

「嗯，就放在那邊的架子上。要看是無所謂，但請別隨便亂摸弄壞喔。」

「我說你，對魔法開發專家佐藤大人也太失禮了。倘若是研究人員，就該遵照禮儀好好待客。」

公主自文件中抬起頭來，以宛如絕對零度般冰冷的視線叱責首席研究員。

「專、專家？您說這個小子——不，少年嗎？」

「你是在質疑我說的話嗎？」

被公主狠狠瞪了一眼後，首席研究員連忙低頭向公主和我道歉。

「是這個吧？看起來像是魔法的起動工具——」

「嗯，沒錯。雖然每項零件大半都已破損，但依然能夠推測。這採用了將術理魔法的『信號』當作啟動鍵，使連接的魔法陣或延遲術式發動的機制。」

我使用術理魔法的「透視」檢查起魔法迴路。

也難怪首席研究員敢自信滿滿地斷言，我也認為它的機能就像文件上寫的一樣。

「所謂的延遲術式是？」

「明明身為咒文專家卻不知道嗎？——不、不過，畢竟這是幾百年前就廢棄不用的方式，也難怪你不知道了。」

察覺到公主的眼神有些不快，首席研究員隨即補了一句打圓場的話。

「你也會在詠唱結束後不馬上唸出發動詞來調整施展魔法的時機吧？簡單來說，將其編入魔法術式之中就稱為延遲術式。」

延遲術式似乎曾作為戰爭和安全狩獵魔物的技術而風靡一時。

會被捨棄是因為優秀的魔術師與直覺敏銳的魔物能夠看穿延遲術式的存在，以及能破解延遲術式的技術廣為流傳的緣故。

不過現在似乎仍有不少人在使用，試著找了一下才發現在我持有的魔法書中，也有幾種被歸類為延遲術式的咒文。

我順便也向研究員請教了能讓魔物急速成長的闇黑魔法咒文，不過那並非是該咒文原本的用法，而是王立研究所在實驗中發現偶然發現的咒文副作用所導致的。

由於那咒文也刊載在我擁有的魔法書上，有機會再試試看吧。

「不過，將『信號』當作啟動鍵不會誤爆嗎？」

「那並非透過單一信號發動，而是藉由反覆送出特定波長來發動魔法。」

不知道是喜歡小孩還是喜歡說明，首席研究員認真地回答了亞里沙的問題。

「跟魔法道具一同發現的咒術魔法陣在哪裡？」

公主向所長詢問道。

「就是工作人員抄下來的這三張。」

「三張？出現紅繩的地方有五個吧？」

「其餘兩處地點並未發現魔法陣。」

——只有三個地方存在咒術的痕跡？

「是被破壞或消除了嗎？」

「這我就不清楚。因為不管哪個現場都留下了類似魔物肆虐過的痕跡。」

首席研究員突然插話，被所長瞪了一眼。

「況且也還不確定這個魔法陣是否真的與咒術有關；雖然魔法陣中的確有類似文法的東

西在——」

但看起來只讓人覺得是在**亂寫**——首席研究員這麼說。

「碎片？」

「吶，那個像是陶瓷碎片的東西是什麼？」

蜜雅指著放在架子角落的碎片說，亞里沙則翻譯了蜜雅的話並提問道。

「那是在魔法道具附近找到的碎片。」

「雖然可能跟事件毫無關聯，但因為上面有沒見過的紋路才拿了回來。」

首席研究員補充所長的回答。

是錯覺嗎？他對小孩子異常地親切。

「吶，這個紋路不就是……」

「嗯，地吉麥。」

那與在鼬商人宅邸中看過、來自地吉麥島壺上的紋路十分相似。

「年紀輕輕卻懂得很多呢。」

首席研究員稱讚亞里沙和蜜雅。

他們早就查出那是鼬帝國的製品，並派遣衛兵前去訊問了。

「魔人藥也是在這裡進行處理的吧？」

公主向所長這麼問道，並提出自己想親自詢問負責此事研究員的要求。

她所說的魔人藥，指的是在軍用倉庫發現，差點讓凱爾登侯爵垮臺的那些。

「那、那些魔人藥，已經用中和劑去毒之後倒進下水道了。」

「倒進下水道……」

公主聽完趕來的一般研究員的說明後沉思片刻，接著說出「我想去看一下」。

雖然所長面有難色地表示那裡不太乾淨，還是在公主的命令下帶了路。

「就是這裡。」

也難怪所長不喜歡這個位於研究所邊緣的垃圾場，這裡非常地臭。

以所長為首，公主一行人與夥伴們也紛紛皺起眉頭用手帕捂住口鼻。

天花板上垂著數條不知有何用途的的鎖鏈，牆邊堆著許多大型袋子。

垃圾場深處設有圍欄，從地圖上來看，圍欄另一端似乎有個和下水道相通的縱穴。

「老鼠。」

「尾巴露出來了。」

打雜的男人們至今依然在處理用草蓆捲起的奇形大鼠屍體。

縱穴底部飼養著史萊姆，似乎是利用史萊姆們進行消化分解來防止下水道堵塞。

「喂、喂，貴族大人來嘍。」

「是～」

見到所長陪伴著公主出現，打雜的男人們把屍體扔到一邊跪了下來。

「不用在意我，你們繼續工作。」

公主毫不在意地走過男人們身邊。

——咦？

此時蓋在屍體上的草蓆滑下，露出了裡面的東西。總覺得有點奇怪。

「肉和內臟是在其他地方調查嗎？」

「不是，沒有那回事——」

一般研究員回答到一半支支吾吾了起來。

發現到我們的視線，打雜的男人們連忙用草蓆將屍體蓋住。

見到這一幕的一般研究員立刻逼問起「這是怎麼回事」。

「我們把屍體尚未腐爛的部位切了下來。」

「我應該命令過要全部處分。從屍體上切下來的部位在哪裡？馬上給我扔掉！」

男人們不敵氣勢洶洶的一般研究員，一臉不甘願地將藏起來的肉和屍體一同扔掉。

「呿，真是小氣。既然都要扔掉，咱們收下應該也無所謂吧。」

「喂，快住口！」

身材矮小的男性阻止了咂舌發起牢騷的大塊頭男性。

「那是因為這些肉有著強烈的劇毒才會命令你們扔掉！你們想死嗎！」

一般研究員頭冒青筋地訓斥他們。

「那就是中和劑嗎？」

公主一臉對這類爭執不感興趣的表情向所長提問。

或許是所長自己也不清楚，他將一般研究員叫過來進行答覆。

「是的，都是些常見的……數量不太對耶。」

話說到一半，一般研究員跑向放置中和劑的櫃子，並確認起帳簿。

「喂！這些藥品處理是誰負責的？」

「是咱啊，怎麼了？」

剛剛發出咂舌聲的男性回答。

「你有好好按照指示加入中和劑再扔掉嗎？」

「……有、有啊。那些魔人藥都有加入中和劑才扔掉。」

「你怎麼會知道那是魔人藥！」

咂舌男的眼神飄移不定。

面對一般研究員的強烈逼問，咂舌男逃跑了。

「■……」

雅典娜小姐為了阻止他而開始詠唱。

「佐藤。」

「交給我吧。」

我迅速繞過去抓住咂舌男。

雖然他不停掙扎，但毫無武術經驗的對手不可能有多難纏。

接著我朝一臉不滿中斷詠唱的雅典娜小姐低頭表示歉意。

「了不起。」

「真厲害呢。」

我一邊接受蜜雅和公主的稱讚，一邊將綁起來的男子交給所長和一般研究員。

或許是認命了，男人將轉售魔人藥的事說了出來。

他將藥裝進史萊姆討厭的素材製成的防水袋扔進下水道，之後再去淨水場回收。

為了讓魔人藥看起來像是被處理掉，必須將所需分量的中和劑溶入水裡流走，但途中開始嫌麻煩的男子只用了所需分量的兩成，結果導致惡行曝了光。

「拿走的魔人藥都去哪兒了？」

「因為防水袋中途破損，大多都溶進下水道裡了，最後也沒賺到多少錢。」

面對所長的逼問，咂舌男目中無人地朝地上吐了口痰這麼說。

「真是丟臉呢，所長。」

「將危險藥物交給外人處理太散漫了！」

公主和雅典娜小姐叱責所長和一般研究員。

「殿下，非常抱歉。由於部下管理不善，導致部分魔人藥流到外面去了。」

所長跟一般研究員一同低頭道歉。

「是否有因此導致『紅繩魔物』誕生的可能性呢？」

「不能說沒有。」

聽見公主的問題，一般研究員滿臉苦澀地說。

「你認為可能嗎？」

我搖頭回應亞里沙的問題。

那些紅繩魔物，特別是我們遇見之後出現的那一些，都是憑空出現在地圖上的。如果是受到魔人藥影響而逐漸魔物化，應該早就被地圖發現了。

我為了保險起見檢索了一下地圖，可是並未發現過量攝取魔人藥狀態的生物，裝有魔人藥的防水袋似乎也不存在。

「明天我會將這件事報告陛下。期待你不將責任推卸給下面的人，做出合理的解釋。」

公主向低頭道歉的所長如此宣告。

會刻意強調「明天」，應該是為了讓他用一天的時間整頓身邊事宜吧。

「我們走吧，佐藤大人。」

我在公主的催促下離開垃圾場。

「您接下來要去淨水場嗎？」

「沒錯，雅典娜。那裡不僅發現了可疑的遺體，也是第二個出現紅繩的地方。」

公主回答雅典娜小姐的問題。

「主人，你看那裡。」

走出王立研究所時，一名打扮可疑的男子正目不轉睛地盯著我們的馬車。

「來時也是。」

蜜雅的意思是來的時候也在。

「是乞丐吧。」

嚴肅的侍女說出男子的真面目。

正如她所說，這個人是屬於乞丐公會的乞丐。

或許是受到越後屋商會的委託，來這裡收集紅繩事件情報的人。

◆

「真骯髒的地方呢。」

「好臭。」

雅典娜小姐抿著嘴巴，蜜雅則是用手帕捂住嘴角。

淨水場周圍是個難以想像位在王都內的貧民窟，到處都飄散著惡臭。

地上到處都是垃圾跟破爛物品，以及身穿骯髒衣服坐在路邊、用陰沉眼神仰望著我們馬車的人。

「我說，那個不是勞倫斯嗎？」

有輛馬車停在貧民窟角落。那名被亞里沙稱作勞倫斯、巴里恩神國的霍茲納斯樞機卿正站在馬車前面。

「他在幹什麼呢？」

「你是說樞機卿猊下吧，他經常會做這種事喔。」

據那名文靜的侍女所說，樞機卿在工作之餘，似乎會免費幫貧民窟那些付不起治療費或是無法捐贈神殿的人們治療。

「妳知道得真詳細呢。」

「畢竟侍女夥伴有很多猊下的粉絲啊。」

文靜侍女這樣告訴了我們。

「總感覺他是個像主人一樣的人呢。」

「嗯，同類。」

「是這樣嗎？」

雖然亞里沙和蜜雅這麼說，我認為他那具有崇高信仰心的獻身行為，跟我那純興趣使然的行為不太一樣。

「──什麼人！」

在聽到近衛騎士盤查的聲音之後，我們也停下了閒聊。

接著「喀嚓喀嚓」的聲音響起，這是近衛騎士們將手放在劍上的聲音。

「近衛隊嗎？我是希嘉八劍的海姆。」

從視窗探出頭一看，發現馬車前方是正將外套的兜帽掀起，拿出劍環證的海姆先生。

他不僅徒步揹著大劍，還將聖騎士團的制服藏在外套底下，所以近衛騎士才會把他當成可疑人士來戒備吧。

「喲，是潘德拉岡卿啊。王族保姆竟然要來這種地方，你也挺辛苦的嘛。」

「海姆大人，您不覺得保姆這種說法有些失禮嗎？」

一臉嚴肅的侍女把我推開，從窗口向海姆先生抗議。

「那還真是失禮了。既然希斯蒂娜殿下也在，那麼就是在調查櫻花或紅繩事件嘍？」

見我點點頭，海姆先生小聲地告訴我在平民區收集情報的方法。

只要給乞丐一枚大銅幣到一枚銀幣左右的錢並提出問題，對方就會講出自己知道的答案。假如對方不清楚，那麼就會告知可能掌握情報的人。這麼看來，與其說是乞丐，其實更像是情報專家。

「雖然基本上只能打聽到他們聽過、見過的事，但也有些人知道衛兵不清楚的情報。好好利用吧。」

淨水場附近有許多乞丐，看來是不必擔心沒有能提供情報的對象了。

海姆先生這麼補充道，接著表示「小心點啊，這附近很危險，沒事的話最好趕快離開」後，便離開了這裡。

「我們也動身吧。」

告別了海姆先生後，我們穿過鐵製柵門走進了淨水場。

淨水場採用了把水槽分成數個，同時讓沿著下水道流到這裡的垃圾會堆積在特定地點的架構。

「這裡的臭味比外面更嚴重耶。」

「惡臭。」

亞里沙一臉厭惡地抱怨，蜜雅則在面前擺出打叉的手勢表示同意。

在職員帶領我們參觀淨水場的途中，因為公主和蜜雅在惡臭的影響下感到不適，那名文靜的侍女便數次施展了風魔法「空氣清淨」。

「唔哇，好多垃圾——咦，有人在那裡？」

正如亞里沙所說，有幾個貧民窟的居民正在堆積場翻著垃圾。

雖然我在越後屋商會幫他們準備了工作，但看來遠遠不夠。

是不是乾脆開拓村莊或是礦山這類能養活許多人的事業比較好啊？

依照地圖顯示來看，在距離王都徒步三天的地方，有塊能開拓村落的平地，以及地下深處埋著貴金屬和鐵礦床的山。有時間再找掌櫃談一下吧。

「屍體就是在那個淨水槽發現的。」

淨水場職員指著一座直徑約五十公尺的巨大水槽說。

水槽深度大約有五公尺，水面呈現混濁的淤泥狀以至於不知道有多深，垃圾跟樹葉覆蓋了大半水面，上面還浮著好幾隻史萊姆。

淨水槽側面連接著數根陶管，地下水咕嘟咕嘟地流了進去。

「嗚噁！」

原本打算湊過去看的亞里沙立刻捏住鼻子蹲了下來。

大概是跑出文靜侍女使用的「空氣清淨」圈外了吧。

「因為很危險，觀察淨水槽時記得屏住呼吸。」

職員提醒道，因為不僅是臭而已，偶爾還會產生有害的氣體。

「出現魔物的地方也是這裡。」

「這個地方跟哪裡連接？」

「王都的所有區域。」

職員回答了公主透過侍女提出的疑問。

——咦？

「那個莫非是屍體？」

垃圾堆中浮著一具屍體。

一開始看起來像是鱷魚，但好像是蜥蜴人。

「啊～真的耶。我立刻叫負責人過來。」

職員並未顯得特別驚訝，只是點頭請正在附近工作的人通知事務所。

雖然這在日本會是個引起軒然大波的大事件，但在人命不值錢的希嘉王國似乎是沒什麼大不了的事情。

接到通報抵達這裡的衛兵查明了從淨水場撈起的屍體身分。

「我記得這傢伙的長相。他是生活在貧民窟的違法二級魔法道具士。」

似乎在哪裡聽過這個職業。

難不成這個蜥蜴人也跟紅繩事件有關，才被人封口殺害的嗎？

「死因是刀傷，大概是被柴刀那種短刃武器砍死的吧。」

「身上沒有值錢的東西——會不會跟城裡那些人監視的老鼠混蛋有關？」

衛兵們一邊檢查屍體一邊閒聊起來。

「誰知道，光憑同樣是違法二級魔法道具士這點也無法下定論。」

老練衛兵說的話直擊我的內心。

真抱歉，我和年輕衛兵做出了同樣的推理。

目送衛兵們搬走遺體之後，我們也離開了淨水場。

姑且在發現遺體後逛了整個淨水場一圈，但是並未有什麼新發現。

「佐藤大人，要試試海姆先生所說的『情報收集』嗎？」

公主在發現淨水場門前有乞丐之後這麼說。她的好奇心似乎很旺盛。

「那麼就由我去交涉吧。」

見我站起身，亞里沙也像是要同行似的離開馬車座位。

「請等一下，佐藤大人。讓我來吧！」

公主攔住了我。令人困擾的是，她想試著自己收集情報。

近衛隊和侍女們都面露難色，但公主設法以我和一名侍女作為護衛同行的條件勉強讓她們妥協了。

「高貴之人啊，請施捨一下老朽吧。」

公主才剛走近，乞丐立即頭也不抬地低聲說道。

「要給他銀幣對吧？」

公主朝侍女看了一眼，讓她將銀幣投進乞丐面前的器皿中。

「非常感謝高貴之人的憐憫。」

乞丐低下頭去，悄悄把器皿內的銀幣迅速收進懷中。

「接著提出問題對吧？」

我對轉過頭小聲詢問的公主點頭表示同意。

「如果你知道關於剛剛發現的那具浮屍的事就告訴我吧？」

「您是指違法魔法道具士蓋托克對吧？他住在『坍塌屋頂』大街的破屋裡，是個老是在附近的酒館喝劣等酒，然後醉倒在垃圾堆中的小氣鬼。」

哦哦，情報比衛兵還要詳細。

我先是用地圖情報調查起死掉的魔法道具士住家，再用空間魔法「眺望」檢查起房間。

令人驚訝的是，衛兵們早已開始搜查那間屋子，並在雜亂的房間角落發現了看似魔法道具的物品。雖然外表差很多，但迴路構造與紅繩事件中發現的已損毀魔法道具十分相似。

「你對想殺他的人有頭緒嗎？」

乞丐並未回答公主的提問，只是別過臉搔了搔頭。

最初的銀幣換來的情報似乎已經結束。

當侍女將追加的銀幣放進乞丐的器皿之後，他維持看向旁邊的姿勢開口說：

「應該是被封口或搶劫吧？聽說他接到大宗工作賺了不少錢，昨晚還找來蜥蜴女服侍，奢侈了一番呢。」

「你認識那份工作的委託人嗎？」

侍女配合公主的提問，又在乞丐的器皿中放了一枚銀幣。

「老朽沒有親眼見到，只知道委託人是個茶色毛皮的獸人。」

「還有什麼情報嗎？」

侍女再次追加銀幣。

「關於那個獸人，什麼也沒有。」

「還有其他讓你在意的事嗎？」

「就在不久前，有位外國腔的男子到處收購平民區的廢棄奴隸。其中一名奴隸被啃得支離破碎的，漂浮在那邊的淨水場裡。」

是在魔物騷動那天的隔天早上發現的，乞丐接著補充道。

「把剛才聽到的事告訴衛兵。」

侍女先是找人來接替自己，接著便跑了出去。

「俺知道那些奴隸被帶到哪兒去了喔。」

此時乞丐附近的小孩子笑容燦爛地伸出手說。

於是我代替尚未釐清狀況的侍女，拿出一枚銀幣放在他的手上。

◆

「就是這裡喔。」

乞丐小孩指著藏在樹叢深處、一扇連接地下道的門說。

據說那名買了很多廢棄奴隸的外國人就是走進了這裡。

「謝謝你，真是幫了大忙。」

我向小孩道謝，並給了一顆糖果當作小費。

小孩將糖果放進嘴裡後因為甜味而開心地跳了起來，接著便滿臉笑容地回去了。

「我去找殿下，潘德拉岡卿請先調查一下附近是否有可疑人物潛伏。」

與我同行的近衛騎士說完後，便朝公主她們等待的地方走了回去。

畢竟這裡到處都是雜草，公主她們並未跟來。

現在身邊只有騎在我肩膀上的亞里沙而已；猜拳輸給亞里沙的蜜雅正和公主她們待在一塊兒。

「已經掌握越後屋商會那邊調查到的情報了嗎？」

「嗯，跟乞丐打聽到的情報已經送到越後屋商會了。」

趁馬車在移動的途中，我用遠話將從越後屋商會聽來的內容也告訴了給亞里沙。

也有幾項關於這個地下道的情報，據說這裡是個有可疑人物出入的地方。

「也跟蜜雅分享情報吧。」

亞里沙這麼說完，隨即使用空間魔法「戰術輪話」將我們三人聯繫起來。

「有什麼關於廢棄奴隸的發現嗎？」

「那邊沒有新情報，已經託人進一步調查了。」

我請他們重點調查廢棄奴隸的名字和購買者的情報。

一旦知道廢棄奴隸的名字，就能用地圖搜索得知對方現在的位置。雖然我想直接向奴隸商人打聽，但公主想以這裡的調查為優先，我們才會來到這邊。

「這裡的調查結束後，要去土左衛門的家看看嗎？」

「應該是吧？」

我將自己用眺望確認到的土左衛門——那具浮屍蜥蜴人的住宅情報告訴了她們兩人。

「調查的優先級應該是那邊比較高吧～」

「因為衛兵正在調查，她應該是打算得知結果之後再去調查吧。」

由於我們的調查比較像是附贈的，所以只要配合公主的直覺行動就行了。畢竟正式調查是由宰相的部下與衛兵進行嘛。

「似乎差不多快到了。」

高大的雜草另一端已經能見到近衛隊的頭盔。

「……■■■土之路。」

雅典娜小姐使用了魔法後，雜草隨即被土推開形成一條道路。

就連原本凹凸不平的地面也變得十分平整，真是精密的魔法控制。

「殿下，這邊請。」

「謝謝妳，雅典娜。」

公主一行人在近衛騎士的全方位保護下走了過來。

「佐藤大人，讓您久等了。就是這裡嗎？」

「是的，沒錯。」

我指著通往地下道的門說。

看似很堅固的門把上纏著鎖鏈，還用大型的掛鎖固定著。

「雖然似乎上了鎖──」

我輕輕地拉了一下將門封住的鎖鍊，它隨即發出「啪嚓」的聲音斷裂開來。

「──鎖鏈似乎變得很脆弱。」

無論鎖有多麼堅固，但固定大門的鎖鏈這麼脆弱就沒意義了。

「脆弱？」

其中一名近衛騎士一臉不解地拉了拉鎖鏈，我裝作沒聽到。

門打開的瞬間一股惡臭湧了出來，想走進去似乎需要相當的覺悟。

「好了，出發吧！」

「殿、殿下！請等一下。」

近衛騎士攔住打算走進門裡的公主。

「都來到這裡還要說什麼呀！俗話說『不入龍穴焉得財寶』吧？」

公主講出類似「不入虎穴焉得虎子」的諺語走進門內。

她憑著氣勢打斷了侍女和護衛想說的話。

「沒、沒辦法啦～」

但她很快就敗給惡臭，眼眶泛淚地回到了這裡。

這也是理所當然的結果。畢竟打開門那瞬間飄出來的臭味就比淨水場更加強烈。

能用風魔法的侍女雖然說「就算使用『空氣清淨』的魔法也無法完全消除」，不過她大概是為了讓公主打消念頭才刻意減弱了效果吧。

「請殿下跟大家一起在此等待，就由我獨自前去調查吧。」

「主人，獨自前往太危險了，我和蜜雅也跟你去。」

『沒問題的。如果情況緊急必須有人能帶公主去避難，亞里沙和蜜雅就留在這裡吧。』

我透過仍然聯繫著的「戰術輪話」說服兩人。

蜜雅和亞里沙輕輕點了點頭，露出一副「真拿你沒辦法」的表情。

「我、我也要去！要是不去的話，就不知道櫻樹不開花的原因了！」

由於雅典娜小姐的態度十分強硬，因此決定由文靜侍女和雅典娜小姐同行進行調查。

文靜侍女會跟來應該是以能使用「空氣清淨」魔法為前提，再加上會使用方便調查的斥候系技能「追蹤」吧。

雖然有個對文靜侍女有意思的近衛兵也提出了同行的要求，卻因為「鎧甲的聲音可能會讓可疑人物逃脫」為由遭到了拒絕。

即使如此，近衛騎士依然不肯罷休地說出「發生意外時只有三人太危險了」這種話。

「殿下，可以將緊急時刻報告用的召喚獸借給我嗎？」

當我們準備出發探索前，雅典娜小姐如此開口道。

「嗯！當然可以！我的召喚獸就交給雅典娜吧。」

公主高興地拍起手來。應該是因為只要和召喚獸共享視覺，就能享受探索的臨場感吧。

公主召喚出一種擅於夜視、名叫梟栗鼠的生物，並將其交給了雅典娜小姐。

「那麼出發吧！」

以鼓起幹勁的雅典娜小姐為首，三人加上一隻進入了地下道。

「■魔燈。」

文靜侍女施展術理魔法的魔燈。

她將魔燈設置在折疊式紙筒的底部，讓光呈現單一方向。

「這樣一來就沒那麼容易被賊人發現了。」

語氣得意洋洋的侍女真可愛。

在地下道走了一陣子之後，臭味逐漸增強，遠方還能聽見水流動的聲音。

隨後地下道與下水道連接起來，下水道的寬度大約是兩公尺，左右各有一條能讓單人通過的狹窄階梯——也就是通道。

「各位請看，這裡有足跡。足跡一共有三種，全都延伸到這個地方。」

堆積的泥土上有一些足跡。

正如一臉得意的侍女所說，足跡延伸到了通道的上流處。

此時我想起自己也有「追蹤」技能，於是在技能的幫助下仔細往腳邊一看，這才發現還有一種消去痕跡的足跡也是朝同一方向延伸過去。

「這個也是足跡嗎？」

「大概是以前留下來的，不去在意也無所謂。」

我將這件事告訴了侍女，她卻如此斷言。

於是我們在侍女的帶路下朝深處走去。

「真寬廣呢。」

我們沿著下水道前進，最終來到一個看似蓄水池，或者說是滯洪池的地方。

蓄水池裡有個中空的圓柱形牆壁，牆面上有許多空洞，水正從裡面不斷流出。

「那裡！看見手了！」

雅典娜小姐發現了漂浮在水面上的遺體。

——嗯？

雷達顯示有個白色光點正在接近，從位置來看是出自其中一個空洞。我朝那個方向一看，見到了臉上蓋著破布的人影，ＡＲ顯示他是一名歐克。

他跟公都地下遇到的歐克加．赫烏一樣隱居在這裡嗎？

「潘德拉岡卿，你看那裡！」

侍女偶然發現了那道人影。

人影在被發現後連忙開始逃跑。

「快追上去！」

由於侍女那不由分說的語氣，我反射性地衝了上去。

我一邊留意著不要追上他，同時試著用地圖搜索躲在地下的歐克。與公都地下只有兩人的加．赫烏他們不同，王都地下有將近三十人。

由於雅典娜小姐和侍女似乎還留在剛才的地方，於是我在奔跑的同時變成無名的模樣。

雖然因為做了多餘的事導致肉眼跟丟了，我依然透過追蹤雷達光點和足跡找到了他們藏身的暗門。

於是我解除了門鎖與陷阱走進暗門。

才剛踏進位於不遠處的大廳，入口隨即被鐵製柵欄封住，緊接著一群歐克們包圍住我。

雖然年長的歐克幾乎都超過三十級，但年輕的歐克卻都不到十級。

女性都躲進了屋內，那些基於好奇心從家裡探出頭來的歐克孩童也被母親拉了回去。

『『『給入侵者帶來死亡。』』』

拿著長槍和劍的歐克們一邊跺腳，一邊異口同聲地用歐克語這麼說。

此時一名在他們之中格外高大的歐克向前站了一步。

『雖然不知道是誰命令你來找我們的，但你將會死在這裡。』

感覺不苟言笑的歐克語氣雄壯地說：

『吾名為豪豬氏族的利・夫烏，乃黃金陛下授與魔劍蓋斯伯格的獸魔將之一！拔出劍與我一戰，我會讓你死得像個戰士。』

歐克利・夫烏拔出名字宛如宇宙要塞的魔劍如此宣告。

他似乎是這個隱密村落的首領。這麼說來之前在公都的時候，加・赫烏似乎提起過他的名字。

『慢著、慢著，我沒有戰鬥的打算。我叫無名，是公都的鍊金術士加・赫烏的朋友。』

我舉起雙手表示自己沒有攜帶武器。

『你以為只要提到吾等友人的名字，我的劍就會變遲鈍嗎！』

加．赫烏似乎並未頻繁與利．夫烏保持聯絡。

是公都地下的轉移門沒有連上這裡嗎？

『真的啦！我不但受到露．荷烏製作的鱷魚料理款待，還一起喝過名為「惡鬼殺手」的名酒呢。』

『雖然你把我們的事情調查得很清楚——』

『慢著，利．夫烏。你沒發現嗎？他正在說著我們的語言。』

從大廳深處出現的老歐克阻止了利．夫烏。

『而且，加．赫烏還願意拿出祕藏的「惡鬼殺手」來招待，老身認為他不是壞人。』

『既然大婆婆這麼說，那吾就暫且先收起武器吧。』

利．夫烏收起魔劍，引領我來到放在廣場角落的桌子旁。

『那個人是誰？是來送飯的嗎？』

歐克孩子們從大廳深處走出來看著我。

『真的嗎？我肚子餓了。』

『我也餓扁了。』

『想吃白蘿蔔。』

接著向想回屋子裡的母親表示肚子餓。

『你們糧食不足嗎？』

『都怪那些奇怪的傢伙，害我們無法進出。』

『既然如此，我的道具箱裡有存一些糧食，分給你們吧。』

『那真是幫大忙了。』

畢竟我在迷宮都市跟簽約農家買了大量的蔬菜，肉類和魚類也準備了能以都市為單位供給的分量。

『我會多裝點白蘿蔔進去。』

雖然庫存並不多，但剛才有孩子提到想吃白蘿蔔，況且公都地下的露・荷烏也說過歐克很愛吃白蘿蔔。

『哦哦！是白蘿蔔！』

利・夫烏從蔬菜堆成的山裡拿出白蘿蔔大叫。

『『『白蘿蔔！』』』

『『『有白蘿蔔！』』』

聽到他的叫聲，四周的歐克也一同湊了過來，大家都顯得很興奮。

原以為只是嗜好品，說不定其實是能匹敵米之於日本人的那種靈魂食物。

『你為什麼會有白蘿蔔？』

『是為了隨時能做關東煮而準備的。』

『還有關東煮嗎！』

我回答了一名歐克的問題，結果見他對關東煮的反應也很不錯，於是我便拿出儲存下來的關東煮提供給他們。半夜肚子餓的時候，跟熱過的希嘉酒一起享用十分美味。

『還很暖和耶。』

『看起來好好吃。』

我將兩大鍋關東煮交給歐克婦人，請她分發給其他歐克。

雖然肚子餓也是原因之一，但能見到其他人笑容滿面地說著「好吃」享用自己親手做的食物實在很開心。

於是心情大好的我將關東煮的食譜、熬湯用的海帶，以及調味料交給了剛才的婦人。

『主人，你那邊的情況如何？雅典娜寶聯絡我們，說主人去追可疑人物之後就一直沒回來喔。』

「戰術輪話」傳來了亞里沙的聲音，雅典娜小姐似乎透過召喚獸聯絡了公主。

『抱歉。在這裡遇見熟人聊了一會兒。我沒事，告訴公主我想再觀察一下情況，會盡可能早點回去。』

『地下道裡有熟人？算了，等時間快到的時候，我會再聯繫你。』

『麻煩妳了。』

畢竟侍女和雅典娜小姐都在擔心，搞定一件事之後就立刻回去吧。

於是我開始尋找利．夫烏，並走到他身邊。

『不好意思啊，無名。這樣一來孩子們就不用捱餓了。』

『那就好。』

我語氣隨興地點頭回應了利．夫烏的道謝，隨後切入正題。

『比起這個，我有件事想請教你。』

『什麼事？』

『剛剛你提到了有奇怪傢伙之類的話，可以告訴我他們都是些什麼樣的人嗎？』

『嗯，沒問題。雖然至今偶爾會有奇怪的人族在這附近亂晃舉行可疑的儀式，不過這幾天來的人都是些與之前有著天壤之別的危險分子。』

前者是些拿著粉筆描繪無意義魔法陣的怪人，後者似乎是帶著廢棄奴隸的獸人以及率領一群沒落軍人的魔法使。

於是我將紅繩事件中發現的咒術魔法陣拿給利．夫烏看，他隨即點點頭「嗯，就是這種感覺」回應道。

看來這些意義不明的咒術魔法陣，好像是和紅繩事件無關的其他怪人畫的。

『所謂危險是怎麼回事？』

『那是一群對帶來的奴隸和妓女嚴刑拷打，最後還將他們分屍丟棄的人渣。要不是大婆婆命令我別和俗世的傢伙扯上關係，他們早就是我的劍下亡魂了。』

利．夫烏很遺憾似的繼續說道：

『感到很在意的話我就帶你去吧？雖然那群傢伙大概已經離開了，不過犧牲者的遺體還留在那裡——』

他似乎希望我能夠去弔唁他們。

於是在利．夫烏的帶領下，我們來到與其說是他們的基地，不如說是用來拷問的地方。

那是個充滿腐臭的廣場，地上滿是嚴重受損的遺體。

由於不擅長應付血腥場面，所以我注意不要直視遺體地調查四周情況。

廣場中央有個類似研磨缽的空間，缽底的水正不斷咕嘟咕嘟地冒著泡。

天花板還掛著鎖鏈，缽的周圍放著一些拷問工具與可疑的魔法陣。

『這個是……』

這個魔法陣並不是「嚇人咒術」那種亂七八糟的東西，而是與放置在迷宮上層迷賊據點中的魔族魔法陣十分相似。

『真低劣的興趣，居然用血畫成魔法陣。』

利．夫烏喃喃自語地說，此時魔法陣突然發動並發出紅黑色的光芒。

『快離開，無名！』

利．夫烏大叫一聲並跳離魔法陣。

雷達上頓時出現了紅色光點，位置在缽的底部。

一團身上沾著屍體和垃圾的桃色黏液爬了上來。

「是新的素材噗呦？」

根據AR顯示，牠是個四十一級的中級魔族。

「歐克是很稀有的素材噗呦。主人還真是熱心研究噗呦。要鼓足幹勁製作新的轉魔丸了噗呦。」

「你是從哪裡跑出來的？」

直到剛剛雷達都沒有反應。

「從狹縫來的噗呦。噗呦們都藏身在主人給的狹縫之中喔噗呦。」

魔族像是在展示似的刻意開啟一道宛如道具箱的黑色空間。

原來如此，牠的能力就像是個能夠藏身的道具箱嗎……難怪能夠避開我的地圖搜索以及雷達。

我快速瀏覽該魔族的詳細情報，感覺這傢伙能做出縫隙的只有牠的種族固有能力「魔巢繭居」。

要是被逃掉的話會很麻煩，因此我在中級魔族身上做了標記。

順便報告「發現了中級魔族，接下來開始擊退」，向亞里沙知會了一聲。

「在王都放出魔物的就是你們嗎？」

如果用這傢伙的能力，的確有可能將魔物藏到「縫隙」裡面，藉此避開我的地圖搜索。

「你在說什麼噗呦？竟然會問這種莫名其妙的事，表示你不是主人的使者對吧噗呦？只是誤闖進來的笨蛋素材噗呦。」

猜錯了嗎……

算了，只是想隱藏魔物的話，上級空間魔法也辦得到。

「是誰召喚你的？」

牠的詳細情報並未顯示召喚主的資料，召喚師似乎並非召喚、支配了這名惡魔，而是透過談話與牠建立合作關係。

從地圖搜索得到的情報來看，包含希斯蒂娜公主在內，王都之中擁有召喚魔法技能的人只有不到二十個。

其中的某個人在這裡召喚了魔族——不對，也有可能跟之前打算在迷宮都市殺害希嘉八劍赫密娜小姐的傢伙一樣使用召喚道具，所以未必是用了召喚魔法。

「怎麼可能告訴你噗呦。」

魔族傻眼似的說，並從身體伸出桃色觸手向我襲來。

觸手在我眼前散開，變成帶著金屬光輝的帶刺刀刃。

——斬。

利・夫烏用魔劍蓋斯伯格一口氣將化為帶刺刀刃的觸手砍了下來。

『真脆弱——情報收集結束了嗎？』

日緋色金製成的魔劍吸收利・夫烏的魔力之後，魔劍發出紅色的光輝。

『嗯，感覺也問不出更多東西了。』

『——是嗎。既然如此，我就砍了牠嘍？』

『雖然無所謂，但你不是說不和俗世扯上關係嗎？』

『對方是魔族就無須顧慮。』

——ＰＷＹＯＹＯＯＰＷＹＯＹＯＯ。

攻擊被化解之後，魔族身上的黏液隆起，變成一副讓人想用流體章魚形容的模樣。

『歐克流斬鐵劍，三之太刀——「流鐵斬」！』

利・夫烏的魔劍劈開了魔族的身體——但呈流體狀的魔族立刻就從斷面恢復了原狀。

「沒用的噗呦，斬擊對我無效噗呦。」

我將準備朝利・夫烏發出反擊的魔族踢飛到牆壁上。

「不管用噗呦，打擊也無效噗呦。」

魔族不斷扭動身體，做出像是在挑釁的動作。

包括剛才的斬擊在內，牠的體力已經有所減少。會說無效是他在虛張聲勢，實際上只是傷害降低而已。

『[redacted]纏炎刃。』

利・夫烏發出火焰，宛如一條蛇般纏繞在具備高耐熱性的日緋色金魔劍上。

原來如此，他似乎打算在武器上賦予火焰來作戰。

——PWYOO。

噗呦魔族的體表不斷起伏，隨後伸出無數的尖刺襲向利・夫烏。

『別以為這種程度就能擊敗黃金陛下的騎士！』

利・夫烏憑藉驚人的劍技和動作，以毫釐之差避開了所有攻擊。

『歐克流斬鐵劍，六之太刀——「纏炎斬」。』

利・夫烏手持纏繞火焰的魔劍，焚燒並劈開了進入自己攻擊距離的噗呦魔族。

——ＢＺＺＯＯ。

噗呦魔族發出慘叫。

「你、你還挺厲害的噗呦。但是，可別小看魔族噗呦。」

利．夫烏的側腹正在流血。

『唔！趁我揮出奧義的瞬間來個兩敗俱傷嗎——』

話說到一半，利．夫烏突然吐血跪了下去。

『毒嗎……真是符合魔族的卑鄙手段啊。』

「這就是魔族噗呦。多輕蔑和憎恨一點吧，好舒服噗呦。」

噗呦魔族恢復成被砍之前的模樣。

「另一個人跑哪兒去了噗呦？」

「在這裡。」

我運用縮地出現在魔族側面，拔出聖劍光之劍將其一刀兩斷。

「斬、斬擊無效噗——」

接著朝表面積增加的斷面使用「冰結」魔法。

——ＢＹＺＺＯＯ。

魔族再次發出慘叫。

「我、我可沒弱到會被這種程度的魔法凍住噗呦。」

面對逞強的魔族，我連續發動「冰結」魔法直到將牠凍結為止。

不時也用「魔力搶奪」大量奪走牠的魔力。

「凍、凍不住的噗呦。我絕對不會被凍住噗呦。」

大半身體都被凍住的魔族開始胡言亂語。

『那麼我就打碎你！』

利．夫烏朝被凍結的魔族揮下魔劍蓋斯伯格，將牠粉身碎骨。

『毒不要緊嗎？』

『在這裡生活必須準備解毒劑。』

——這種生活還真討厭。

我施展魔法治療了摀著傷口的利．夫烏。

『無詠唱……雖然看到剛才的聖劍就隱約有所察覺，你果然是勇者嗎？』

『嗯，算是吧。』

『能不能用我的項上人頭了結這件事？』

真希望你別把討伐歐克當成勇者的職責。

『我不會討伐任何人啦。我不是說過加．赫烏是我的朋友嗎？敵人只要有魔族和魔物就夠了。』

我刻意擺用輕鬆的口吻解開利・夫烏的誤會，接著用聖劍光之劍消滅了尚未變成黑霧消失的桃色冰塊——也就是還活著的魔族碎片。

『這樣就行了。利・夫烏，感謝你的幫忙，得送點禮物才行呢。』

『別客氣，剛才的糧食就很足夠了。』

於是我揮手告別返回隱密村落的利・夫烏，然後告訴亞里沙魔族已被討伐。

『那正好，殿下叫來的搜索隊已經抵達了，我現在就請他們出發。如果有能藏身在空間中的魔族，我也跟過去比較好吧。』

『畢竟是個對情操教育不太好的慘烈現場，所以不必勉強跟來也沒關係喔。』

『啊哈哈，就說我的身體雖然是個小孩但內心是個成年人不要緊啦。我也受過不少恐怖和血腥電影鍛鍊，也在盜賊和海賊的基地看過遭受拷問的屍體所以沒問題。』

因為還需要用亞里沙的空間魔法進行調查，於是我決定順從亞里沙的好意。

『——啊。』

『怎麼了？』

『這裡出現小惡魔了，似乎是躲在遠處觀察我們的情況。』

『會不會是召喚師發現這裡的魔族遭到討伐，才放出來觀察情況的？』

『嗯，可能性很大。』

雖然試著在地圖上確認，但就跟最初紅繩騷動時發現的小惡魔一樣，稱號只有「使魔」二字，主人一欄充滿了奇妙的文字。

於是我把用來追蹤的標記裝在小惡魔身上，然後把地圖縮小放在視野的角落。

『啊，牠逃掉了！殿下召喚追蹤用的小鳥追了過去。』

地圖上的標記開始移動。

逃走的小惡魔為了甩開公主召喚的「追蹤鳥」，開始到處逃竄。

『我也在進行監視，妳那邊交給公主就行了。』

『嗯，我知道了。』

我切斷了與亞里沙的通話，返回我跟侍女和雅典娜小姐分開的地方。

「你到底追到哪裡去了啊！」

「就是說啊！也有人在下水道迷路之後就失蹤了耶！」

我被侍女和雅典娜小姐狠狠罵了一頓，隨後我告訴她們自己是去阻止可疑人物在奇怪地點召喚出來的魔族。雖然她們起初還不相信，但在見到魔族掉落的漆黑魔核之後便相信了我說的話。

「……這個是？」

「這是士爵大人去追可疑人物前發現的屍體，雅典娜大人用魔巨人將其撈了起來。」

我掀開布的手停了下來，因為這個長相我有印象。

他絕對是沙北商會的那位鼬人族魔法使。

我透過「戰術輪話」將這件事告訴夥伴們，同時也告訴了侍女和雅典娜小姐。

「商會的魔法使為什麼會在這種地方變成一具屍體……」

「或許這一連串的事件跟沙北商會有關？」

雅典娜小姐若有所思地喃喃自語。

當侍女調查出屍體的死因是絞殺引起的窒息死時，公主為了找我而叫來的衛兵也趕到了現場。

將幾個人留下來調查後，其餘人員和我們一起前往魔族出現的地點進行搜查。

「這還真是淒慘……」

老練衛兵緊皺眉頭，年輕衛兵也因為見到過於悽慘的死狀而將午飯吐了出來，結果被老練衛兵訓了一頓。

我從一開始就小心翼翼地不去看屍體因此不要緊。

其中一名侍女和雅典娜小姐雖然也跟了過來，但面對這淒慘的現場也變得臉色蒼白而腳步踉蹌。

原本說沒問題的亞里沙也顯得臉色發青。

「沒事吧？」

「嗯，吃完主人給的藥之後舒服多了。」

亞里沙用空間魔法調查周圍。

「雖然有地方產生扭曲，但只是魔族藏身時留下的殘渣，還有類似我或主人的道具箱那種扭曲而已。」

調查細微的空間扭曲似乎比我預料得還要辛苦，結束後亞里沙顯得筋疲力盡。

於是我讓亞里沙好好休息，自己則去協助幹勁十足地調查魔法陣的雅典娜小姐。

結果花了比預計更多的時間，等到衛兵們檢查結束時，午後時間也過了大半。

從衣服的殘骸等物件來看，可以得知被殺害的人大約有一半是我們來此尋找的廢棄奴隸遺體。

來不及拯救他們嗎……我和亞里沙一起默默地對犧牲者們獻上祈禱。

我在離開這裡之前，使用蝙蝠召喚呼喚出潛影蝙蝠，並讓牠躲在天花板的陰影中。

這麼一來只要犯人再次來到現場，就能抓到他們的狐狸尾巴。就算是為了告慰犧牲者們，也必須抓住犯人讓其接受司法的制裁。

「佐藤。」

在我因為久違的戶外空氣感到放鬆時，蜜雅用「泡洗淨」洗去我和亞里沙身上的髒汙，我也配合魔法的發動時機使用了「除臭」這項生活魔法。

「謝謝妳，蜜雅。」

由於不能在衛兵面前使用「除臭」或「柔洗淨」之類的生活魔法，因此我十分開心。

「轉魔丸。」

「現場沒找到呢。」

亞里沙回答了蜜雅的問題。

我早已向亞里沙和蜜雅分享了在魔族戰中得到的情報。

雖然試著在地圖上搜尋轉魔丸，但魔族據點附近沒有任何發現，唯獨在某個意外的地點有了收穫。

「鼬人。」

「嗯，大概是吧。」

沒錯，發現地點就是由鼬帝國商人霍米姆多利先生擔任會長，沙北商會中的某個房間。

「接著就是被殿下的召喚獸追趕的小惡魔到底逃到哪裡去了吧。」

我們朝依然在進行追蹤的公主看了過去。

「又逃掉了！這次躲在樹下？啊——！居然推倒攤位的柱子，真是卑鄙！我絕對不會讓你逃掉！」

明明已經追了很久，公主仍舊很有活力。是跟召喚獸同步了嗎，她的身體不斷地左右傾斜，就像玩競速遊戲時身體會隨之傾斜的人一樣，感覺有點可愛。

「啊啊啊啊啊，跟丟了！在哪裡？有了！還有人和魔巨人。這是哪個商會的院子——跑進宅邸的房間裡去了——好痛！」

公主單手摀著頭，遷怒似的敲打著椅子。

「真是抱歉，佐藤大人。我的召喚獸被人打倒了。雖然覺得那裡應該是某個商館，但因為牠四處亂竄，所以不清楚具體位置。」

公主看著我說。

沒問題，我已經透過雷達追蹤知道地點了。

公主召喚獸消失的地方，正是剛才和亞里沙談到轉魔丸時提到的沙北商會。

小惡魔闖入有轉魔丸的房間後，就從地圖上消失了蹤影。既然標記也同時從清單上消失，小惡魔大概是被送還回去了吧。

「剛才您提過看見了魔巨人，那尊魔巨人的頭部是否有人乘坐呢？」

「嗯，的確如此。」

我繼續提出兩三個問題，隨後斷言那裡就是沙北商會。

「死在可疑儀式現場附近的商會魔法使……在紅繩事件附近找到，有著地吉麥島紋路的碎片、販售咒石的沙北商會、向魔法道具士提出委託的獸人，再加上佐藤大人討伐魔族之後出現的小惡魔逃向的地點——」

公主嘴上不停呢喃著至今所掌握的情報。

「——不會錯的！紅繩事件的犯人就是沙北商會！」

公主露出宛如「謎底全部解開了！」的表情如此斷言。

受到想去逮捕犯人的公主催促，我們與宰相麾下的諜報員——扮成補充衛兵的模樣——一同前往沙北商會。

雖然亞里沙用詞委婉地說「您不覺得現在進行審問太早了嗎？」試圖阻止，但公主依然自信滿滿地堅持己見，最後在沒有人能阻止她的情況下抵達了目的地。

不過，雖然仍覺得物證不足，但從狀況來看我也認為他就是犯人。

◆

「嘻嘻嘻，歡迎歡迎，潘德拉岡士爵大人，今天您還帶了相當高貴的公主來呢。」

「幾天不見，霍米姆多利先生，謝謝您同意我們這麼臨時的會面要求。」

來到沙北商會之後，我們在公主的王族力量下很快就見到會長霍米姆多利先生。假扮成衛兵的兩名宰相諜報員也一起同行。

「因為與您有過一面之緣，於是殿下命我作為中間人前來拜訪。」

雖然認為他跟紅繩事件的犯人有關，我還是先稍微講了些場面話，不過……

「佐藤大人，不需要這麼拐彎抹角。」

公主似乎已經忍不住想指出犯人，只見她從椅子站起身，用手上的扇子指著霍米姆多利先生說：

「我們這次來就是為了紅繩魔物的事，你當然很清楚吧？」

「您說紅繩魔物？那當然知道嘍。」

霍米姆多利先生露出摸不著頭緒的表情回答。

「那麼，你承認自己就是幕後黑手了對吧？」

「幕後黑手？究竟是什麼幕後黑手呢？」

面對侍女代替公主說出的話，霍米姆多利先生歪頭表示不解。

「當然是指在王都放出紅繩魔物的幕後黑手啊！」

「嘻嘻嘻，我對此沒有任何印象。」

能夠在近衛騎士們和衛兵的包圍下正常回答也挺厲害的。

『沒錯，犯人不裝傻怎麼行呢。』

『指出犯人的場面，重要。』

亞里沙和蜜雅小聲地聊著毫無緊張感的話。

「您有什麼證據或者證詞嗎？還是打算交由審議官裁定呢？」

這麼說來，這個世界似乎有個稱為審議官、能分辨真假的職業。

『咦，在指出犯人的場面用那種測謊器太掃興了吧。』

『嗯，不識趣。』

但這麼一來就不會發生冤獄，不是挺好的嗎？

「好吧。雅典娜，他似乎希望出示證據與進行裁定。」

公主向雅典娜小姐使了個眼色。

雅典娜小姐見狀點點頭，從懷中拿出獎章高高舉起。

後來才知道，那個獎章就是用來證明審議官身分的東西，雅典娜小姐好像也擁有審議官的技能。

「審議官雅典娜提問，你是否曾直接或間接地向鼠人族二級魔法道具士茲涅以及蜥蜴人二級魔法道具士蓋托克，委託製作用以召喚紅繩的魔法道具？」

「沒有。雖然我認識他們兩個，但只委託過普通的驅蟲魔法道具，而且那也是半年前的事了，我不清楚用於召喚的魔法道具是他們兩人製作的。」

——委託製作魔法道具一事是清白的。

「審議官雅典娜提問，你是否直接或間接參與了殺害蜥蜴人蓋托克一事？」

「沒有，我與那件事無關。」

——殺害魔法道具士一事是清白的。

「審議官雅典娜提問，這顆咒石是你出售的商品吧？」

「不知道。雖然這跟我們的商品很像，但這是隨處可見的三流商品，因此我無法斷言這是從我們這裡售出的。」

——咒石有嫌疑。

「審議官雅典娜提問，這塊碎片是你出售的商品吧？」

「不清楚。上面的紋路確實是出自地吉麥島，而且我們雖然有出售類似的壺和器具，不過這在地吉麥島上十分常見，因此無法分辨這項商品究竟是由我們出售，還是出自其他商人之手。」

——地吉麥島紋路的碎片有嫌疑。

「你是否曾在貧民窟——直接或間接購買或出售淨水場路上奴隸商會的廢棄奴隸？」

「沒有，我只光顧值得信賴的奴隸商會。」

——殺害廢棄奴隸一事是清白的。

「你是否曾將商會的魔法使派遣至地下道？」

「沒有。我沒下過這種命令。」

這麼一來，就是鼬人魔法使並未接受會長命令，卻出現在現場。

「你是否跟殺害商會魔法使之事有關？」

「沒有——西卜洛赫伊死了嗎？」

我點頭回應了表情一臉驚訝的霍米姆多利先生。

「審議官雅典娜提問，你是否直接或間接地進行過魔族召喚？」

關鍵的問題來了。

「沒有。」

「真的嗎？」

「嗯，是真的。」

聽見霍米姆多利先生的回答，公主忍不住再次反問。

——召喚魔族一事是清白的。

「亞里沙。」

「嗯嗯嗯，雅典娜寶，過來一下。」

蜜雅悄聲對亞里沙說了些什麼，隨後亞里沙便跟雅典娜小姐說起悄悄話。

「審議官雅典娜提問，你是否見過小惡魔？」

「有，見到過。」

這個回答令公主等人的表情一亮。

「你是何時、在什麼地方見到的？」

「大約兩天前，小惡魔曾經出現在商會的後院。我開門外出時迎面撞上，還因此遭到了詛咒。」

霍米姆多利先生回答了公主的問題，根據雅典娜小姐的裁定得知他說的話都是事實；他也否認曾與其對話或收受物品。

——使役小惡魔一事也是清白的。

「雅典娜，提出最後的問題吧。」

「是。審議官雅典娜提問，你是否持有稱作『轉魔丸』的物品？」

關於轉魔丸這個名稱，我聲稱是在討伐魔族時聽到的。

因為聽說是召喚魔族的人研究出來的，所以她才把這個問題放在最後吧。

「沒有。」

——咦？

我連忙搜索地圖，發現轉魔丸已不見蹤影。

難道是交給擁有道具箱的人保管了嗎？

「審議官雅典娜再次詢問，你是否曾將名為『轉魔丸』的物品交給其他人？」

「沒有。」

霍米姆多利先生一臉平靜地說。

——怎麼回事？

我朝雅典娜小姐看去。

「雅典娜？」

「他並沒有說謊。」

在公主的催促下，雅典娜小姐說出了結果。

——持有或轉讓轉魔丸一事都是清白的。

『是在這裡發現的吧？』

『嗯，我調查時是放在會長室堆積的箱子裡。』

我利用「戰術輪話」回答亞里沙的問題。

『那就是某人在會長不知道的情況下帶了進來，之後又拿走了？』

『應該是這樣沒錯……』

為了保險起見，我向霍米姆多利先生提問。

「會長，冒昧請教一下，在這一刻鐘左右的時間內，有貨物從會長室被運出來嗎？」

「嗯，那當然。因為裡面放了許多貴族大人委託的成年儀式裝飾品。」

似乎是因為有不少高價物，才會放在他的職務室裡。

雖然他公布了商品清單，但裡面的物品超過一百件。

看來要調查這些得花不少力氣。

但那些暫且不提——

「我的嫌疑洗清了嗎？」

見霍米姆多利先生一臉處變不驚地問，公主她們只能點點頭。

跟打算以其他理由逮捕霍米姆多利先生的諜報員道別後，我們調查了其他幾個預定前往的地方，但很遺憾沒有什麼新的事實或發現。

◆

「已經抵達潘德拉岡士爵大人的宅邸了。」

車夫將馬車停下對我說道。

「抱歉，沒能幫上什麼忙。」

我向公主道歉，畢竟我不擅長找犯人這種需要推理的事。

「——咦？」

公主她們一臉不可思議地看著我。

「佐藤大人！您說這是什麼話！您不僅追蹤犯人、發現慘烈的儀式現場，更何況還消滅了潛伏在王都的魔族耶？」

「沒錯！竟然能獨自擊敗魔族，真是厲害！」

「授勳是確定的！這可是下級貴族或許能藉此提升爵位的重大武勳！」

「而且還毫髮無傷……」

公主滔滔不絕地說，雅典娜小姐和文靜侍女也稱讚我。

「雖然沒有找出紅繩事件的犯人，但這本來就不是一天就能解決的事——雅典娜，快看那個！」

「啊啊啊！」

公主和雅典娜小姐指著庭院裡的櫻花樹說。

「花蕾。」

蜜雅呢喃道。

「嗯，長出花蕾了呢。」

樹精說過不久之後就會開花。

「難、難不成是因為精靈？」

「不對，佐藤。」

雅典娜小姐一臉震驚地轉頭看向蜜雅，而她簡短地回答道。

大概是指我和樹精之間的事吧。

「是佐藤大人？究竟該怎麼做才會長出花蕾？」

公主提出了令人難以回答的問題。

「大概是因為消滅了藏身在地下道的魔族吧？」

「因為魔族被消滅，櫻樹就成長了？櫻樹無法生長的原因是魔族……這麼一說，守櫻人領袖曾經說過王都的地脈流動很令人在意。原來就是藏身在下水道的魔族在擾亂地脈啊！」

雅典娜小姐將亞里沙隨口編出的理由與自己所知的情報結合，進而得出了結論。

雖然櫻樹精的確提過地脈混亂是櫻樹無法生長的理由，不過我也不清楚原因是否跟魔族有關。

「不愧是佐藤大人！真是太出色了！」

或許是接受了雅典娜小姐的推論，公主臉上掛著比前往沙北商會尋找犯人時燦爛數倍的笑容說。

這麼說來，公主和雅典娜小姐會調查紅繩事件，好像是因為懷疑事件就是導致王櫻不開花的原因。

「說不定，王櫻——聖櫻樹也開花了喔。」

聽我這麼說，公主和雅典娜小姐互看一眼。

「殿下！」

「嗯，必須前往調查！」

雅典娜小姐連忙衝上馬車。

「佐藤大人，這麼匆忙十分抱歉——」

「還請慢走，聖櫻樹正在等著殿下呢。」

「好！」

於是載著公主的馬車朝王城方向駛去。

雖然再怎麼說也不可能馬上開花，但起碼能長出一個花蕾吧。

我一邊祈禱公主她們的事情順利，一邊向出來迎接我們的夥伴們揮揮手便走進屋子裡。

「話說主人，搭車時您好像在查些什麼，有什麼發現嗎？」

「沒有。我雖然將清單上擁有『道具箱』和『魔法背包』技能的貴族和僕從特別標了出來，但其中並未發現可疑人物。總共約十個人左右，我會抱持耐心繼續檢查的。」

狀況十分麻煩。

「鼬人商會裡面擁有『道具箱』技能和『魔法背包』的人呢？」

「嗯，那邊也有人會，這麼一來人數就增加到十五人了。」

光想就麻煩得要死。

「佐藤，生物。」

蜜雅突然小聲地說。

——生物？

「原來是這樣！」

「嗯。」

我檢查起清單中是否存在生物。

因為是成年儀式的裝飾品，所以我並未跟生物聯想在一起，但是裡面的確存在名為「孔雀蟲」和「玻璃鳥」的兩種生物。

「哪邊才是重點？」

「似乎都是呢。」

用空間魔法「眺望」確認之後，發現兩種的籠子裡都留下了藥丸碎片。

如果地圖情報的狀態欄會產生變化的話可就輕鬆了，但事情似乎沒有簡單到那種程度。

「兩邊的收貨人好像都是上級貴族，或許是打算進行暗殺或恐怖攻擊吧。」

我使用「遠話」將「轉魔丸」的存在，以及或許有人打算利用吃下轉魔丸的寵物進行暗殺或恐怖攻擊的事告訴國王，拜託他隔離寵物。

「接下來——」

「啟動鍵。」

「王立研究所的人說過的那個吧。」

發送魔法道具啟動鍵信號的魔法道具嗎……

假設這類魔法道具會使用「信號」這項術理魔法，如果製作者忠於基礎的話——

「——找到了。」

我試著搜索用類似石英當作「信號」震盪素材做成的迴路，結果數量相當驚人。

某位商人的倉庫裡有大量庫存。透過「遠話」和「眺望」魔法確認之後，發現那裡是馬庫雷家的御用商會。

另外也有幾名街頭藝人擁有這類道具，因此我也將其標記起來。

他們的道具呈現類似笛子或太鼓等樂器的造型，那些街頭藝人中也包含了我們遭遇紅繩事件時見到的耍蛇人。

『陛下，追加情報——』

我將能發送信號的魔法道具的位置告訴國王。

『又是馬庫雷家嗎……』

這麼說來，衛兵在追查紅繩事件的實際犯人時，似乎也提過馬庫雷家的名字。

國王語帶苦澀地說完之後向我道謝，並跟我約好會去調查那座倉庫和街頭藝人。

啟動鍵相關的事這樣就沒問題了吧。雖然大概也能用魔法重現，但如果不夠纖細的話是難以成功的。

為了慎重起見，當天晚上我帶著亞里沙前往幾個可能有噗呦魔族藏身、瘴氣十分濃厚的地方，但並未發現任何痕跡。

雖然不清楚那傢伙是不是最後一個，但若是像這樣盲目地找，亞里沙的體力、魔力和精神力都不夠用。

總而言之，這樣算是告一段落了吧？
真是的，恐怖分子實在是很不像樣耶。

幕間

「——你說什麼？」

怒罵聲迴蕩在黑暗之中。

「作為啟動鍵的魔法道具被官兵扣押究竟是怎麼回事？」

「實債無衍以對。」

獸人隨從彷彿將額頭貼在地面般跪倒在地。

「租用的商家倉庫不僅跟我等無關，也和滅口的魔法道具士們毫無關聯才對！然而卻在速成魔物的啟動實驗後僅僅兩天就被發現了？難道你想說希嘉王國的官兵擁有匹敵眾神的眼力不成！」

男子激動地在桌子上砸上一拳。

「或許該說是不幸中的大幸，官兵的注意力似乎放在與商家有所往來的軍閥馬庫雷家身上，只能趁現在找出被扣押的魔道具替代品了。」

實行部隊的隊長接替惹怒主人的隨從，提出了具有建設性的意見。

「梭得倒檢單。明天就要盡行移式了！在那之前怎麼口能做得出幾十個磨發道濟！」

「那麼你打算錯過明天的儀式嗎？可別小看吾等不惜讓教主大人逐出教門來到此地的覺悟啊！」

「盧果光靠結物就能達成幕飄，窩就不用那麼興苦惹！」

「哼，在那些小丑塗鴉的地方進行啟動實驗，就是你所說的辛苦嗎？」

小丑塗鴉——他這麼形容由隨興超自然團體「自由之風」用咒石畫的仿製咒術陣。

「還是說，你指的是把作為啟動鍵的魔法道具刻意做成樂器造型，讓假扮街頭藝人的奴隸們使用的事情呢？」

「由種再說一變！你這格只懂得讚逗的無能戰儆狂！」

「說得沒錯。我的使命就是戰鬥，即使墮入邪道也會完成使命。」

此時男子觀望著發生爭執的部下，臉上浮現若有所思的神情。

「邪道嗎——」

男子制止爭執中的部下，並將自己想到的內容說了出來。

「——可行嗎？」

「是，即使用那個方法也能利用速成魔物引起暴動。儘管規模會比原定計畫縮小不少就是了……」

「無妨，總比計畫告吹要好多了。」

男子這麼說完，便讓獸人隨從去搜集新計畫所需的物品。

「最近到處打聽那條地下道的人已經處理掉了。」

部隊長悄悄地對男子說。

「那件事我已經聽說了，那是鼬帝國王弟派的間諜。」

他們口中的人，就是佐藤他們在地下道發現的沙北商會魔法使西卜洛赫伊。

「他們也想要轉魔丸嗎？」

「畢竟那個很適合用來擾亂後勤啊。」

男子點頭贊同部隊長說的話。

「總之先不必管他。等情報傳進鼬帝國的王弟派耳裡時，希嘉王國早已不復存在了。」

男子接著補充一句：「況且——」

「製作轉魔丸的魔族已經被解決了。」

「對方是勇者嗎？」

「不知道——不過，能單方面擊倒中級魔族的人，也只有勇者或希嘉八劍了吧。」

「您是說對方尚未察覺我們的計畫？」

「從目前為止摧毀據點的方式來看，應該能如此斷言。」

最近每當在希嘉王國內的據點被摧毀時，即使位於不同都市也總是會在同一天之內被處理掉。

「請教主大人將我們逐出教團總算是有了價值。」

「讓你們受苦了。」

「屬下不敢當。」

他們認為據點會被發現，是能力勝過他們的認知妨礙魔法道具的鑑定部隊所導致的。

因此他們預先將以實行部隊為首的人員逐出教團，使其不再是「自由之光」的成員之後再送進希嘉王國。

「明天終於要正式開始，注意別被王國的狗給發現了。」

「遵命。」

聽了男子的話，部隊長跪地行禮。

「一切都是為了由『自由之光』來引導愚昧無知的人民。」

男子的聲音不斷迴盪在黑暗之中。

驅魔儀式

「一切都是為了解放被封印在月亮上的吾等之神，吾等之神將會焚燒所愛的大地，把人們推入煉獄。犯下滔天大罪的吾將會連同靈魂都被澈底消滅吧。但是，即使如此，我的決心依然不變。沒錯，一切都是為了將吾等偉大的神從愚神的枷鎖中解放出來。」

「人比預想得還要多呢。」

除夕早上，佐藤以穆諾男爵的護衛騎士這個名義，來到了在王城準備的驅魔儀式會場。雖說是護衛騎士，但佐藤不僅沒穿鎧甲，連配劍都沒有。身著貴族禮服的他與其說是護衛騎士，看起來更像是侍奉領主的上級文官。

「真的耶。」

「真是的，你們也太悠哉了吧。」

面對儘管與帶路的工作人員走散，仍然我行我素的穆諾男爵和佐藤，妮娜執政官發出了傻眼的嘆息。

「沒關係啦，反正都知道領主座位的位置，沒問題的。」

話雖如此，由於到處都因為儀式設置了禁止出入的空間，他們好幾次都被迫繞道而行。

「佐藤大人！」

佐藤循著呼喚自己的聲音回過頭去，發現希斯蒂娜公主正面帶笑容地向他招手。

總是跟她形影不離的「守櫻人」雅典娜也因為希嘉三十三杖的工作而不在這裡。

「佐藤大人，請聽我說。聖櫻樹長出花蕾了。」

「那還真是恭喜您了。」

「呵呵呵，這都是託佐藤大人的福。」

見到她那與平時凜然形象相差甚遠的甜膩態度，周遭人們紛紛發出驚訝的聲音，開始暗自揣測，交頭接耳了起來。

佐藤機靈地向男爵和妮娜介紹公主，並且簡單地告訴正在推敲兩人關係的妮娜自己協助過公主調查。

「佐藤大人，您看那邊！」

此時公主不知道發現了什麼，原本放鬆的表情也變得緊繃起來。

「那個鼬人在那裡。」

「您指的是沙北商會的霍米姆多利先生吧。」

佐藤小聲說出了公主所指之人的名字。

聽見這位在紅繩魔物事件中很有嫌疑的人出現在驅魔儀式現場的理由，佐藤和公主都感到十分疑惑。

「殿下，那名鼬人是承攬儀式用品的果庫茲商會邀請的外包商。」

公主的侍女將從籌備工作相關人員那裡打聽到的情報告訴他們兩人。

「沒問題的，我也有留意霍米姆多利先生的動向，況且現場也有為了護衛重要人士的諸位希嘉八劍。就算紅繩魔物出現，也會立刻就被殲滅吧。」

佐藤向一臉擔心的公主掛保證。

正如他所說，現場有三名全副武裝的希嘉八劍和希嘉三十三杖，再加上聖騎士團員以及各神殿的高位神官。就算他本人不參與戰鬥，有這麼多戰力也能與大部分的強敵一戰。佐藤心想要是他們無法應付，自己再出手就行了。

至於不在現場的希嘉八劍「雜草」海姆和「割草」盧歐娜，則是分頭在王都的平民區與貴族街巡邏著。

「既然佐藤大人這麼說，那麼應該沒問題吧。」

「為了回應殿下的信賴，我也會盡微薄之力。」

解開公主的擔憂後，佐藤笑容輕鬆地保證道。

「殿下，差不多該回王族席了。」

見到司儀的舉動，判斷該動身的侍女向公主進言。

「穆諾閣下，抱歉打擾各位了。佐藤大人，之後再見。」

帶著因為聽見公主道歉顯得惶恐的穆諾男爵，佐藤一行人在與公主道別後也前往了分配給領主們的區域。

◆

當佐藤在領主席上等待儀式開始時，他的被監護人們——

「累使了～？」

「波奇筋疲力盡了喲。」

家庭教師的課程結束後，小玉和波奇懶散地躺在客廳。

「妳們兩個，擺出那模樣可能會讓家庭教師的上課時間增加喔？」

「喵！」

「波、波奇還撐得住喲！」

亞里沙不懷好意地笑著說出未來可能會發生的事，小玉和波奇聞言立刻跳起來，正經八百地站好。

看到亞里沙捧腹大笑的模樣，發現到自己被捉弄的小玉和波奇向亞里沙提出抗議。

「喵～」

「亞里沙好過分喲！」

「啊哈哈，抱歉、抱歉。那麼今天大家打算做些什麼？」

亞里沙向兩人道歉後，打聽起夥伴們的行程。

「音樂廳。」

「蜜雅，我對少年少女合唱團有興趣，我這麼主張道。」

得知蜜雅要去音樂廳指導少年少女合唱團這件事的娜娜要求同行。

「要去？」

「感謝允許同行，我這麼告知道。」

蜜雅看似露出微笑地眯起眼睛表示同意，娜娜面無表情地雙手握住蜜雅的手，看起來似乎很高興。

「蜜雅和娜娜要去音樂廳呢。小玉要去雕刻嗎？」

「系。」

小玉點點頭，從妖精背包裡拿出亞里沙製作的藝術家裝扮穿在身上。

「波奇今天也要寫作嗎？」

「波奇有點陷入**貼圖**（註：日文貼圖跟低潮的發音只差一個音）喲。」

「唉呀，是這樣嗎？這種時候最好休息一下，或者去取材比較好喔。」

亞里沙無視波奇將低潮說成貼圖的失誤提出建議。

「是指**注入**（註：注入跟取材的日文發音相近）嗎？」

「沒錯、沒錯，就是在腦中注入故事——不對啦！是叫妳去讀繪本，或者去之前的公園觀看紙劇場啦。」

或許是覺得連續無視她兩次說錯話有點可憐，亞里沙趁勢吐槽後給出了正經的建議。

「繪本全部記住了，波奇要去紙劇場公園喲！」

波奇行為端莊地舉起手說出自己的行程。

「這樣波奇就搞定了。露露呢？今天也打算製作年菜嗎？」

「嗯，是有那個打算，不過想做出昨天得到的食譜還缺少一些食材和調味料，我打算出門購買。」

「一個人去很危險，記得也帶宅邸的女僕一起去。」

「啊哈哈，沒問題的啦。亞里沙真是愛操心。」

露露開朗地笑了出來。

以前暫且不提，現在的露露即使遭遇下級魔族偷襲也能使用輕鬆閃過的護身術，沒有多少人能傷害到她了。

「是嗎？但還是小心點，記得帶上盾手環和魔法手槍喔。」

「嗯，就這麼辦。」

露露捲起袖子現出盾手環，還從妖精背包拿出魔法手槍——也就是佐藤在「龍之谷」取得的魔法槍戰利品給亞里沙看。

「莉薩小姐要去昨天的祕密基地修行嗎？」

「不，既然今天主人也出門前往王城，我打算在王都巡邏確認是否有紅繩出現。」

莉薩壓低音量到小玉和波奇聽不見的程度告訴亞里沙。

應該是不想妨礙她們兩人專注在自己的興趣上吧。

「亞里沙要去處理昨天提過的事嗎？」

「嗯，處理完穆諾男爵府的會計工作之後，我打算去越後屋商會。」

亞里沙一邊朝著馬車走去一邊說出自己的行程。

「亞里沙，請等一下。」

莉薩叫住了亞里沙。

「啊，果然。妳忘了戴『魂殼花環』喔。」

「咦？唉呀呀，真的耶，剛才換好衣服後就一直忘了戴回去。謝謝妳，莉薩小姐。」

亞里沙將「魂殼花環」從妖精背包拿出來。

這是佐藤為了亞里沙弄到手，能夠防止使用獨特技能引起「魂器」崩壞的祕寶。

「畢竟是主人的愛之結晶嘛。就跟訂婚戒指一樣，必須好好戴在身上才行。」

雖然這是句佐藤聽到八成會抗議的話，但現在也只有蜜雅不滿地抱怨了一聲，其他夥伴都紛紛用溫暖的眼神守望著亞里沙。

「那麼我出發嘍！莉薩小姐，要是發現了什麼異常情況記得跟我聯絡。」

「嗯，當然。」

留下預定在王都徒步巡邏的莉薩，大家各自坐上馬車朝著目的地出發。

◆

「真是眾星雲集呢。」

穆諾男爵領的妮娜執政官環顧著領主們的席位，小聲地說出感想。

每位領主劃分的席位，都是由領主夫妻或領主親子兩名、一名文官，以及一位守護騎士的四名成員組成。

而站在幾天前發生暗殺騷動的比斯塔爾公爵身旁的守護騎士，是希嘉八劍候補的「紅色貴公子」傑利爾，此外還有眾多近衛兵鎮守在後面。

唯獨穆諾男爵的守護騎士外表看上去不像個守護騎士。

「是啊。」

「真壯觀呢。」

佐藤走到穆諾男爵身旁坐下，並對男爵等人的感想表示同意。

一般來說，守護騎士應該站在主君身後，但由於帶路的工作人員誤會，將佐藤帶到了文官的位子上。

此外，本來應該坐在文官席的妮娜，則被引導到了領主夫人的位置上。

雖然妮娜起初打算移座到文官席上，卻敗給了座位那壓倒性的舒適感差距，就這麼留在領主夫人的座位上。

「佐藤，你既然也是來擔任守護騎士的，那麼至少穿上鎧甲吧。你應該有鎧甲吧？」

「鎧甲很重，我不太喜歡穿。」

佐藤做出了一旦被周圍的騎士聽見，肯定會被怒目而視的發言。

不過由於領主們的座位都會施加風魔法結界進行隔音，因此沒人聽見他說的話。被指派到領主席位的女僕們也一樣，只要領主不傳喚，她們都會留在結界外面待命。

雖然妮娜並未刻意指出，但他連常用的妖精劍都沒帶在身上。

「不過，四周到處都是侍衛，就算有個萬一也輪不到你出場吧。」

說起他的出場機會，大概只有魔族襲來的時候吧，妮娜如此思索。

「領主也有女性跟年輕人呢。」

雖然領主幾乎都是超過三十歲的中老年男性，但位於聖留伯爵領西邊的卡格斯伯爵領似乎是由一名形象刻薄、三十歲左右的美女當領主。

至於那名沒有領主稱號的少年領主，應該就是因為中級魔族的襲擊，導致失去前任領主的下一任列瑟烏伯爵吧。

「那個年輕人跟你同年，是個倒楣的孩子。本來希斯蒂娜殿下應該會在一年前下嫁於他，他卻在那之前失去了親生母親。婚事也被延遲了一年左右直到喪期結束為止，不過服喪期間發生了先前的魔族騷動，導致他不僅失去父親，連婚約都作廢了。」

妮娜接著補充，據說他在王國會議前的疏通失敗，別說得到其他領主和名門貴族協助，還因為招致反感甚至遭人提出應該降級為子爵，或是他沒有資格繼承爵位，應該把權利轉讓給其他親人等亂來的發言。

佐藤聽見少年領主的處境，只說了句「感覺很辛苦呢」便失去了興趣。

妮娜原本還打算叮嚀佐藤別產生多餘的同情，現在她只能抱著期待落空的心情環顧儀式會場。

「話說回來，神官們準備得還真慢。」

當發現已超出預定時間四半刻鐘——三十分鐘左右之後，妮娜輕輕地揮揮手，將在結界外面待命的女僕叫過來詢問狀況。

女僕說了句「請稍待片刻」後走出領主席，隨即派出一同待命的年輕女僕前去打聽情況。接著中年女僕帶著迅速返回的年輕女僕，向佐藤等人解釋事情原委。

「巴里恩神殿的神殿長大人和神官長大人似乎同時感到身體不適，因此花了不少時間尋找代理人。對於浪費各位寶貴時間這點，巴里恩神殿致上萬分歉意。」

「原來如此。所謂的代理人就是那位美男子嗎？」

妮娜提起下巴往前一指，在那裡的人正是巴里恩神國的霍茲納斯樞機卿。

「是的！虔誠的霍茲納斯大人一定能漂亮地完成代理工作！」

年輕的女僕語氣激動地說。

看來她似乎是那個美男子樞機卿的粉絲。

「給我收斂一點，現在可是在領主大人面前。」

「非、非常抱歉。」

中年女僕訓斥了她對穆諾男爵的無禮。

穆諾男爵先是隨興地用一句「我不在意」原諒了她，接著補充一句「辛苦妳們了」慰勞前去詢問儀式延後理由的女僕們。

「好像差不多要開始了。」

會場地面的魔法陣中心放著大聖杯，同時陣中五芒星的每個頂點都放置著小聖杯。其中一個就是索米葉娜小姐從比斯塔爾公爵領送過來的。

宮廷魔術師——希嘉三十三杖的成員維持固定間隔站在魔法陣外圍，國王則站在離魔法陣不遠處的祭壇上。

希嘉三十三杖之長——宮廷魔術師長拿著王祖的聖杖站在國王的右側，左邊是將護國聖劍光之劍出鞘握在手上的希嘉八劍首席祖雷堡，斜前方則是拿著聖盾的希嘉八劍雷拉斯，而國王背後則有一群神官待命著。

「原來神官在後面啊。」

「嗯，沒錯。雖然我也是第一次見證這個儀式，不過從王祖大人那時開始，掌管這個儀式就是國王陛下的職責。要晚一點，大約儀式的最後才會輪到神官們出場。」

妮娜回答佐藤的疑問。

由於坐在妮娜身旁的穆諾男爵也是首次參加，因此他也不斷點頭。

「接下來將執行儀式。」

國王舉起像是都市核控制器的藍水晶權杖宣告。

「魔術司儀，開始詠唱。」

「希嘉三十三杖，開始同步詠唱。」

宮廷魔術師長指揮底下的希嘉三十三杖們進行詠唱。

用龍鱗粉描繪的魔法陣正呼應著希嘉三十三杖們的魔力閃爍藍光。

「王國之力啊，充滿此地吧。」

國王的權杖發出藍光，由都市核提供的魔力流進了魔法陣，不斷閃爍的藍光頓時綻放出耀眼的光輝。

最終光輝停止閃耀，化作穩定的光芒填滿了魔法陣，大小不同的六個聖杯早已裝滿由魔力構成的淡紅色水。

「聚集吧，人的罪孽。」

魔法陣上開始掀起順時針旋轉的風。

「聚集吧，人的汙穢。」

風力逐漸增強，女士們紛紛按住自己的頭髮，女僕們則是拚命壓住裙子不被掀起。

擁有瘴氣視的人，應該能看到王都之中——不對，王都周邊廣大區域的瘴氣在風的引導下流進這裡形成旋渦的光景吧。

「聚集吧，所有邪惡之物。」

每當國王下令「聚集吧」時，裝滿淡紅色水的聖杯便逐漸變得漆黑混濁。

有幾名女僕與文官在見到這一幕之後表示身體不適，被抬了出去。

雖然覆蓋魔法陣的結界能夠避免聚集到聖杯的瘴氣滲透到外面，但在聚集到聖杯的過程中，逐漸變得濃厚的瘴氣依然會通過這座廣場，導致從現場耐性較低的人開始逐漸受到瘴氣的不良影響。

同時，瘴氣的劇烈流動也對她們以外的人造成了影響。

◆

與此同時，在距離舉行儀式的王城相當遙遠的工匠街工房這裡——

「師父，您看過那孩子的作品了嗎？」

「你是說『與雲嬉戲的甜甜圈』嗎？雖然主題很不可思議，卻具備能觸動觀賞者內心的強烈魅力。」

雕刻家一邊和年長的弟子閒聊，一邊遊走於進行作業的弟子之間。

雕刻家的宅邸今天也不斷傳出響亮的敲打聲，雕刻家們正在打造自己的作品。

「喵？」

原本專心雕刻的小玉，因為察覺到不對勁而抬起頭。

「有些奇怪～？」

「嗯？是指這陣強風很不舒服嗎？」

「系。」

聽見在附近雕刻的男子這麼詢問，小玉點了點頭。

「因為今天是除夕啊。」

「城裡正在進行驅魔儀式喔。」

「不奇怪～？」

「是啊，每年都會這樣。不必擔心，專心雕刻吧。」

「系。」

見大人們說得信誓旦旦，小玉老實地點點頭再度雕刻起來。

正因如此，人們還要晚一點才會發現狀況異常。

「——開始了嗎？」

王都某座空無一人的公園裡，一名男子凝視著遠處聳立的王城呢喃。

他回頭看向夥伴，身後的樹木正不斷搖晃，上頭歇息的小鳥們也一同飛了起來。

「沒錯，這是終焉的開始。」

「真正的神即將降臨。」

「吾宣告潛伏之時已然結束，新的時代即將展開。」

「沒錯，吾等的夙願將在此開花結果。」

雙眼隱藏在長袍兜帽下的其他男人，順著最初那名男子說出意味深長的話語。

烏鴉彷彿在祝福男人們似的發出不祥的叫聲，野狗也像是在掩飾恐懼般地狂吠。

「「「一切——」」」

男人們異口同聲地舉起裝有咒石的手杖，陰沉的雙眼散發出詭異的光芒。

「「「都是為了『自由之風』！」」」

人們先是一臉疑惑地看著他們，接著紛紛為了不跟他們扯上關係而快步離開。

「——果然除夕就該這麼做啊。」

「嗯嗯，畢竟『驅魔儀式』時總會刮起奇怪的風，感覺很有氣氛呢。」

「果然應該加上魔王或者毀滅之類的臺詞嗎……」

男人們停下手邊動作，你一言我一語地愉快聊著天，並對一些無謂的事感到煩惱。

如果佐藤見到這副光景，一定會認為他們的行為十分符合隨興超自然集團這個名字吧。

「唔嗯，這次幹得不錯。」

擔任領隊的男子拉下兜帽，用袖子擦了擦本來就沒有的汗。

「——嗯？這是什麼聲音啊？」

聽見「喀答」聲響的男子開始環顧四周。

「快看！下水道的蓋子！」

另一名男子才剛伸出手指，下水道的蓋子便伴隨著「喀答喀答」的聲響彈起，隨後紅色繩子紋路的蠑螈——也就是紅繩魔物從裡頭冒了出來。

「魔、魔物！」

「這不是傳聞中的紅繩嗎！」

「來自冥府的死者，遵循吾的呼喚現身——」

「白痴！現在不是開玩笑的時候！準備逃走嘍！」

此時舌頭不斷伸縮的蠑螈朝男人們看了過去。

「慘了，這下不妙。」

「要、要被吃掉了！」

「快逃啊啊啊啊啊啊啊啊啊！」

男人們扔下手杖，跌跌撞撞、飛也似的逃了出去。

但體型如同中型犬的蠑螈並未理會那些男人，而是對裝在手杖上的咒石很感興趣，大口大口地吃了起來。

而這就是當天事件的開端。

位於王都繁華街的某條街道，巡邏中的衛兵小隊遇見了從出水口爬出來的紅繩魔物。

「尤歐和伍德去協助避難，剩下的人跟我一起牽制魔物！可別鬆懈讓百姓受傷了！」

在小隊長的命令下，扛著鉤槍的衛兵們俐落地展開行動。

他們面前是大約五隻剛從下水道爬出、正晃動觸角勘查四周的蟋蟀魔物——奇形蟋蟀。

其中一隻已經和衛兵們打了起來。

「比想像的還要強呢……」

「嗯，比送到駐所的報告書上寫的更加厲害。」

即使配備了比平時更厚重的裝備，但這件事對於維持治安——以罪犯為對象組織的衛兵來說負擔還是太重。此時小隊長發現，如果想對付比自己更加強大的魔物，就必須做好付出相當犧牲的覺悟。

「發射信號彈，請騎士大人過來增援。」

比起勉強自己立下功績，小隊長還是決定把事情交給擅長戰鬥的騎士們處理。

「信號彈，發射！」

副隊長朝王都的天空發射信號彈。

目睹整個發射過程的副隊長察覺其他數個地區也發射出信號彈後，露出了僵硬的表情。

看來出現魔物的地點不只這裡。

更何況，在王都引起騷動的，並非只有紅繩魔物。

『快離開！魔巨人動起來了！』

在某個名門貴族的宅邸，才從沙北商會買回來的載人型魔巨人忽然動了起來。它一邊將放置在倉庫的櫃子推倒，一邊向庭院走去。

『是誰坐在頭部的椅子上！』

『上面沒有人在啊！』

『那群鼬人！居然敢賣瑕疵品！』

失去冷靜的人們四處逃竄，試圖逃離載人型魔巨人。

就像是有個隱形人坐在看似空無一人的駕駛座上進行操控一般，操縱杆和踏板正不斷地運作著。

如果有具備高位鑒定技能的人在這裡，就會立刻發現魔巨人正被某種東西附身吧。

附身在魔巨人上的小惡魔俯瞰著四處逃竄的民眾，吱吱吱地發出嘲笑。

◆

『狀況如何？』

在一間陰暗的房間內，將兜帽戴得很深的男子們壓低聲音說起外國語。

『服用轉魔丸的速成魔物已經陸續來到地面上，正在傷害人群引起恐慌。』

他們口中的速成魔物，就是王都的人們稱為「紅繩」的魔物。

在場的這些男人，就是引起這一系列紅繩事件的元凶。

『雖然當作啟動鍵的魔法道具被官員扣押時緊張了一下，不過我還真沒想到能將奴隸們當成棄子來代替笛子啊。』

『雖然不是最佳計策，不過藉由發放啟動誘發藥給奴隸們服用，能讓那些吃下轉魔丸的生物變成速成魔物。』

男子一臉苦澀地低聲說了句「雖然效果範圍會大幅減弱」。

一邊是使用能發出信號波的魔法道具，一邊是吃下含有藥的誘餌，不難想像後者的範圍比起前者會有顯著的縮減。

實際上，赤繩魔物出現的數量的確比他們預計得少很多。

『召喚出來的小惡魔呢？』

『是，我早已向留置的小惡魔們下達在王都引發騷動的指示。三隻由召喚師支配的小惡魔已經成功附身在王都附近魔物領域的主人身上，正急速趕往王都。』

『三**隻**？派出的小惡魔應該有四隻吧？』

『本來要去附身許德拉的那一隻由於沒發現許德拉這個目標，正準備隨便找個魔物附身時，被一名剛好路過、疑似橙鱗族的女人打倒了。』

『唔嗯，運氣還真不好……算了，只要有關鍵的「老頭獅子」和「邪王飛龍」，就足以進行佯攻了。』

鋪在桌子上的地圖放置了能代表魔物和希嘉王國戰力的棋子，位置也會隨著時間不斷變化。這個會讓人聯想到佐藤地圖功能的魔法裝置，其實是來自孚魯帝國時代的祕寶。

『已經把王都防空隊的那些傢伙趕走了吧？』

『關於這件事，那個……』

來自兜帽底下的銳利目光瞪著說話吞吞吐吐的男子。

『那些接受賄賂的傢伙，都因為前陣子比斯塔爾公爵府襲擊事件被降職了……』

男子腦中回想起抱著大岩石的甲蟲入侵王都，摧毀比斯塔爾公爵府的事。

被收買的人除了他們的錢以外，似乎還收了其他人許多人的賄賂。

『這一點無須擔心。等老頭獅子牠們抵達王都之後，他們肯定會為了應付那些蒼蠅和蝙蝠而四處奔波。南方的監視塔和監視所也都已經派遣了暗殺者，等消息傳到棘手的飛龍騎士那裡時——』

『就為時已晚了是嗎？』

『正是。』

『再多一條保險。去多支配一隻小惡魔，附身到飛龍騎士駐紮地的飛龍身上。讓飛龍在駐紮地引發暴亂，挫一挫那些傢伙的銳氣。』

『真是個好主意，我立刻就去安排。』

雖然飛龍的棚區設下了數層結界，但他們應該是擁有某種突破的手段吧。男子並未對此做出說明便走出房間。

『還差一點——』

男子點點頭，接著將視線轉移到地圖上。

他的目光正注視著王城中代表他們主人的棋子。

◆

「可惡！鋼鐵製成的劍竟然缺損了。」

「嘖！我的長槍也是。」

衛兵們正在與奇形蟋蟀奮戰。

「不行，我們不是牠的對手。」

「別正面迎戰！專心防禦！爭取時間等待援軍！」

小隊長一邊發出指示，一邊回憶著送到衛兵駐地報告書上的內容。上面寫著「紅繩魔物的平均等級為十級左右，實力比同等級的魔物更強，擁有散發紅光的魔法障壁」等內容。

衛兵們的等級為五到十級，平均是七級。因此面對十級的魔物，即使全副武裝也必須投入一個分隊的所有戰力才能勉強打成平手。

而那對手的障壁連實力比牠強悍的劍士所揮的劍擊都能彈開。

正常來想這個狀況堪稱惡夢。每個人都因為奇形蟋蟀的爪子和觸手受傷流血。

此時，救星來到了陷入絕境的他們身邊。

在街道的另一端，出現了大約十名見到信號彈趕過來的騎士。

「前來助陣！魔物交給我們對付！」

「哦哦！感謝各位騎士大人！」

騎士隊長舉起祕銀合金製的長矛，正面朝魔物衝了過去。

他的攻擊遭到魔物身體表面產生的紅色障壁阻擋，不過長矛並未像衛兵們的劍一般產生缺損。

經過短暫僵持，紅色障壁如同玻璃般碎裂開來。

然而或許是因為紅色障壁的抵抗，長矛槍尖偏離魔物的中心位置，僅輕輕劃過了魔物的表皮。

「這就是紅繩嗎！」

騎士隊長順勢衝過魔物身邊。

其餘騎士也為了跟上隊長而展開突擊。

大部分騎士都像隊長剛才一樣只擊碎障壁，或是力不從心地僅削弱障壁就停了下來；不過副官朝著已被騎士隊長粉碎過障壁的魔物發起衝鋒，漂亮地用長矛刺穿擊倒了魔物。

「成功了！只要擊碎障壁，牠們就跟普通魔物沒兩樣！」

聽見騎士隊長這麼說，騎士們顯得士氣高昂，為了再次發起突擊而轉調馬頭。

「騎士大人！危險！」

在衛兵發出驚呼的同時，將近半數的騎士連同馬匹一起被撞飛出去。

這是因為直到剛才都用觸角和前肢戰鬥的奇形蟋蟀，用身體朝騎士們進行衝撞的緣故。

「施加身體強化的魔物跳躍力居然會強到這種程度。」

被貼近距離的騎士們拋下長矛，拔出腰上的劍朝魔物砍去。

其中以騎士隊長的活躍最為顯著。

「不愧是陛下賜與的『英傑之劍』，就連擁有障壁的紅繩也能輕易劈開！」

騎士隊長將劍高高舉起，部下的騎士們都一臉羨慕地看著他。

英傑之劍——這把由勇者無名贈與希嘉國王、表面鍍上一層祕銀的鑄造魔劍，正是令騎士們羨慕的存在。

「你們還活著嗎？」

「沒事。要是被魔物幹掉也未免太丟人了。」

聽到副官的話，被魔物撞飛的騎士們紛紛站起身。

「厲害，遭受那種突擊居然還活著。」

「真不愧是騎士大人。」

見騎士們若無其事地站起來，衛兵們發出訝異的聲音。

在厚重的鎧甲以及千錘百鍊的肌肉保護下，騎士們似乎沒有出現傷亡。

◆

「甜、甜、甜～甜甜圈的甜～」

在小玉正以獨特的節奏，在雕刻家的宅邸刻著雕像時——

「嗚哇啊啊啊啊！」

此時中庭有人發出慘叫。

小玉轉頭看去，似乎有什麼東西穿過她身邊。

「匡噹、匡鏘」的物品碎裂聲響起，小玉連忙回頭一看，映入眼簾的是碎掉的雕像。

「小玉的雕像被……」

小玉坐倒在雕像旁，眼眶泛淚地撫摸著壞掉的雕像。

這是小玉找出最棒的主題，直到剛剛都在傾注靈魂全心全意打造的雕像。

但是卻被弄壞了。

小玉勃然大怒。

——GWEECHKOOO。

庭院深處傳來了魔物的咆哮聲。

「找到犯人了～？」

小玉的身影突然消失，接著出現在魔物面前。

「小玉，絕不饒恕～？」

——ＧＷＥＣＨＫＯ？

青蛙模樣的紅繩魔物偏過頭去，同時朝小玉臉上吐出蜷曲的舌頭。

此時小玉的身影再次消失，牠那長條狀的舌頭被整條砍飛了出去。

——ＧＺＷＥＧＨＯＯＯＯＯ。

血從舌頭的斷面噴灑而出，魔物發出慘叫。

緊接著魔物的身體被左右分成兩半。

對面是小玉維持揮出手刀姿勢站著的身影。

「已死之屍，無人憎恨～」

小玉喃喃自語地說出亞里沙教的電視劇臺詞。

紅光正逐漸從怒火平息的小玉手上消退。這招似乎是讓肉身寄宿魔刃，才能赤手空拳將魔物一分為二的絕技。

「真厲害，空手就打倒了魔物耶。」

「不僅是雕刻，也很擅長戰鬥呢。」

受到大人們的稱讚，怒火早已消退的小玉回過頭說：

「忍者用空手最強～？」

接著小玉補充「是亞里沙說的」。

大致上都是亞里沙搞的鬼。

◆

在小玉的雕像被破壞的同一時間——

波奇享受紙劇場的和平公園也出現了紅繩魔物。

「魔物啊啊啊啊啊啊啊啊啊啊啊！」

「快、快、快、快逃啊啊啊啊啊啊！」

人們對魔物感到畏懼，開始四處逃竄。

就連和波奇一起看紙劇場的孩子們也不例外。

「波、波奇，怎麼辦？」

「不要緊喲。這裡有波奇在喲。」

波奇先是安慰起嚇得腳軟與緊抓著自己的孩子，接著輕快地站起身。

「可、可是，連成年人都贏不了呀！」

孩子們指向那些被魔物擊倒的大人說。

另外，紙劇場的老闆正在拚命收拾因為吃驚而撒落一地的開店工具。

「沒問題喲。你們快帶紙劇場的老闆去避難喲。」

波奇摸了摸擔心著她的孩子的頭，從妖精背包裡拿出刀來。

雖說那些成年人被魔物追得很狼狽，幸好還沒有出現傷亡。

「波奇的假期結束了喲，該作戰了喲！」

波奇鬆開刀鞘口同時向魔物走去，並在居合的範圍內停下腳步。

「居合一閃喲——拔、拔拔、拔不出來喲！」

奇形蜥蜴朝著用力過猛導致居合失敗的波奇臉部衝去。

就在這時，奇形蜥蜴被一計由上而下的攻擊一分為二。

「——妳沒受傷吧？」

救了波奇的人將大劍扛在肩膀上問道。

「是**嗨姆**大老師喲！謝謝喲，波奇沒事喲。」

「是嗎，那就來幫忙吧。」

列於希嘉八劍第七位的「雜草」海姆瞪著從公園水池冒出的新魔物，同時向波奇提出了協助請求。

「數量比預料得更多。別讓魔物跑到不能戰鬥的人那裡去啊。」

「知道了喲！」

波奇把用不慣的刀收進妖精背包，並拿出了慣用的魔劍。追在往前衝的海姆身後，不費吹灰之力地一一打倒了他沒能收拾乾淨的魔物。

她的表現活躍到簡直就像是在說剛才的醜態只是幻覺似的。

「果然，不是輕過**恥戰證明**的劍就不行喲。」

波奇一邊輕鬆砍倒魔物，一邊低聲說出看似藉口的話。

但現場沒有人能夠吐槽把「經過實戰證明」說錯的她。

◆

「幼生體就由我來守護，我這麼告知道。」

娜娜舉起大劍與大盾站在音樂廳大廳，孤身一人從逼近舞臺的魔物大軍手上保護著少年少女合唱團。

「娜娜老師！舞臺側面也出現了！」

一名少年朝娜娜喊道。

雖然娜娜只是跟指導合唱的蜜雅同行而已，但在她幫孩子們解釋寡言的蜜雅說的話時，孩子們便開始稱娜娜為「老師」。

「『自在盾』發動，我這麼宣言道。」

娜娜將理術生成的自在盾配置在舞臺側面進行防禦。

「娜娜老師！蜜雅老師醒來了！」

「姆？」

蜜雅因為受到魔物出現時慌張不已的少年少女擠壓而昏了過去。

「蜜雅，緊急情況發生，我這麼告知道。要求支援。」

雖然娜娜的表情依然一成不變，但魔物群似乎隨時能夠突破她的防衛線。

「嗯，■■■　■　■急膨脹。」

蜜雅發動了快速詠唱的下級水魔法，將魔物群轟了出去。

「盾牌猛擊發動，我這麼宣言道。」

娜娜配合蜜雅減少魔物密度的時機，將打算從上方跨過大盾的魔物一掃而空。

「■■■■……■■流水結界。」

蜜雅看準得到詠唱時間的機會，展開了中級的防禦結界。

這一連串的巧妙配合應該是在迷宮培養出來的吧。

「蜜雅，妳能夠在維持結界的同時使用精靈魔法或攻擊魔法嗎，我這麼提問道。」

「簡單。」

蜜雅一臉得意地朝娜娜擺出勝利姿勢，接著開始漫長的詠唱。

蒼蠅魔物與蠑螈魔物趁著蜜雅詠唱途中衝破天花板冒了出來，但都被娜娜一臉淡定地用理槍和劍給擊倒。

「……[redacted]風靈王創造。」

一隻發出金色光輝的迦樓羅出現在蜜雅眼前。

牠浮在音樂廳中展開翅膀的模樣，猶如過往的大明星般充滿威嚴。

「動手。」

收到蜜雅簡短的指令後，迦樓羅翅膀上的金色羽毛飛射出去，單方面蹂躪著紅繩魔物。

「蜜雅老師好厲害。」

「不愧是精靈大人。」

「金色的鳥先生也很厲害。」

聽到孩子直率地誇獎蜜雅，依然面無表情的娜娜身上散發出寂寞的氛圍。

「娜、娜娜老師也很帥氣喔。」

「就是說啊！畢竟是娜娜老師保護我們的！」

「謝謝妳，娜娜老師！」

「幼生體。」

聽見懂得察言觀色的孩子這麼打圓場，娜娜顯得感動不已。

「蜜雅老師也是，謝謝妳！」

「嗯。」

蜜雅態度從容地點點頭。

雖然現場還有必須打倒的魔物，但將牠們全數殲滅只是時間的問題罷了。

◆

當小玉和波奇遭遇魔物時，莉薩也同一時間在淨水場的巨大蓄水池發現了異狀。

「蚊柱？話說回來蟲子還真大呢。」

莉薩身邊的人們似乎也見到了相同的場景，他們紛紛倚著淨水場的柵欄，指著在水面掀起旋渦的紅黑色蟲柱。

蟲柱的尾端連接著淨水場的入水口。

「紅黑色的蟲子——不對，那是魔物吧。」

莉薩從妖精背包拿出常用的魔槍多瑪。

「要是露露和亞里沙在場就好了……」

莉薩幾乎沒有對空招式，於是她拿出緊急通報用的魔法道具，按下「發現魔物」按鈕。

（這麼一來亞里沙和主人就會做好安排吧。）

莉薩在內心喃喃自語，接著對魔槍多瑪施展魔刃。

「那不是普通的蟲子！是魔物啊！」

受到巨大音量吸引，蟲子們朝著逃跑的群眾追了過去。

此時紅色光彈將蟲子宛如雲霧般的先鋒部隊一掃而空。

那是莉薩刻意降低集束率的魔刃砲。

「魔物！若是無懼吾之槍，就儘管放馬過來吧！」

莉薩那施加挑釁技能的吶喊吸引了魔物們的注意。

「糟了！魔物都朝那個尾巴小姐衝過去了。」

「快逃啊，小姐！數量太多了！妳一個人應付不來的！」

擔心莉薩的群眾大聲喊道。

話音未落，那些大小與人類頭部相近的蒼蠅魔物便宛如砲彈般襲向莉薩。

即使面對如同激流般的蒼蠅魔物大軍，莉薩的架勢也沒有絲毫動搖。

突刺、橫掃、再突刺。

雖然槍技平淡無奇，速度卻快得非比尋常。

每當莉薩的雙手因速度變得模糊，她身邊就會多出魔物的屍骸。

「紅黑色的雪崩……」

「在槍頭前慢慢消散了……」

「……那位小姐究竟是何方神聖？」

眼前不可思議的光景使旁觀者甚至忘了逃跑，專心地看著戰鬥。

「用長槍當武器，還長著尾巴——」

其中一名喃喃自語的觀眾發現了莉薩的真實身分。

「對了！她是『黑槍』莉薩！」

「那個打敗希嘉八劍『不倒』祖雷堡的最強槍士！」

男子大叫的同時，一道漆黑身影自入水管深處飛了出來。那是一隻翼長超過十公尺的巨大蝙蝠魔物。

牠先是像在追逐蒼蠅般飛上空中，隨即猛然朝莉薩降落發起攻擊。

「上面！」

「從上面來了！」

莉薩早已將長槍舉向空中。

她似乎是藉由蒼蠅四處逃竄的舉動察覺到蝙蝠的攻擊。

「蒼蠅之後是蝙蝠嗎——」

莉薩自言自語地同時朝空中刺出槍尖，直接就將襲來的蝙蝠從嘴巴到腹部一舉貫穿。

此時仍保持警戒的莉薩聽見「戰術輪話」的呼叫，不久亞里沙的說話聲便傳了過來。

『大家聽得到嗎？王都好像出現了紅繩魔物。』

見到疑似信號彈的有色煙霧接連不斷地升上天空，莉薩才發現不止這個地方產生異變。

莉薩用從妖精背包拿出的標槍擊墜逃跑的蒼蠅，同時聽著亞里沙說的話。

『主人已下達指示。把事先交給妳們的地圖打開，已經在指定的地點上做好了記號，別搞錯了喔——』

於是她從妖精背包取出地圖來看，同時朝自己被分配到的地點衝了過去。

◆

在莉薩按下緊急通報器不久前——

佐藤等人眼前的驅魔儀式迎來了最終階段。

聖杯裡充滿了彷彿瘴氣具現化而成的黑色液體，站在魔法陣周圍的希嘉三十三杖開始退場，換成神官等聖職者往該位置移動。

此時佐藤口袋裡的緊急通報魔法道具開始振動，通知他發生了緊急狀況。

當他打算確認發信人是誰時，亞里沙的「遠話」傳了過來。

『主人，莉薩小姐她們遇到紅繩了，不過我所在的穆諾府附近現在暫時還沒有異狀。』

三個獸人女孩們似乎都傳來了遭遇報告。

『在食材市場的露露也傳來報告。雖說沒有遭遇紅繩，似乎見到了好幾顆類似信號彈的東西升上天空！』

亞里沙在與佐藤通話的同時，似乎也對露露使用了「遠話」。

佐藤開啟地圖確認起王都出現的魔物分布。

『地點在三十個以上，大多都是繁華街、市場、劇場或公園之類的地方。雖然地上型的魔物移動範圍狹小，但像蒼蠅、蚊子及蝙蝠系飛行型魔物的行動範圍似乎相當廣泛。』

『貴族街沒有出現災情嗎？』

『就只有密集的下級貴族住宅區和舉辦園遊會的地方吧。』

『真是奇怪……居然沒有進攻王城附近。』

魔物的出現地點並未構成某種圖形。

佐藤的雷達範圍內也沒有魔物。

『——果然是佯攻嗎？』

『或許是吧。』

正在交談的佐藤視野中，見到一名官員正氣喘吁吁地前去聯絡宰相。

紅繩出現的情報似乎也傳到了他們那裡。

『那麼，目標就是——』

『大概是這裡吧。』

面對這過於明顯的佯攻，佐藤內心湧起一股難以言喻的不安。

『主人就繼續保持安樂椅偵探的心態留在原地，指示我們應該前往的地點吧。接下來雜兵就交給我們解決。』

亞里沙語氣開朗地向佐藤提議。

『我明白了。那麼事情就交給亞里沙妳們處理。還有用「戰術輪話」把我跟大家連接在一起。』

『ＯＫ——！』

「似乎有什麼事情發生了，我去打聽一下。」

佐藤趁著亞里沙重新連接魔法的空檔，向妮娜執政官和穆諾男爵知會了一聲後便離開領主席，在附近的涼亭設置歸還用的刻印板，接著便轉移到王城的角落。

「雖然交給亞里沙是無所謂，不過那些零散的魔物還是由我來處理吧。」

佐藤從魔法欄中挑選了「追蹤箭」，接著打開地圖接二連三地鎖定分布在廣大範圍的飛行型魔物，以及位在戰況告急區域的魔物。隨後發動三發齊射，合計三百六十支魔法箭飛上天空，以一擊必殺的態勢殲滅魔物。

他並未朝人潮洶湧或展開激烈戰鬥的地方發射追蹤箭。

畢竟如果攻擊發生亂戰的地點，或許會殺死衝進魔物和追蹤箭之間的人。對脆弱的人們來說，佐藤的攻擊魔法比魔物更加危險。

他對那些地方用的是非殺傷系的對人壓制用魔法「追蹤震撼彈」。這項魔法雖然無法打倒防禦力優秀的紅繩，不過依然能為那些與魔物對峙的人們爭取到逃跑或者重整態勢的寶貴時間。

援護射擊結束後，佐藤用歸還轉移返回剛剛的涼亭，接著回到領主席位。

『主人，我請大家都打開地圖了，請下達指示。』

『雖然有三隻大型魔物正在接近王城，但可以無視牠們。這裡有擅長遠距離攻擊的希嘉三十三杖，還有三名希嘉八劍與傑利爾在，不必擔心。』

確認夥伴們沒有反對後，佐藤指出戰力不足的地點讓她們趕過去。

『主人，您已經對越後屋商會下達指示了嗎？』

『嗯，那當然。』

由於商會總店和兩家工廠都有好幾隻強力的警備用魔巨人，因此佐藤下了將那些地方當成周邊居民避難所的指示。

暫時下完指示之後，佐藤將紅繩出現的事告訴了留在領主席的妮娜和穆諾男爵。

「……原來如此，難怪他們會顯得那麼慌張。這邊的儀式已經進入最終階段了。」

妮娜回答道。

儀式場地的中心，神官們正將裝滿小聖杯、呈現墨黑色的液體倒進大聖杯中。

接著神官們開始詠唱淨化的儀式魔法。

集中在大聖杯的墨黑色液體宛如史萊姆般不斷扭動，像是想逃出大聖杯似的不斷掙扎；但國王操縱的藍色光芒並未使其得逞。

最終儀式魔法發動，黑色的液體頓時減少了一些。

之後似乎要不斷使用儀式魔法，直到大聖杯中的墨黑色液體全部淨化完畢為止。

到大聖杯的液體淨化完畢似乎還要花不少時間。

於是佐藤擴大地圖，將注意力集中在光點的動向上。

「我有急事所以要先回去。雖然這裡應該沒事，但等我離開之後記得把門栓掛上，不要出門喔。」

亞里沙衝出穆諾男爵府的辦公室，並對最初遇到的女僕——艾莉娜和新人妹這麼說。

「知道了。」

「發生什麼事了嗎？」

正當兩人提出反問的時候，通知緊急狀況發生的警報聲響了起來。

「事到如今才敲響警鐘真是太鬆懈了。」

亞里沙自言自語地跑過走廊。

鐘聲會這麼晚才響起，大概是出自負責敲響警鐘的某人考量吧。

「亞里沙！發生什麼事了？」

「奶——卡麗娜大人！」

聽到警鐘的卡麗娜衝出房間。

雖然亞里沙差點在無意間喊出「奶小姐」這私下取的綽號，不過成功在即將脫口前停了下來。

『亞里沙！有兩隻魔物正在接近穆諾宅邸的下水道。』

佐藤透過「戰術輪話」通知亞里沙。

與此同時，爆破聲與慘叫聲自隔壁宅邸傳了過來。

『卡麗娜大人！有魔物的氣息！』

「我知道了，拉卡！」

聽見掛在胸口的「具有智慧的魔法道具」如此報告，卡麗娜穿著禮服就直接從窗口跳出去，並翻過與鄰居之間的圍牆。雖然指導社交禮儀的貴婦人在她身後發出尖叫與責罵，但卡麗娜對此絲毫不在意。

「艾莉娜小姐，卡麗娜大人跑到隔壁去了。」

「新人妹，快去拿梯子！要拿梯子追上去嘍！」

「是！」

擔任卡麗娜護衛女僕的兩人往倉庫跑過去。

『主人，小卡麗娜去迎擊魔物了。』

『既然如此，那裡交給卡麗娜小姐就行了。亞里沙趕快去和露露會合。』

『ＯＫ！』

亞里沙趁著女僕們別開視線時使用空間魔法轉移回王都宅邸，接著藉由「眺望」確認地點後便轉移到露露的附近。

「露露——！」

「亞里沙！」

被面帶笑容的露天攤店主和顧客們包圍著的露露轉過身。

人牆對面有幾隻被魔法槍射穿要害，或是頭部骨折的魔物屍骸倒在散落一地的食材中。

「看來妳馬上就大有表現了呢。」

「有一半是主人的功勞啦。」

露露對錯過了佐藤追蹤箭攻擊的亞里沙解釋道。

「哦～不愧是主人呢。」

用空間魔法確認附近是否還有魔物之後，亞里沙牽起露露的手朝巷子跑去。

「謝謝妳，小姐！」

「記得再來買東西喔！會幫妳打很多折的！」

「黑髮姊姊，謝謝妳救了我！」

見露露跑步離去，受過她幫助的人們紛紛開口道謝。

離開眾人視線之後，亞里沙帶著露露轉移到水道橋上。

「比預料得還要多呢。」

根據佐藤的情報，光靠王都防空隊的鳥人兵難以在空中應付紅繩；由於發生某種意外，遲了一步出動的飛龍騎士們則前去迎擊逼近王城的大型魔物，所以才導致來不及應付旁若無人地飛在王都空中的魔物。

雖然佐藤的追蹤箭已殲滅了大部分魔物，但留下來的數量依然相當多。

「露露，把視野範圍內的魔物全部打倒吧。主人有允許使用輝焰槍或光線槍嗎？」

「嗯，沒問題。」

露露向亞里沙點點頭，同時從妖精背包取出輝炎槍瞄準飛在空中的魔物們。

「開始狙擊！」

露露百發百中地不斷擊落方圓三百公尺內的魔物。

「我也不能輸呢。」

亞里沙也用火魔法「火焰暴風」將附近成群結隊飛行的蒼蠅群燃燒殆盡，衝出火焰範圍逼近的蝙蝠也被「猛火焰彈」化成了灰燼。

將視野範圍內的敵人全部擊敗後，兩人耳邊再次傳來佐藤的指示。

『亞里沙，去跟蜜雅會合，她附近沒有人在。』

『ＯＫ。』

『娜娜，等音樂廳的護衛交給衛兵後，就前往剛剛提過的地點。』

『是的，主人。』

『麻煩蜜雅用擬態精靈清除地上的魔物。』

『嗯。』

與蜜雅會合的亞里沙和露露，開始以高地為據點協助王都恢復治安。

「現在傳達庫羅大人的指示。今天的營業結束，好讓附近居民來商會總店避難。店員將陳列的商品收拾好確保避難場地，開放地下倉庫以及到四樓為止的空間。」

越後屋商會的總店掌櫃艾爾泰莉娜迅速地發號施令。

「掌櫃，需要派出聯絡員跑一趟工廠找波麗娜廠長嗎？」

蒂法麗莎向掌櫃問道。

「不需要，庫羅大人已經聯絡波麗娜了。」

「明白了。那麼我立刻去安排避難疏散。」

「嗯，麻煩妳了。」

蒂法麗莎找了幾名商會裡的女性幹部，讓她們去分配負責避難指示的店員以及制定具體的避難流程。

「掌櫃，已經沒有能堆放商品的地方了耶？」

「那就塞進我和商會成員的房間裡。除了辦公室和廚房之外，堆在哪兒都無所謂。」

工作才剛匆忙結束，接受避難指示的人們就逃了進來。

見到看似強悍的魔巨人鎮守在門口，人們都露出了安心的神情。

「紅繩！紅繩來了！」

魔巨人與大吼大叫闖進屋內的男子擦身而過衝了出去，厚重的門也隨之關閉。

會使用治癒魔法的女幹部正照顧著這名倒在地上渾身是血的男子。

魔物與魔巨人交戰的聲音穿過牆壁從外面傳了進來。

「媽媽，我們也會被魔物吃掉嗎？」

「放心吧，媽媽絕對會保護妳的。」

一位母親緊緊抱住害怕的孩子說。

四周避難的民眾也或多或少因畏懼而顫抖著。

「不必擔心。」

蒂法麗莎語氣平靜地對避難的人們說完，隨即朝列隊於清空完畢二樓空中走廊的女幹部們下達指示。

「全員，開火！」

在掌櫃的指示下，女幹部們發出攻擊魔法與屬性杖魔法，殲滅了紅繩魔物。
雖然她們缺乏實戰經驗，但只要在安全地帶好好利用高等級的優勢就能做出有效攻擊。
這應該可說是了解己方優勢的掌櫃得到的戰術性勝利。

此時，莉薩等人——
『莉薩，有騎士正在前方十字路口向右轉的地方跟奇形大鼠戰鬥。』
莉薩快速衝過小巷子，以宛如競速滑冰的姿勢轉彎闖進十字路口。
『目標確認，開始排除。』
她渾身散發紅光，如風一般穿過騎士們身邊，接著在擦身而過的同時刺穿了奇形大鼠。
『目標已排除，前方發現下一個目標。』
『也排除掉。接下來是位於道路盡頭建築物另一側的魔物，衛兵們已經走投無路了。』
『遵命！』
莉薩連續發動身體強化技能加快奔跑速度，瞬間殲滅了正在啃食屍體的兩隻奇形蟋蟀。
「——螺旋槍擊。」
接著她擊碎逼近眼前的建築物，朝相反方向的奇形大鼠展開突擊。
莉薩混在瓦礫中刺出的長槍貫穿了奇形大鼠的心臟，餘波將奇形大鼠的身體往反方向轟飛出去。

另一隻奇形大鼠連忙朝莉薩的方向看去，但莉薩的長槍早已刺進它的額頭。

『下個目標要穿過三條街。不過妳的魔力已經所剩無幾了，所以喝點魔力恢復藥和營養劑吧。』

莉薩遵照佐藤的指示，從腰間的小包中取出魔法藥一飲而盡，隨即朝下一個目的地跑了過去。

「……好厲害。」

「剛剛那是希嘉八劍大人嗎？」

「應該是吧？」

「原來人有辦法變得那麼強啊……」

莉薩沐浴在衛兵們滿是憧憬的目光中，消失在煙塵的另一端。

『波奇，帶著海姆先生往前移動三條街。』

「知道了喲。嗨姆大老師！下一個敵人在這邊喲！」

「妳在跟誰說話嗎？」

跑在波奇前方的海姆問出了他一直很在意的事。

「不、不是喲。波奇沒有跟任何人說話喲。是少女的直覺在猛烈咆哮喲。」

「雖然聽不太懂，看來真的有啊。」

聽見前方傳來的戰鬥聲響，海姆放棄追問波奇，發動身體強化技能一口氣縮短距離。波奇也催促自己短小的雙腿拚命追了過去。

「我是希嘉八劍的海姆！前來助陣！」

先一步抵達戰場的海姆朝著正在苦戰的騎士和衛兵們吶喊。

「是海姆大人！」

「希嘉八劍來救我們了！」

男人們原本絕望的表情充滿希望。

「波奇是波奇喲！波奇也前來助陣了喲！」

波奇也仿效海姆，在自報姓名的同時衝進戰場。

「很危險啊，小妹妹！」

「不可以去那邊！」

接在海姆之後充滿擔憂的話語飛向波奇。

但那也只持續到波奇用纏繞魔刃的劍將魔物輕易劈開為止。

見到她那與海姆不分伯仲的劍術，男人們的聲音也從擔憂變成了聲援。

『波奇，那邊結束以後，就去前方的公園。』

「知道了喲！」

「妳真的沒有和其他人說話嗎？」

「當、當然了喲。是波奇的少女直覺靈光乍現喲。」

海姆再次提問。他與其說是為了得到答案，不如說是在享受波奇的反應，因此真相似乎沒有暴露。

「前來支援了，我這麼報告道。」

「娜娜小姐！」

抵達越後屋商會工廠前，娜娜向保護著工廠入口的廠長波麗娜搭話。

除了附近居民，工廠駐地內還有許多看似王立學院的學生在。

「魔物似乎在隔壁工廠大鬧。」

波麗娜向娜娜說明狀況，同時將她帶到與隔壁工廠的交界處。

「是少爺那裡的金髮大盾巨乳女孩。」

「是娜娜小姐啦。娜娜小姐——！」

騎在石狼背上的女幹部魯娜，與手持風杖的紅髮少女妮爾發現了娜娜的到來。

此外還有和魯娜一同前來視察的女幹部美麗納。

由於利用養殖魔物強硬提升等級，她們的等級已經來到了三十級，同時因為擁有魔法技能，所以才會和庫羅安排的警衛魔巨人一起守在這裡。

「明明只是從咖啡店送貨過來而已，卻不知為什麼被塞了把風杖，難得的可愛制服都浪費了。」

「女僕裝是戰鬥服，我這麼告知道。」

妮爾和娜娜聊起了關於女僕裝風格制服的事。

『娜娜，叫大家後退。魔物過來了。』

「魔物來了。快點離開牆邊，我這麼建議道。」

娜娜發出警告後沒多久，魔物們撞破圍牆闖了進來。

「蟋蟀啊！如果不想被叫成廁所蟲就跟娜娜一戰，我這麼告知道！」

魔物們對娜娜使用挑釁技能發出的吶喊起反應，紛紛朝她衝了過去。

娜娜的魔劍與大盾接連將魔物擊殺。

「我們也該動手了！」

「畢竟不能輸給新人啊。」

妮爾用風杖發出風彈讓奇形蟋蟀寸步難行，接著魯娜用土魔法「石筍」將其由下往上高高拋起，美麗納則釋放雷魔法「雷擊」。

「噫！魔法被彈開了！」

「那就是紅繩？」

「必須設法解決障壁！」

「交給娜娜，我這麼宣言道！」

娜娜拉開用來保護頭部的護額，使用理術「魔法破壞」摧毀紅繩的防禦障壁。

「趁現在，我這麼告知道。」

在娜娜的催促下，女孩們放出魔法將奇形蟋蟀一一擊倒。

而這個時候的小玉——

「忍忍～」

她穿著粉紅色的忍者裝在各個屋頂上穿梭，馬不停蹄地趕往求救聲傳來的方向。

「誰來幫幫我！媽媽被壓住了！」

「ＯＫ～」

若是有人被壓住，就要將其救出——

「女兒還留在家裡二樓啊！」

「不行啦，老闆！現在進去會被燒死的！請等水魔法師過來吧！」

若是有人來不及離開燃燒的房子——

「我這就去～？」

全身沾滿水的小玉衝上牆壁，從冒出濃煙的二樓窗戶闖了進去。

「回來了～？」

接著立刻抱著小女孩回到了這裡。

「啊啊，琪娜！」

「爸爸！」

朝互相擁抱的兩人揮揮手之後，忍者小玉便繼續出發尋找需要幫助的人。

只要有忍者小玉在，就絕不允許悲劇發生。

◆

雖然王都不斷發生像這樣的奇跡，但她們的力量並不足以拯救所有人。

其中還是有著未能得到幫助而持續孤苦奮戰的人。

「終於收拾掉了……」

他們扶起滿身瘡痍的同伴，同時幫血流如注的人包紮傷勢。

就算是相對富裕的騎士們，也無法輕易使用魔法藥治療傷勢。

「是啊，蟋蟀勉強還能應付，但老鼠實在沒有勝算。」

「如果跟隊長一樣有『英傑之劍』的話倒是另當別論，但我們用的是鋼鐵製成的劍和長矛啊……」

雖然從字面上來看很沒出息，但初次遭遇老鼠──「奇形大鼠」的衛兵及騎士們付出了慘烈的犧牲。

報告書上也說牠是紅繩魔物中最強的，即使動用數名王國騎士包圍也無法將之擊敗，是由剛好路過的希嘉八劍「割草」盧歐娜出馬才好不容易打倒牠。

「呀啊啊啊啊啊啊啊啊！」

此時跟他們戰鬥地點相連的某條小巷子，傳出了女孩子的慘叫聲。

「糟了，是剛才那隻漏網之魚。」

「根本沒時間休息啊。」

騎士們往巷子衝了過去。

巷子裡出現的並非奇形蟋蟀，而是巨大老鼠──奇形大鼠的背影。

在牠不停咀嚼的嘴邊露出來的，恐怕就是從他們手下逃走的蟋蟀──奇形蟋蟀的腿吧。

奇形大鼠那看似纖細的手抓住了剛才發出慘叫的女孩。不知道是否失去了意識，女孩沒有任何動作。

「偏偏是老鼠啊。」

「話雖如此也不能逃跑吧。」

「是啊，賭上王國騎士的尊嚴，一定要救出那個女孩。」

「唔喔喔喔喔喔喔喔喔！你的對手在這裡，你這個混蛋害獸！」

騎士們擠出幹勁衝到奇形大鼠面前，彷彿豁出靈魂般朝著奇形大鼠的背影出言挑釁。

奇形大鼠原本放在女孩身上的注意力轉到了騎士身上。

面對那從高處俯瞰的凶眼，騎士們因為預期到自己的死而嚥了嚥口水。

他們雖然渾身顫抖，依然拚上身為騎士的矜持和男人的骨氣留在原地。

然而現實是無情的。

大鼠尾巴一甩，騎士們被打飛了出去。

在倒地騎士們染血視野中看見的，是女孩那被奇形大鼠送到嘴邊的身姿。

「可惡，身體動彈不得……快動！只有一下子就行了，快動啊！」

騎士們拚命提起幹勁想要站起身來。

「了不起，不愧是男孩子。但是，不可以亂來喔。」

騎士們昏暗模糊的視野中，出現了一名拿著掃帚的平民女子。

「這裡由我接手，你們再稍微休息一下吧。」

女子像是在叮嚀小孩子般告誡著騎士，同時轉了轉手上的掃帚。

看來她想用一根掃帚跟魔物戰鬥。

「快、快逃，那傢伙可不是能用掃帚應付的對手。」

牠可不是會點體術或是魔法就能輕易擊敗的對象，騎士提醒道。

「沒問～題的，交～給我吧。」

朝騎士比出勝利手勢的女子臉上，掛著貴族微服出巡時會配戴的認知阻礙系面紗。

「放馬過來吧！」

奇形大鼠的尾巴宛如鞭子般朝拿著掃帚的女子甩了過去，卻被她巧妙地用掃帚掃開。

感到焦躁的奇形大鼠拋下手上的女孩，朝女子揮出雙手。

女子輕輕一跳躲開攻擊，隨後用看不見的手悄悄將被拋下的女孩運到騎士們面前。

「這孩子就交給你們嘍。」

女子用手上的帚柄，朝魔物的頭由下往上用力一揮。

接著魔物的頭部彷彿被巨人重槌毆打般，猛然向後仰起。

「什！怎麼可能！」

見到眼前這超脫常理、彷彿在勇者故事或喜劇才會出現的光景，騎士說出了逃避現實的話語。

「好像有跟魔人藥中毒的孩子一樣的障壁呢。」

只見女子手一揮就粉碎了奇形大鼠的紅色障壁。

在場知道紅色障壁是被無詠唱「魔法破壞」破壞的人，只有女子自己。

「這樣就搞定了！」

女子接著用掃帚朝魔物的下巴發出三次刺擊。

魔物**隨即**倒進路邊的某間房子裡，將其化為一堆瓦礫和塵埃。

「唉呀，這下會被要求賠償吧？」

騎士們無視女子那不合時宜的擔心，紛紛撐起傷痕累累的身體，舉起武器面對魔物。

身為騎士，只讓女性上前作戰的話實在太丟臉了。

他們那充滿鬥志的眼神正如此訴說著。

「就算時代變遷，希嘉王國的騎士之魂依然健在呢。」

女子雙手抱在胸前，得意洋洋地點點頭。

即使被瓦礫埋住，魔物依然不斷揮動尾巴妨礙騎士們靠近。

每當他們用劍和盾抵擋尾巴攻擊時就會迸出火花。

「很～好，這是大姊姊給你們的禮物喔！我可是很少提供這種特別服務。」

在場沒有人能吐槽她那如同銀河歌姬的臺詞。

女子揮動拿著掃帚的手，騎士們的劍頓時發出光芒。

如果現場有人具備鑑定技能，應該就能判斷出那是上級術理魔法「神威光刃」了吧。

「再來一下！」

這次輪到騎士們的身體發出光芒。

騎士們身上的傷口逐漸癒合，力量和勇氣不斷湧現。這是現代失傳的上級術理魔法「超人強化」。

「老鼠出來了！小心攻擊！」

騎士們輕鬆避開奇行大鼠從瓦礫下方竄出的尾巴攻擊。

「看得見！我也能看見尾巴的動作了！」

老鼠的尾巴再次襲來，被一名騎士用發光的劍擋了下來。

那剛剛仍能擦出火花的尾巴，現在光是碰到劍就瞬間被砍飛了。

「竟然！」

這驚人的鋒利程度連砍下尾巴的騎士都感到訝異。

其他騎士見狀也紛紛衝向奇形大鼠的死角刺出長劍。

雖然奇形大鼠身上的紅色繩索紋路又發出紅光形成障壁，女子仍舊手臂一揮將其消滅。

騎士們不斷向奇形大鼠發起攻擊。

「美都，妳在玩什麼啊？」

「啊，小天。我可沒在玩喔？」

一名銀色長髮、眼神看似伶俐的女性從屋頂上降落在女子——美都的面前。

雖然她和美都一樣用認知妨礙的面紗遮住了臉的下半部，但現場所有騎士都相信她隱藏在面紗下方的面容一定很美。

「飛行型的魔物都搞定了嗎？」

「在我趕到之前，牠們全都被有實力的槍手和火魔法使解決了。」

美女有點鬧彆扭似的抱怨道。

「美都，妳看那裡。」

被稱作小天的銀髮女性伸出白皙纖細的手指指向天空。

騎士們受到影響往天上一看，見到了三隻飛在王都上空的巨大魔物。

「都是大傢伙呢。」

「要呼喚我的本體嗎？」

「嗯……要是小天的本體過來，災情會比放任牠們不管還要嚴重，所以還是算了吧。」

「妳的評價不恰當。」

「是很適切的評價喔。」

美都踩著建築物的牆壁跳上屋頂，銀髮美女則是在後背長出蝙蝠翅膀追了上去。

「牠們似乎打算前往王城。」

「唔嗯，目標是王城的話就不用幫忙了吧？」

「嗯，大概吧。畢竟那裡不但有光之劍和朱路拉霍恩，聖劍的使用者跟希嘉三劍的繼承者也在嘛。」

「那就去附近觀望吧——」

「嗯，要是有危險再去幫忙吧。」

「妳這個過度保護狂。」

「啊哈哈，才沒那回事呢～」

於是兩名女性在屋頂上奔馳，出發前往王城。

◆

「真令人擔心啊。」

穆諾男爵用他那張和善的面孔一臉陰沉地小聲說道。

又有一名進行大聖杯淨化的神官被抬了出去。

有三個人因為大量使用魔力恢復藥導致用藥過量，因為接觸高濃度瘴氣而倒下的人有兩名，現在已經有五名神官脫隊換成了其他人。

從最初留到現在的，只剩下霍茲納斯樞機卿和超過五十級的老神官。

「——怎麼了？」

發現佐藤突然抬起頭來，妮娜提問道。

「有東西過來了。」

說出這句話的同時，與剛才截然不同的警鈴聲響了起來。

一道以飛龍來說過於巨大的身影盤旋在上空。

「是飛龍的老大嗎？」

「好像是叫做邪王飛龍的種類。」

佐藤回答妮娜的問題。

位於他視野中的ＡＲ顯示標示對方的等級是六十級。

「過、過來了！朝我們衝過來了！」

穆諾男爵仰天大叫。

高速下墜的邪王飛龍猛烈地撞上了宰相運用都市核展開的障壁。

障壁頓時破裂，掀起的暴風吹散了包覆領主席的風魔法隔音結界。

「『射穿牠』——水蝶槍！」

希嘉八劍的槍手赫密娜小姐舉起魔法槍，發起第一發攻擊。

「「「王都的神靈啊，討伐吾的敵人吧！」」」

領主席飛出數枚透過都市核發射的光彈，襲向伴隨障壁碎片降落的邪王飛龍，貫穿牠用來守護身體的魔力障壁並刺了進去。

「借來的力量也就這種程度吧。」

「感覺比許德拉還強呢。」

聖留伯爵和庫哈諾伯爵瞪著發出慘叫墜落到地面的邪王飛龍說。

「比斯塔爾公爵、穆諾卿，我們也去助陣吧。」

「哼，不需要你說！」

「好、好的！」

並未參與第一輪攻勢的歐尤果克公爵這麼對同樣沒有參與的兩人發聲。

將成為下屆列瑟烏伯爵的少年也沒有參與攻擊，他似乎尚未掌握都市核，在護衛騎士們的保護下瑟瑟發抖。

雖然多數大臣都擁有都市核的控制器，但和領主們一起參與迎擊的，只有軍務大臣凱爾登侯爵和副大臣波龐伯爵兩人而已。

近衛騎士們保護著看守儀式的重要人物，而聖騎士們則將邪王飛龍團團包圍。

「希嘉三十三杖！使用同調魔術！別浪費領主們爭取到的時間！」

「「「是！」」」

在宮廷魔術師長的指揮下，魔術師們展開了漫長的詠唱。

「呀哈──────！這傢伙是老娘的獵物──────！」

一名半裸女性發出末日風格的吶喊，朝邪王飛龍衝了過去。

「是希嘉八劍的『割草』盧歐娜！」

有人喊出那名女性的名字。

「看招吧啊啊啊啊啊！──死極斷頭臺！」

如同燃燒般鮮紅的魔刃舞動，巨大鐮刀劃出弧線劈向邪王飛龍的首級。

但她那看似能砍下頭顱的一擊，卻被羽翼上的爪子擋了下來。

「嘖！體型那麼龐大卻挺靈活的嘛。」

盧歐娜往後一跳。

「那邊的小子！我說的就是你！那個跟葛延老爺勢均力敵的傢伙！給我來幫忙！」

「這裡不必多慮，你過去吧。我跟男爵受到其他領主保護著。」

妮娜推了因為被盧歐娜指名，顯得一臉困擾的佐藤一把。

「明白了，我去去就來。」

「這個你拿去用吧！魔女之友啊！」

見佐藤空手跑出去，庫哈諾伯爵將掛在腰上的儀式用祕銀劍扔過去。

「那就借用一下了！」

佐藤拔出雅緻的祕銀劍，協助盧歐娜與邪王飛龍展開戰鬥。

見到這一幕的「紅色貴公子」傑利爾也向比斯塔爾公爵要求參戰，卻被公爵命令專心護衛，只能心有不甘地咬緊嘴唇。

・

「又出現了新的敵人！」

聖留伯爵看著天空大喊道。

那是一隻名叫空泳魔虎，能在空中奔跑的五十級老虎魔物；另一邊則是擁有老人的頭與獅子的身體，背上長著蝙蝠翅膀，名為老頭獅子的六十二級魔物。

「詠唱結束了！──火焰地獄！」

宮廷魔術師長大喊道。

接著在極近距離朝著兩隻魔物放出戰術級的上級火魔法。

透過同調魔術使威力增強至正常數倍的紅蓮旋渦，以無法避開的距離吞沒了兩隻魔物。

空泳魔虎雖然勉強飛出了火焰圈外，但全身都被焚燒，後腳化為焦炭墜落到地面上。

聖騎士們見狀一同衝了過去，對釋放風刃的空泳魔虎發出致命一擊。

『區區人類還挺行的嘛。』

渾身冒煙的老頭獅子在著陸的同時用古代語開口說。

『不過，那咒文的詠唱時間那麼久，簡直就像是在叫人擋下來。』

赫密娜魔法槍的子彈擊中了語帶嘲弄的老頭獅子側臉。

——BAWOOOOWN。

老頭獅子朝著赫密娜和國王發出冰散彈當作反擊。

「休想！」

希嘉八劍的雷拉斯手持聖盾保護國王。

領主們雖然都受到了都市核障壁的保護，但協助儀式進行的國王則是將自身安全託付給雷拉斯。

「祖雷堡，允許你離開寡人身邊。去打倒魔物吧。」

「遵旨。」

祖雷堡將光之劍交給國王的侍從，從赫密娜手中取回常用的長槍並舉了起來。

「陛下，這邊交給我們神官就行了。王的力量請用來保護您的貴體。」

額上滲血的霍茲納斯樞機卿這麼對國王說。

他似乎因為老頭獅子剛才的冰彈受了傷。

「感激不盡，寡人就接受汝等的建議吧。」

當國王停止協助驅魔儀式後，黏性大增的黑色液體不斷翻湧，試圖從大聖杯中溢出。

「休想逃。」

樞機卿雙手發出光芒，抓住大聖杯的液體塞了回去。

神官們見狀吃驚地叫了出來。

「樞機卿，這樣很危險！您會被吸乾生氣的！」

「請不必擔心，儀式可不能中斷。」

樞機卿亮出白皙的牙齒露出笑容。

但與露出的笑容相反，他的額頭上不斷滲出冷汗，抓住瘴氣的雙臂也逐漸染上漆黑。

「王都的神靈啊，希嘉國王賽特拉利克在此祈求。誅伐的縛鎖啊，束縛吾之敵人吧！■藍光縛鎖！」

國王運用都市核的力量，將老頭獅子綁在地上。

「雷拉斯，你也去吧。跟祖雷堡一同打倒魔物。」

「不可以，我的職責是守護國王。」

雷拉斯用聖盾擋下了老頭獅子痛苦掙扎發出的冰槍。

「而且，祖雷堡大人已經有了充足的援軍。」

戰場上，打倒邪王飛龍的「割草」盧歐娜和「無傷」潘德拉岡，正跟「不倒」祖雷堡一同與老頭獅子展開激戰。

「不愧是祖雷堡。雖然盧歐娜沒有落於人後，但槍術依然比不上他啊。」

「您說得沒錯。不過從我的角度來看，潘德拉岡卿的作用十分顯著。」

聽雷拉斯這麼說，國王重新觀察起戰況。

「原來如此，他不僅阻礙老頭獅子閃避，好讓祖雷堡和盧歐娜立功，還將朝向兩人的攻擊一一擋開，避免他們受傷啊。」

佐藤不僅身處第一線，同時還能不斷做出與「無傷」之名相符、毫髮無傷的動作。

以一名十五歲的少年來說還真是前途無量啊，國王如此思索著。

「竟然還想垂死掙扎！快用風把霧給吹散！」

盧歐娜大喊道。

老頭獅子的身邊充滿了冰冷的霧氣。

正當大家都以為其他人會出手驅散霧氣，導致沒人喚出風來的時候，大聖杯周圍發生了事件。

◆

「瘴氣的壓縮已經足夠。接下來的步驟就省略，直接開始淨化吧。」

執掌儀式的神殿長這麼對輔佐的樞機卿說。

「不必了，無須進行淨化。」

「——您說不用淨化？」

神殿長一臉納悶地看著面帶微笑的樞機卿。

「但是樞機卿，如果此時中止儀式，王都將會充滿四周聚集過來的瘴氣，王都的民眾將會因為重度瘴氣中毒倒地不起啊！」

「那不是挺好的嗎？」

聽樞機卿說出如此殘酷的話語，周圍的神官紛紛懷疑起自己的耳朵。

「您說什麼？那樣一來，最先承受不住的將是那些曾受過猊下關照的孤兒院孩童以及平民區老人啊？」

「弱肉強食乃是世間常理。無法親眼目睹他們感受痛苦實屬遺憾。」

「是因為長時間觸碰高濃度的瘴氣讓您失常了嗎？叫救護班過來，將樞機卿——」

「我的心靈可沒弱到會因為那點瘴氣失常。」

樞機卿打斷打算呼喚救護班的神官。

「那麼是為什麼？侍奉巴里恩神、被譽為聖人的您怎麼會——」

「真是骯髒。被稱作愚神的聖人，實在令人作嘔。」

樞機卿臉上的笑容消失，表情十分猙獰。

「吾神只有一柱。為了喚醒真正的神，身為使徒的我才會在這裡。」

「愚神……真正的神……難道說，你是魔王信奉者嗎！」

當神殿長發現樞機卿的真面目時，老頭獅子那從戰場飄來的霧氣籠罩四周。

「簡直天助我也。」

樞機卿彈了一下手指，充滿大聖杯的黑色黏液頓時襲向被霧氣遮住視線的神官們。

神官們被黑色黏液包住頭部拖進大聖杯，並瞬間被吸乾生氣悶死在裡面。

「來吧，這是最後的收尾了。」

樞機卿走到大聖杯中央，宛如登上舞臺的演員般張開雙手。

就像是受到他的引導，數顆結晶從黑色黏液的底部出現浮在半空中。

「漆黑的結晶啊，助我實現願望吧。」

樞機卿伸手抓住漆黑的結晶——「邪念結晶」，並一口氣將最大的一塊吞了下去。

「嗚噢噢噢噢噢噢噢噢噢噢噢！」

接著因為劇烈疼痛而抓住胸口和頭部。

頭上類似頭巾的布也掉了下來，露出只有其中一串染成紫色的頭髮。

「神啊，吾等真正的神啊。中了愚神的奸計，被封印在月亮之上的吾等慈悲之神啊。」

樞機卿用因為痛苦而不斷顫抖的聲音向天空祈求。

他全身充滿發出**暗紫色**光芒的紋路，腳下也浮現相同顏色的魔法陣。

「現在以您貴體的碎片作為媒介，助您暫時脫離封印的枷鎖，請將寄宿於吾身的『碎片』當作路標，顯現在這片大地上吧！」

他那伸向天空的手前方出現了好幾層魔法陣，將整座王城——不對，將整個王都覆蓋。

◆

「小天，快看那個！」

以王城為中心出現了一座巨大的魔法陣。

「那個魔法陣是——不妙。那個非常不妙啊！」

此時待在能夠眺望整座王城的高塔上、從遠方觀察戰鬥的銀髮美女，她那伶俐的美貌上初次浮現動搖的神情。

「果、果然是那個？」

「沒錯，就是那個。」

平時總是我行我素的美都也一臉僵硬地看著與自己做出同樣預測的小天。

「我要切換成本體，這具身體就交給妳了。」

小天一臉悲傷地如此宣言，接著身體就像電池耗盡的人偶般倒下。

美都接住了她的身體。

「………失去連結。確認主人已離開。分身的操作權恢復，變更為自律模式。美都，請下達指令。」

倒在美都懷裡的小天，忽然不帶感情地低聲講出如同系統訊息般的話。

「呼，是小天會先趕上，還是王都會先被毀滅呢——」

美都換掉原本市井女子般的打扮，從「無限收納庫」中拿出聖衣穿起來。

「——妳也來幫忙吧。那個，妳叫什麼名字？」

「我是半自律型龍血魔造人，沒有固有名稱。」

本來被稱作小天的存在這麼回答。

將她說的話總結一下，就是身為魔造人的她，直到剛才為止似乎都被稱為小天的存在附身著。

「既然妳是個魔造人，那就叫『霍姆霍姆（暫定）（註：原文取自魔造人Homunculus的前兩個音節）』吧。」

「已接受替代主人美都的命令。本機將自稱『霍姆霍姆（暫定）』。」

美都隨便幫魔造人取了個名字，隨後將手伸進仍然開啟的無限收納庫裡尋找裝備。

「沒有聖杖和聖骸動甲冑呢。」

她將長杖與羽衣裝備在身上，帶著霍姆霍姆在尖塔之間穿梭。

「也就是說戰鬥力只有當國王全盛時期的一半左右吧。當時也是龍神大人造訪才勉強解決的呢——呃，不可以示弱！」

美都拍了拍自己的臉頰。

「召喚還沒有完成！過去雖然沒能趕上，但這次無論如何都要阻止！」

重新鼓起幹勁的美都往空中一踏，朝王城衝了過去。

「——霍姆霍姆，護衛就麻煩妳嘍。」

「指令已接收，進行美都的護衛。」

美都不斷向前邁進。

彷彿確信前方有人正在等待她似的。

「就算是為了與一郎哥見面，我也不能在這裡停下腳步！」

美都衝向空中。

為了阻止絕望性的毀滅。

神

「我是佐藤。雖然在遊戲裡與值得一戰的強敵展開激戰相當有趣，然而我從來不打算實際跟強大的敵人戰鬥。果然，現實就是要像簡單遊戲一樣才是最棒的。」

「怎麼回事？」

我本來正在跟受到藍光鎖鏈束縛的老頭獅子戰鬥，因為察覺到身後傳來的強烈危機反應而回過頭去。

老頭獅子放出的濃霧對面，也就是進行驅魔儀式的地方有事情正在發生。

我還是第一次產生如此強烈的危機感。

看來是很不妙的東西。

「——咦？」

濃霧的另一端瞬間發出了暗紫色的光芒。

「潘德拉岡卿！別東張西望！」

當我聽見祖雷堡先生的聲音時，老頭獅子的蠍尾幾乎在同一時間擊中了我。

我連忙接下攻擊，隨即假裝自己被擊中，朝傳來危機感的方向飛了過去。

「佐藤！」

赫密娜小姐呼喚我的名字。

我在空中轉過身子，映入眼簾的是一根從儀式地點中央直達天際的暗紫色光柱。

以那根柱子為中心，數個內部包有複雜且精緻魔法陣的碎裂紋樣，正如同波紋一般不斷延伸擴大。

甚至延伸到了我降落的地面。

與此同時，我的危機感知範圍也進一步擴大。

——必須將其消除。

我在著陸的同時發動了從魔法欄選擇的「魔法破壞」。

魔法陣頓時碎裂，化為暗紫色的光消散。

然而那只是其中的一部分而已。

「——再生了？」

鄰接的魔法陣產生共振，將我破壞的魔法陣再生了。

雖然只要從魔法欄施展「魔力搶奪」就能讓魔法陣消失，但那樣會切斷魔法陣之間的連結讓效果無法連鎖。一旦我停止吸收，魔法陣立刻就會復原。

「——唔喔！」

此時某樣位於霧氣中心的東西飛上了空中。

當我準備追上去時，身體忽然被桃色的塊狀物給撞飛。

雖然我託瞬間放出魔力鎧的福而毫髮無傷，卻導致我的行動遲了一步——不對，如果再這樣下去，我就會被察覺危機技能的感覺牽著鼻子走，維持佐藤的模樣飛上天空了。

「真是頑強噗喲。」

外型不固定的桃色魔族——藏身在縫隙中的麻煩傢伙。

「你好像跟之前的傢伙不一樣呢。」

「噗喲？你有跟我們桃色主人的僕從戰鬥過嗎噗喲？」

現在可沒空回答你的問題。

我用祕銀劍將桃色魔族的魔核一分為二。

「斬擊對我們無效——噗喲？」

噗喲魔族失去黏性掉到地面散開，就這樣化為黑霧消散。

『主人，上面！有什麼出現了！天上感覺也很不妙！』

「戰術輪話」傳出亞里沙的呼喚聲。

我抬頭一看，或許是受到釋放紫電並同時旋轉著的魔法陣呼喚，厚重的雲朵聚集到了魔法陣的上方，並形成旋渦。

陽光無法照進被雲漩渦覆蓋的王都，地表也開始吹起不祥的冷風。

『那是幕後黑手搞的鬼，我的魔法破壞無法將其消除。蜜雅和亞里沙的魔法能夠設法處理嗎？』

『不行。』

『連主人的「魔法破壞」都不行嗎？雖然我的空間魔法跟火魔法都有能破壞魔法的招式，但都比不上主人的啊。』

果然沒辦法嗎？

『我知道了。叫所有人集合換上黃金鎧。我之後再下指示。』

『ＯＫ！黃金騎士團出動！』

如果可以，我希望沒有她們出場的機會，但這次狀況非常不妙。

我並未講出這句話，而是從「戰術輪話」上移開注意力，變成勇者無名的模樣。

『陛下，聽得見嗎？』

我運用「遠話」向國王搭話，並通知他儘早去避難。

大概是因為親眼見到了異常情況吧，代表國王和宰相的光點沒有提出任何反對就轉移到了王城內，諸位領主與大臣們也依序移動到國王身邊。

其他人員也在近衛騎士的護衛下開始避難。

「佐藤大人！」

此時有人從霧氣的另一端跑了過來。

——噫！是公主。

她似乎是看到我被打飛才擔心地跑了過來。

霧中似乎還有追著她的侍女和近衛騎士。

——但也不能把她們丟在這裡不管。

我用「理力之手」將公主等人抓住，接著使用歸還轉移與她們一同轉移到國王職務室附近的轉移點。

「這、這裡是？」

「「「殿下！」」」

我無視因為突然被轉移而驚訝不已的公主一行人飛上空中。

「勇者無名！」

「這裡很危險，快去避難，陛下在擔心喔。」

「那種事——佐藤大人？佐藤大人呢？」

公主本想反駁我，但在發現四周沒有佐藤的身影後顯得慌張了起來。

「妳是指剛才被老頭獅子打飛的那名少年嗎？不久前我已經將他轉移到安全的地方去了，不用擔心。」

我在提升高度的同時這麼說，接著用閃驅移動到浮在空中的魔法陣——大概是召喚系魔法陣附近的人影下方。

◆

——首先要將其無力化。

雖然我果斷朝魔法陣的人影發出飛踢，卻遭到了守護人影的暗紫色球形障壁阻擋。

接著球形障壁放出衝擊波將我震飛出去。

「不覺得從背後偷襲有點缺乏英勇精神嗎？」

此時人影回過頭來。

「樞機卿？」

雖說因為少了象徵性的頭巾導致印象有些不同，但他毫無疑問就是巴里恩神國的霍茲納斯樞機卿。不知為何，他有一束頭髮是紫色的。

他那染成黑色的神官服和長袍袖子正不自然地飄動著。

「你是誰？從剛才的行為來看，應該不是來這裡祝福吾等之神降臨的吧？」

「我叫無名，是希嘉王國的勇者。」

——神的降臨？

「你口中的神，是指巴里恩神？」

聽見我的問題，樞機卿露出宛如蔑視和嘲笑參半的表情說：

「吾之神才不是什麼巴里恩。」

他語帶不屑地否定了神的名字。

ＡＲ顯示視窗從他的臉旁彈出，同時出現了「魔神的信徒」與「魔神的加護」這種從未見過的稱號。

難不成——

「你打算在王都召喚魔神嗎？」

「沒錯。」

——真的假的！

原以為他想召喚魔族或魔王，結果是更加不妙的傢伙。而且從魔法陣的規模來看似乎真的能辦到，實在糟透了。

「我要鬆開因為中了愚神奸計而被封印在月亮之上的吾神枷鎖，將其以暫定的形式呼喚到這片大地上！」

不幸中的大幸，似乎不是完全召喚。

話雖如此，我也不想跟曾被狗頭說各方面都優於我的對手戰鬥。

「雖然很抱歉，但就算必須殺了你，我也要阻止儀式。」

雖然很想避免殺人，但這次似乎沒辦法這麼做。

「已經太遲了。就算殺了我，召喚陣也不會停止。吾神將會以這個魔法陣作為路標降臨於此。此乃透過聖杯形成的『邪念結晶』，以及神授權能才得以成就的奇跡。」

他口中的神授權能，是指獨特技能嗎？

我用AR顯示打開了霍茲納斯樞機卿的詳細情報。

上面有個之前調查時並未出現、叫作「神喚」的獨特技能。

之前也沒有見到剛才那些與魔神相關的稱號。另外他還多了「審問」、「拷問」、「誘惑」、「魅惑」和「召喚魔法」等技能，但那一點也不重要。雖然樞機卿很可能就是召喚小惡魔的人，不過事到如今也沒意義了。

「巴里恩神國的樞機卿——你的真實身分是轉生者，同時還是魔王信奉集團『自由之光』的首席幹部嗎？」

我說出他隱藏在職業欄底下的真實身分。

「原來如此，因為『神喚』的代價失去手腕時，『裝具』也掉了嗎……」

他舉起來的手腕已經斷裂，化為白色的粉末——鹽巴逐漸消散。

因為他失去了裝具——「盜神裝具」，而使得我AR顯示的情報得到更新，也就表示他所擁有的「盜神裝具」就連我的AR顯示都能騙過。

就算是為了我的內心平靜著想，真希望同類型的祕法或神器不要一直出現。

「就讓我否定你的一項推理吧。我並不是轉生者。這一束紫色頭髮是聖痕，來自吾所敬愛之神，乃我獲得神之權能的證據。」

「權能？是誰給你的？」

「那是祕密。畢竟『強制』是很強力的啊。」

似乎有人在他身上施加了「強制」。

『陛下，賊人的目的似乎是召喚魔神。』

『什、什麼！』

『讓國民避難到安全的地方。如果可以，請你幫忙破壞魔法陣。』

『遵命。』

我一邊從樞機卿身上收集情報，一邊用空間魔法「遠話」向國王請求協助。

順便也聯絡了越後屋商會的掌櫃，通知她們前往安全的地方避難。

——唔喔！

兩發大小跟電線杆差不多、側面散發光芒的透明長矛朝我飛了過來。

我連忙採取迴避行動。

由於危險程度不如魔法陣那般強烈，導致我的察覺危機技能晚了一步才反應過來。

——還有嗎？

我朝攻擊飛來的方向看過去，才發現又有一發一模一樣的電線杆長矛飛了過來。

——噫！

這次的電線杆長矛就像加裝近發引信的對空導彈一樣在我附近炸裂，玻璃如同散彈般朝我飛來。

我在展開魔力鎧的同時，用閃驅進行迴避。

「確認目標，開始排除。」

一名銀髮美女拖著如同電線杆長矛般耀眼的光芒，伸出細長的爪子向我襲來。

我從儲倉中取出聖劍光之劍接下了她的爪子。

『主人，是新敵人嗎？需要讓露露從這邊發動狙擊嗎？還是要讓蜜雅用擬態精靈進行援護呢？』

『——不，我沒問題。比起這個，如果有東西從魔法陣出現，別猶豫直接攻擊。』

我一邊躲開銀髮美女的連續攻擊，一邊用戰術輪話和亞里沙交談。

根據AR顯示，銀髮美女好像是個叫做「霍姆霍姆（暫定）」的龍血魔造人。

在極近距離用劍擋下她的攻擊我才終於發現，她身上生有蝙蝠形狀的銀色翅膀，以及顏色相同、被鱗片所覆蓋的尾巴。

「霍姆霍姆，另一個人才是擁有獨特技能的召喚師！我會打倒那傢伙，霍姆霍姆就纏住那個紫髮的人！」

「收到美都的指示，拖住紫髮人物。」

從遠處傳來的聲音主人，是個身穿白色長袍，踩在空中飛行的黑髮女性。

她身邊漂浮著看似術理魔法的透明武具，以宛如橫向射擊遊戲的僚機或護盾般的動作跟在黑髮女性身旁。

正如霍姆霍姆所說，黑髮女性名叫美都；或許是不想讓人知道來歷的緣故，她將面容藏在面紗底下。她應該就是之前潔娜小姐和娜娜的姊妹們提過的女性吧。

她的等級是八十九，技能構成是以魔法戰為主，也擁有許多稱號。像是「隱者」、「勇者」、「真正的勇者」、「王」、「王祖」——王祖？

美都有個隱藏的名字。

——大和・希嘉。

她似乎就是建立希嘉王國的勇者大和本人。

雖然她還有其他名字，但現在不是在意這個的時候。

「住手！我不是敵人！」

「替代主人美都的指令是絕對的。」

我用虛身和閃驅甩開不聽人說話的霍姆霍姆，朝美都飛了過去。

此時美都與樞機卿正在前方展開符合高等級人物的激烈攻防。

樞機卿正用手上伸出的暗紫色觸手防禦浮在美都身邊的武具，而美都則是驅使數種魔法攻擊樞機卿。

但那些魔法攻擊全都被樞機卿周圍產生的暗紫色球形障壁給擋了下來。

雖然那似乎無法承受上級攻擊魔法，不過每當美都發出攻擊前，新的球形障壁便會隨之產生。

『寡人親愛的臣民們啊——』

此時王城上空，以及王都的數個區域都出現了國王的立體影像。

國王向國民傳達了緊急情況，並下達了前往地下避難所避難的指示。雖然不知道是透過都市核還是魔法道具的力量，但這設備還真不錯。衛兵與國軍士兵聽見廣播後開始四處誘導百姓避難。

地上就交給國王他們吧。

我將注意轉向與美都戰鬥的樞機卿。

保護美都的自動防禦型武具已經所剩無幾。

「《起舞吧》光之劍！」

收到聖句的光之劍化為十三片細薄的劍刃飛了出去。

光之劍像是要包圍美都般漂浮在她身邊，將襲擊美都的觸手砍成碎片。

「──咦？光之劍？」

「美都！打算進行召喚的是那個男人！」

我試圖將事實告訴一臉驚訝的美都而放聲大喊。

「你在說什麼！是打算背叛我嗎！」

面對看似愉悅、打算藉由謊言讓狀況更混亂的樞機卿，我憤怒地喊了句：「閉嘴！」

美都一臉疑惑地注視著我，應該是在對我進行鑑定吧。

「你是──沒有名字？是魔素迷彩？」

「看我的稱號！我是希嘉王國的勇者無名！」

我無視了聽不懂的詞彙，將觀看重點告訴被一片空白的名字吸引注意力的美都。

「勇者無名？——『真正的勇者』！」

我閃過追上來的霍姆霍姆發出的攻擊，大聲喊道：「沒錯！」

「霍姆霍姆，那個人不是敵人。敵人是那個手上有觸手的人！」

「已接收變更目標的命令。」

由於霍姆霍姆朝樞機卿展開攻擊，於是我將用來保護美都的光之劍轉為護衛霍姆霍姆，而我則待在能夠保護美都的位置上。

「美都，妳有辦法破壞上空的魔法陣嗎？」

「嗯，我想應該沒問題。」

美都抬頭望向魔法陣，覆蓋她臉部的面紗掀了起來，使我見到了她真正的長相。

那是一張與無名十分相似——類似我青梅竹馬長大之後的面容。

「——小光？」

「你、你怎麼會知道那個名字？」

聽見我脫口而出的這句話，美都產生了強烈的反應。

我再次確認起她在ＡＲ顯示上的名字。

找到了，果然沒錯。

的確是我青梅竹馬的本名。

但是現在不是悠閒確認彼此身分的時候。

「之後再說明！現在先破壞魔法陣！」

「——知道了。」

美都無詠唱使出的魔法將魔法陣的角落消去，但瞬間就被修復了。

雖然她再次使用其他魔法試圖將其消除，最終還是徒勞無功。

「——果然，只用上級魔法行不通呢。我要使出殺手鐧。詠唱期間就麻煩你去拖住那傢伙了。」

「知道了。」

見我點頭，美都開始進行詠唱。

那恐怕是禁咒之類的魔法吧。連能夠無詠唱的美都也必須花費時間進行詠唱的魔法，也就只有那一種了。

「那個禁咒感覺有些不妙呢。要是沒有那煩人的聖劍，我就能簡單地進行阻礙了——」

樞機卿喃喃自語地說著。

放出球形障壁的狀態似乎無法移動。

「為了成就吾之大願，為了讓吾神顯現——」

這看來不像是在唸咒文，所以我趁現在觸手攻擊停下時展開行動。

我從儲倉中拿出聖劍迪朗達爾砍了過去，但命中的觸感跟砍向狗頭的「絕對物理防禦」之盾那時一樣。

或許這是他獨特技能的效果，「魔力搶奪」和「魔法破壞」都對球形障壁都無效。

但既然物理不行就用魔法。

我從魔法欄選擇了「光線」，朝樞機卿的球形障壁射去。

雖然光線沿著球形障壁飛了出去，但障壁表面出現了些微的裂痕。

使用更強力的魔法應該就能突破。既然球型障壁即使被美都的上級攻擊魔法破壞也會立刻再次出現，那只要使用具持續破壞效果的集束雷射，就能確實將其貫穿。

問題在破壞球形障壁之後的餘波肯定會殺死樞機卿。

雖然我對樞機卿說了「就算必須殺了你」這樣的話，但還是有些猶豫。

「──將吾身作為祭品獻上。從魔界降臨吧，魔族君主們啊。」

暗紫色的光芒流過樞機卿身體表面。

是打算用獨特技能召喚魔族嗎？

這個問題很快就有了答案。樞機卿附近的空間產生龜裂，裡面伸出了一隻灰色的手。

那是有著跟羊一樣的角、頭部是蜥蜴的五十級中級魔族。

「霍姆霍姆，回來保護美都！」

即使霍姆霍姆因為美都的強化魔法實力大幅提升，這對四十級的她來說仍是個重擔。

我將用來應付樞機卿觸手的霍姆霍姆和光之劍調去保護美都。

「那些傢伙我會設法解決掉。」

「不愧是勇者，真是勇敢。」

樞機卿看似愉快地說道。

「不過，數量還會增加喔。」

他的身體不斷發出紫色光芒，靴子彷彿在與之呼應般化為白色結晶掉了下去，每當有白色粉末飄落，他的褲管就會隨風飄動。

他所說的「將吾身作為祭品獻上」似乎就是指這麼一回事。

「你打算與魔界的軍隊戰鬥嗎？」

張開雙手的樞機卿背後出現了無數的龜裂，魔族不斷從中現身。

真是驚人的數量。

我總算明白他為什麼會用軍隊形容了。

各式各樣、大小不一的魔族從龜裂中竄出，整齊地排成一列。

就像是為了與天使軍團戰鬥聚集而成的地獄軍隊一般充滿魄力。

此時空氣產生震動，數道格外巨大的龜裂產生，裡面紛紛走出如同怪獸一般強大的魔族身影。

「上、上級魔族……」

我身後的霍姆霍姆語帶畏縮地小聲說道。

沒錯，正如她所說，那毫無疑問是上級魔族。

牠們展開因為瘴氣而染上漆黑的羽翼，悠然自得地飛在王都上空。

如果現場有吟遊詩人的話，說不定會用帶來破壞與殺戮的死之象徵來形容這副光景。

「勇、勇者……」

霍姆霍姆抱著美都往後退。

雖然美都依然在進行詠唱，但那顫抖的語氣能看出她正感到害怕。

眼前的魔族大軍，似乎厲害到就連打倒過三大魔王之一的王祖大和都會感到畏懼不已的程度。

「呵呵呵——你的同伴似乎決定撤退了啊。」

樞機卿語帶嘲笑地俯瞰著我們。

這似乎是他隱藏在善人面具之下的本性。

「勇者無名——你，打算孤身一人面對這個局面嗎？」

在露出得意表情的樞機卿身後，魔族軍隊正在互相使用支援魔法進入備戰狀態。ＡＲ顯示出魔族們的攻擊力和防禦力都有飛躍性地上升。

有人數優勢的敵人還使用了強化魔法。

這個狀況確實堪稱絕望。

然而——

「我可不是孤身一人。」

一發彷彿能貫穿天際的藍色光彈，擊中了浮在中間的上級魔族頭顱使其粉碎。

無庸置疑，這是露露的加速砲所造成的。

「怎麼可能！竟然只用一擊就打倒了擁有稱號的上級魔族？」

從這破格的威力來看，應該是使用了我將魔力超量填充的特製聖彈吧。

這種在初次攻擊就使用數量有限的超量填充彈的決策力，一定是亞里沙的指示。

『黃金騎士團參上！』

亞里沙在戰術輪話裡大聲喊道，夥伴們回應的聲音也傳了過來。

『亂羽刃嵐。』

蜜雅的聲音響起，從遠方飛來的金色羽毛將中級與下級魔族斬裂焚燒，同時限制了上級魔族的行動。

『發色～？』

『發射喲！』

巨大的火球接二連三命中，將上級魔族吞沒其中。

那是裝在飛空艇上的艦首六連裝魔砲砲彈。

夥伴們搭乘的飛空艇正從王都公園的方向飛來，今天的駕駛員好像是亞里沙。

『莉薩小姐，魔族過來了！速度好快！』

外型類似火箭的魔族以驚人的速度朝飛空艇飛去。

『——魔槍龍退擊。』

站在艦首的莉薩在擦身而過的瞬間擊落魔族。

魔族臨死之前伸出觸手綁住莉薩的腳，將她拖出飛空艇。

『莉薩小姐！』

『交給我。』

隨行在飛空艇身旁的迦樓羅伸出翅膀接住了莉薩。

真希望妳們不要打得這麼令人膽戰心驚。

「這就是打敗『狗頭古王』和『黃金豬王』的攻擊嗎！」

看到夥伴們大顯神威，樞機卿說出了錯誤的感想。

「你打算投降了嗎？」

「別開玩笑了——《打開吧》。」

樞機卿在身邊打開道具箱。

他伸出由舌頭變成的觸手進入道具箱，並用長在觸手尖端的嘴吞下了某種漆黑的物體。

雖然我立刻發出集束雷射，卻因為瞬間受到球形障壁阻攔而未能趕上。

我僅有一瞬瞥見了那項漆黑物體，其名稱叫作「邪念結晶的碎片」。

「咕嗚——咕啊啊啊啊啊啊啊啊啊啊啊啊啊啊啊！」

樞機卿就算被集束雷射擦過，半張臉與肩膀燒成焦炭都不吭一聲；然而他現在正抓著胸口發出慘叫。

——是中毒了嗎？

「只要是為了召喚吾神……即使要犧牲一切……我也無悔！」

樞機卿氣喘吁吁地說。

原以為他要服毒自殺，但似乎不是這樣。

「咕啊嚕嗚噢ＯＯ啊啊啊ＡＡ啊啊ＡＡＡＡ！」

他的皮膚逐漸變得漆黑，身體表面不斷隆起，衣服從內部撐破，露出了如鎧甲般的肌膚。那令人聯想到昆蟲的身體上，浮現出深色的暗紫色寶石和結晶狀的紋路。總覺得令人感到十分詭異。

AR顯示他的稱號變為「殉教者」，種族名稱也變成了「瘴魔」。

雖然似乎不是魔王，仍能感覺到周遭上級魔族也完全無法與之相提並論的力量，看來是個不可小覷的對手。

他的身體再度出現了變化。

俊俏的臉連同脖子一起伸長，從手腳位置長出來的觸手中途岔成不斷蠕動的分支。

「是不當人了嗎？」

——ＡＰＷＵＯＳＳＳＳ。

樞機卿發出宛如魔族般的咆哮。

看來，他已經變化到無法交談的程度了。

——ＡＰＷＵＯＳＳＳＳ。

樞機卿的身體至今依然流動著暗紫色的波紋，不斷地召喚出魔族。

我目不轉睛地盯著樞機卿。

雖然我認為只要讓他把剛才吞下去的「邪念結晶的碎片」吐出來就能恢復原狀，但用了地圖搜索才知道那玩意兒已經不存在他的胃裡。

葛延先生被魔人心臟附身那時的奇跡似乎不會再發生了。

當我用集束雷射瞄準樞機卿——瘴魔的額頭時，亞里沙透過戰術輪話傳來通訊。

『主人，東邊！小玉覺得東邊怪怪的！』

——東邊？

雷達上沒有任何東西。

接著打開地圖一看，才發現遠方有個光點以超過音速的速度衝過來。

「來自主人的傳令，『快去避難』。」

霍姆霍姆這樣大喊，抱著仍在繼續詠唱的美都遠離魔法陣。

糟了——

『快讓飛空艇離開魔族和魔法陣！』

不行，來不及了。

『娜娜！省略檢查項目，緊急發動移動堡壘！』

『是的，主人。』

飛空艇改變路線，啟動了飛空艇上搭載的移動堡壘機能。

下個瞬間，刺眼的光芒閃過，粗大光束轉眼間就將魔族一掃而空。

魔族們瞬間蒸發，成功擋下攻擊的上級魔族也全身冒煙、奄奄一息。

瘴魔的球形障壁灰飛煙滅，牠本身也連同疑似用來防禦而變成焦炭的觸手一起燒得焦黑。從牠的體力計量表來看，似乎勉強活下來了。

『剛、剛剛那是什麼？』

『龍之吐息。』

威力強到完全不像是從幾公里外的地方發射過來的。

難怪大家都說比起魔王，龍族參戰的受災程度更大。

『沒受傷吧？』

『嗯，這邊沒事——嗚哇啊哇哇啊啊啊啊啊啊！』

銀白色的天龍以亞音速飛了過來，飛空艇被牠那長達三百公尺的巨大身軀引發的亂流所攪動。

——ＡＢＷＵＯＺＺ。

天龍用下顎咬住瘴魔衝過我們面前。

隨後用龍牙貫穿瘴魔，澈底碾碎牠的身體做出了致命一擊。

『主人！魔法陣！』

『我知道！』

沒等亞里沙說完，我已經察覺到魔法陣正猛烈閃爍，就像是即將召喚某種事物似的。

就跟樞機卿說得一樣，即使施術者死亡，魔法陣也不會消失。

再這樣下去，將會無法避免與魔神一戰。

我懷抱一線希望，回頭看向仍在繼續詠唱的美都。

「……[redacted]神威崩魔陣——！」

美都朝天高舉長杖發出吶喊，雨水伴隨著無數風鈴般的聲響自王都天空灑落。

下個瞬間，美都的魔法便將覆蓋王都的魔法陣破壞殆盡。

『成功了嗎？』

『主人，不要亂立旗啊！下面！地面上還有魔法陣！』

當我忍不住這麼說的瞬間，就被亞里沙吐槽了。

『沒問題——妳看。』

蜜雅才剛說完沒多久，地上的一角發出無數光芒，光芒聚在一起朝魔法陣射了過去。

隨後地上響起無數玻璃碎裂的聲音，魔法陣也隨之碎裂消失。

『雅典娜她們。』

看來希嘉三十三杖使用同調魔法消滅了地上的魔法陣。

『挺厲害的嘛。』

『真囂張。』

聽到亞里沙用高高在上的語氣誇獎，蜜雅吐槽道。

『主人，上空的雲朵散掉了，我這麼告知道。』

正如娜娜所說，魔法陣上方不斷翻湧的雲層正逐漸散去。

我在雲縫灑落的陽光照耀下，降落到飛抵我身旁的飛空艇甲板上。

『這樣事情就告一段落了吧？』

我安心地吐了一口氣。

◆

「主人，還沒結束！」

「小玉非常害怕喲。」

除了擔任駕駛員的亞里沙以外，其他人都衝到了降落到飛空艇甲板上的我面前。

烏雲散去的天空逐漸變得陰暗。

是日食。況且太陽異常快速地沒入月亮的背後。

「佐藤！很危險，精靈們顯得很不安，都快哭了。每個孩子都逃往地面！他們似乎很害怕上面，是上面。」

在蜜雅久違的長篇警告催促下，我注視著將太陽完全遮住的紫色月亮。

——見到了以紫色月亮為背景的三根黑色線條。

當我看見那些線的瞬間，身體深處湧起一股彷彿被人塞進冰柱般深入骨髓的恐懼感。

即使將恐怖耐性開到最大也沒用。

無法完全消除恐懼。

樞機卿曾經說過「太遲了」。

接著還提到「吾神將會以這個魔法陣作為路標降臨於此」。

那三條線就是神降臨的預兆嗎？還是說，是召喚神失敗的殘渣呢？

雖然距離遠在地圖之外，但還是能清楚知道很不妙。

「主～」

「佐藤。」

小玉鑽進我的斗篷裡，渾身顫抖地抓著我的腳。

蜜雅則是緊抓著另一隻腳。

目前明白那些黑線有多恐怖的人，似乎只有我和她們兩個。

「好大……」

目測三條線的寬度為十公尺，高度則是九公里，本以為是人影卻異常地纖細……

雖然起初見到時感覺更粗，不過那大概是黑線在吸收光的緣故才會看成那樣吧。

那玩意兒緩緩降了下來，停在王城上空五百公尺左右的天上。

三條線終於在此時進入了地圖範圍。

顯示的情報是「身分不明(Unknown)」。

就跟那個玩弄狗頭的神祕小女孩一樣。

「不行，那個不行。絕對喔。」

「回家吧～？」

蜜雅和小玉仰起頭說道。

雖然要拉開感到不安的她們有點可憐，但我有種要是那玩意兒展開行動，王都將會毀滅的預感。

「大家留在飛空艇上，接下來是我的工作。」

我溫柔地將兩人拉開，並託付給莉薩和露露。

『主人，那是什麼？有那麼不妙嗎？』

『嗯，比魔王還要糟糕。』

我這麼回答了亞里沙藉由戰術輪話提出的問題，接著用天驅前往在飛空艇附近仰望著天空的美都與霍姆霍姆身邊。

「妳知道那是什麼嗎？」

「嗯，我知道。雖然和過去的樣子不同，但那是『魔神的產物』，也就是被不完全召喚的『魔神』一部分。」

美都臉色蒼白地小聲說道。

看來美都也跟我一樣，能明白祂究竟有多可怕。

「妳曾經見過那個嗎？」

「嗯，以前看到的是像黑色黏液般的東西。」

「過去是怎麼打倒祂的？」

「用一般的方式沒辦法。劍和魔法都行不通。只有像小天她們那種抵達亞神領域的人，或者神明才有辦法傷害到祂。」

美都看著在王都上方空盤旋的天龍說。

「以前是小天喚來的龍神大人將其打倒的。」

龍神已經不在世上。

因為被我殺掉了。

「感謝妳的情報，之後交給我吧。」

「咦？交給你……就算是『產物』或『一部分』，那也毫無疑問是神喔？」

「沒問題的——」

我用天驅從飛空艇的甲板上升空。

「——我已經不是第一次弒神了。」

我朝愣住的美都微微一笑，往三條線的方向飛了過去。

『亞里沙，讓飛空艇全速離開王都。同時為了能在緊急時刻逃脫，做好轉移準備。』

我對駕駛座上的亞里沙下達指示。

『不行！不可以那樣！』

『沒錯喲！正義的夥伴是不可以逃跑的喲！』

『波奇說得對！要是我們逃走了，誰來保護王都的人啊！』

亞里沙和波奇如此主張。

『敵人就交給主人打倒。我們去幫助來不及逃走的王都居民！』

『主人，我也贊成亞里沙的意見！』

『主人，保護幼生體是絕對的。』

露露和娜娜似乎也贊成。

『小玉雖然害怕，但會努力～？』

『我也會貢獻微薄之力。』

隨後小玉和莉薩也這麼說。

『我明白了。那麼王都就交給妳們保護嘍。』

聽我這麼說，夥伴們一同發出喜悅的歡呼聲。

『只不過！絕對不能逞強！一旦我發出指示，大家就要立刻利用亞里沙的轉移逃跑！聽懂了嗎！』

這次的對手可不是開玩笑的，所以要事先慎重叮嚀。

「慢著，我也要去。」

美都躍上空中，來到轉頭看著三條線的我身邊。

「不需要。雖然很抱歉，但妳只會扯我後腿。」

因為讓她一起跟來太過危險，所以我略帶嚴厲地說道。

「……明白了。雖然無法成為戰力，但至少讓我支援一下。」

美都藉由無詠唱使用強化魔法覆蓋在我身上。

真厲害。雖然因為會發光而不具備絲毫隱蔽性，但武器戰鬥力跟防具防禦力都提升了三倍左右。

「佐藤。」

迦樓羅極為迅速地飛到我身旁。

牠的頭上坐著亞里沙和蜜雅。

「你心愛的小亞里沙，要送你最厲害的身體強化喔！」

全身充滿了熾熱的力量。

這是亞里沙的火系上級身體強化魔法。

「再加一個附贈的！」

似乎還加上了空間魔法系的防禦魔法。

此時亞里沙突然和蜜雅一起轉移到了美都身邊。

「咦——呀啊！」

緊貼在美都身上的亞里沙抓住霍姆霍姆的手，四人一同轉移回到飛空艇上。

而迦樓羅則依然停在我身旁。

是打算當我的護衛嗎？

『主人，加油！』

繼亞里沙之後，夥伴們也紛紛鼓勵我。

為了拯救留在王都郊外公園的人們，夥伴們和美都搭乘的飛空艇展開了行動。

「那麼，我也出發吧。」

我透過閃驅前往空中三條線的所在地。

如果是話說得通的對手就好了。

◆

「好大……」

我在漆黑的三根線對面的位置停了下來。

——嗯？

紅蓮之炎自王城的角落發出，朝三條線飛了過去。

雖然那似乎是希嘉三十三杖使用同調魔法使出的特大攻擊魔法，但那道火焰命中其中一根黑線之後，便如同蒸發般消失無蹤。

緊接著其中一條黑線的根部開始呈現旋渦狀——

——不妙。

我運用閃驅擋在黑線與王城之間。

在千鈞一髮之際成功拔出神劍並將稱號換成「弒神者」。

黑線像鞭子一樣朝王城拍打過去，但被我用架在身體前面的神劍擋了下來。

觸碰到神劍之後，黑線迸發出漆黑的火花裂成兩半。

我在飛濺的火花即將消失之際才見到其原本的顏色。那是相當深沉的暗紫色。

——唔！好沉重。

我雖然用天驅抵抗慣性，但也在瞬間被推到差點撞上王城的地方。

要是沒有亞里沙和美都的強化魔法，我可能早就被壓倒了吧。

但繼續這樣下去只會越來越糟。

底下的王城有穆諾男爵領的人和朋友們在。國王和宰相也是，關係已經好到不能見死不救了。

雖然隨意魯莽出擊引起黑線注意的希嘉三十三杖算是自作自受，不過我也不打算丟下他們不管。

我不斷對自己施放身體強化技能。

全身滿是過於充沛的力量。

但即使如此還是不夠。

再這樣下去，被壓倒只是時間早晚的問題。

——RYWURWAAAE。

一雙黃金色的鳥爪推著我的背。是迦樓羅。

同時一道藍光從王城延伸而出，賦予了我力量。應該是國王將都市核的力量灌注到我身上吧。

「唔噢噢噢噢噢噢噢噢噢噢噢噢噢噢噢噢！」

我鼓足氣勢地發出吶喊，用快要骨折的手臂支撐神劍抵抗著黑線。

讓人覺得既無限漫長又稍縱即逝的攻防戰結束，裂開的黑線暫且和王城拉開了距離。

「——呼！」

看樣子總算撐過去了。

部分位置一分為二的黑線也只是單純裂開，很快又縮回黑線本體恢復了原狀。

沒想到用神劍砍斷也無法將其摧毀……。

我用天驅離開王城，衝向準備發出第二次攻擊而開始旋轉的黑線下方。

——毀滅吧。

心臟怦通怦通地猛烈跳動。

——毀滅吾等之敵吧。

心跳聲怦通怦通地與神劍漆黑靈光的脈動重疊在一起。

我感受到神劍無聲的意志。

——給我祭品，給我糧食。

我的魔力飛快地流進神劍。

再這樣下去，感覺會在開始戰鬥前就因為魔力突然匱乏而倒地不起。

我從儲倉拿出聖劍王者之劍來吸收魔力，進而補充自己的魔力損失。

每當我的魔力被吸走，漆黑的劍刃就會逐漸伸長。

等到我把聖劍的魔力全部注入完畢之後，劍的長度已經超過十公尺。

——毀滅吧。

此時神劍的意識有了改變。

——向吾展示真正的力量。

這句話浮現在我的腦海中。

宛如察覺到了天敵的存在，黑線的下半部朝我轉來。

我彷彿受到神劍驅使，講出了那句話。

「神劍啊——帶來《毀滅》吧。」

說不定我不該說出這句話也不一定。

——真正的黑暗造訪了日食的天空。

神劍毀滅了碰觸到的光芒。

——寂靜籠罩漆黑的天空。

神劍毀滅了碰觸到的空氣。

然後——

神劍碰觸到的黑線就像蒸發似的逐漸分解成紫色霧氣，如同被吸進神劍漆黑的劍刃般消失了。

我用閃驅延著黑線逆勢而上，轉眼間就衝上位於九公里高空的頂端將其澈底摧毀。

還剩兩條。

◆

幸運的是，黑線之間似乎沒有同伴意識，即使第一條線被摧毀，其他黑線現在也依然浮在空中毫無動靜。

之後只要能各個擊破就沒問題了。

「什麼嘛，這不是比想像中得還要輕鬆——」

我因為黑線過於脆弱而放鬆警惕，自言自語地說出這種話。

但在見到底下的光景後，我那本來興奮不已的心情就像被人潑了冷水般冷卻了下來。

下面那變得渺小的王城，有一角已經完全消失了。

幸好王城的人們所在的天守閣平安無事，但如果我在天守閣附近詠唱神劍「聖句」的話，那可就闖下無法挽回的大禍了。

——反省、反省。

之後再好好反省，現在還是先解決這個狀況吧。

我藉由ＡＲ顯示得知《毀滅》的範圍大約是幾百公尺。

將黑線引到不會給地面帶來影響的高空再解決祂應該比較好。

我用長射程的「光線」魔法攻擊黑線，並趁它攻擊我的時候用《毀滅》狀態的神劍將其消滅。

雖然從剛才開始我就因為空氣不足而有點難受，不過從體力與精力計量表來看，要撐個一兩個小時應該不成問題——我的身體實在很作弊。

——唔！

眼前的黑線從表面裂開，彷彿樹枝的東西變得像鞭子一樣襲擊過來。

黑色鞭子穿過神劍的《毀滅》領域，即使逐漸崩壞依然甩到了我的眼前。我一邊用閃驅躲開那以肉眼難以跟上的速度襲來的黑鞭，接著在空中扭轉身體揮出神劍躲過一劫。

在我閃避位置的後方，黑鞭將其中一座包覆著數層都市核守護的尖塔整個甩飛，剩下的上半部分直接墜落了下去。

要是被那種攻擊命中，不管身體再怎麼堅固也肯定會受到重創。

我回過頭一看，發現黑線正不斷從本體分離出來並化為黑鞭。

——唔！

我一邊以毫釐之差躲開縱橫無盡襲來的漆黑鞭子，同時用神劍一根一根將其澈底摧毀。

就像在跳著與死相鄰的舞蹈一樣，我利用空中的立足點踏出舞步，死命施展體術躲避黑線的攻擊，並將本體毀滅殆盡。

「——呼。」

總算是打倒第二條了。

我真想痛罵準備應付第二條時的自己。

幸運的是即使第二條黑線已經窮途末路，第三條黑線也依然文風不動地飄在原處。要是祂們同時朝我發起攻擊，我肯定無法全身而退。

——幸運嗎……

話說回來，那些黑線為何只會飄在那裡呢？

就目前看來，黑線就像MMO－RPG裡的的被動怪一樣，就算其他黑線遭到攻擊也一動也不動；除非自己受到攻擊，否則沒有任何反應。

是因為召喚出黑線的樞機卿早已死亡因此沒有人能下達命令，還是黑線本來就有其他用途呢？實在非常神祕。

雖然思考這些多餘的事只花了我短短數秒，但問題就發生在那數秒之間——

昏暗的天空上，出現了如同朝陽升起般的白色光芒。

白光匯聚在一起，化為一條白色光束猛烈地撞上最後的黑線。

光束將部分黑線一分為二之後依然筆直地衝了出去，將位於王都對面的穀倉地帶化為一條灰燼和壕溝。

——這是天龍釋放的「龍之吐息」。

天龍以能與我的閃驅匹敵的速度從上空俯衝而下襲向黑線。

接著用據說能夠「貫穿一切」的牙齒將其撕成碎片，再揮出纏繞光芒的巨大爪子將黑線劈開。

天龍咬著黑線的下半部，趁勢飛出王都範圍。

被天龍撕碎後留下來的黑線，前端變成巨大的下顎朝天龍追了過去。

——休想得逞喔。

我趁著黑線將目標放在天龍身上時，用閃驅靠近位在王都上空的黑線一角，用神劍的《毀滅》之力將其消滅。

到目前為止還挺輕鬆的，但中途黑線突然把目標從天龍轉移到我身上，導致我就跟剛才一樣，和不斷揮舞的黑鞭展開激戰。

即使已經是第二次交手，但這種不允許絲毫鬆懈的戰鬥實在相當沉重。

持有能一擊必殺的神劍算是唯一的救贖吧。

當我摧毀第三根黑線的時候，天龍似乎也將咬下來的殘餘黑線澈底撕碎了。

暗紫色的霧氣以天龍為中心消散而去。

「呼——這下就告一段落了吧。」

我安心地吐了口氣，飛向傷痕累累的天龍。

◆

——KUROOOUUUNN！

天龍朝正前方發射的吐息被我用閃驅躲了開來。

我將神劍收進儲倉，前往天龍的所在地。

「住手！我是妳的同伴！」

天龍無視我的吶喊，開始到處亂噴吐息。

挖開大地，轟出山谷，掀飛山壑跟丘陵。

——是沉浸在戰鬥的興奮感之中了嗎？

「給我清醒點！」

我用閃驅朝給人添麻煩的天龍側臉祭出一記飛踢。

但這記能將巨大龍牙踢斷的飛踢，卻沒能讓牠恢復正常。

我的視線注意到了纏在天龍銀白色鱗片上的黑線殘渣。

「那就是原因嗎——」

是因為有一部分跟天龍同化了嗎，牠那銀白的鱗片染成一片漆黑。同時被黑線糾纏的鱗片現在正發出如同木板碎裂的聲音不斷裂開。

——KUROOOUUUNN！

受到黑線侵蝕的天龍發出痛苦的叫聲。

就連懂得龍語的我也聽不懂那叫聲的含意，因此肯定是慘叫聲吧。

天龍不斷揮動尾巴，身體一躍而起飛上天空。

——不妙。

神智不清的天龍把頭轉向王都。

我勉強追上突然猛烈加速打算撞進王都街上的天龍，抓住牠巨大的尾巴，接著以空中為立足點不斷轉圈，並將牠扔出王都範圍外。

雖然我認為這種做法相當過分，但這麼做是必要的。

如果讓牠的巨大身軀掉進王都，誰知道究竟要付出多少犧牲。

巨大的聲響伴隨著煙塵響起，天龍背部將王都的穀倉地帶化為荒地，砸出了如同山谷般的深溝。

抱歉了，各位農家。之後會幫你們恢復原狀的，現在就先原諒我吧。

「那麼，接下來——」

我從儲倉拿出神劍。

或許是因為摧毀黑線本體而感到滿足了吧，神劍不再產生詭異的脈動，也解除了《毀滅》狀態。

雖然黑色靈氣依然想從我身上奪走魔力，但只要鼓起幹勁就能在短時間控制住。

我用地圖將天龍吃剩的黑線碎片做好標記，並用神劍將其一一消滅。

畢竟留下這種東西，誰知道會發生什麼事。

其中就有一塊碰到了倖存下來的「奇形大鼠」。

下個瞬間——

老鼠突然翻過身來，以魔核外露的模樣變得宛如不定形的史萊姆般動了起來。

接著開始吸收四周的瓦礫和魔物屍骸漸漸巨大化。本來等級是十到二十之間的奇形大鼠，在巨大化結束時提升到了五十級。

如果是在清除紅繩魔物之前的話可就危險了。

我用「理力之手」將老鼠史萊姆打上半空，接著在正下方使出「聚光」和「光線」的組合魔法，將牠的身體連同防壁一起切個粉碎。

普通攻擊似乎對黑線本體之外的部分有效果。
我瞪著從空中墜落的魔核。
黑線就藏在外露的魔核之中。
我從地面跳起，用神劍將墜落下來的魔核連同黑線一起砍碎消滅。
我一邊像那樣進行事後處理，一邊用天驅前往在王都外圍摧毀山丘、不停地掙扎的天龍身邊。
天龍在AR顯示上的狀態變成了「失控」和「侵蝕：魔神的產物」。
看來原本顯示「Unknown」的黑線真面目，毫無疑問就是美都所說的「魔神的產物」。
我打開地圖。
天龍遭到黑線侵蝕的地方有二十七個。其中黑線殘渣大部分集中在頭部、尾巴和逆鱗等三個地方。
——既然如此。
雖然有點粗暴，但請原諒我吧。
我單手拿著神劍衝向天龍。
失去理智的天龍不斷揮舞著由銀白鱗片覆蓋的巨大尾巴。因為離心力而提升威力的尾巴以超越音速的速度砸向我。

王祖大和的繪本中有寫到，天龍的鱗片就連聖劍都能彈開。

牠的鱗片據說還能抵擋那個「黃金豬王」的魔劍。

但是，在神劍面前就跟紙片沒兩樣。

我斬下天龍的尾巴，並消滅了纏在尾巴上進行侵蝕的大量黑線。

——KUROOOUUUUNN！

我衝上發出慘叫的天龍背部，將黑線連同部分肉身一同挖出並加以消滅。

雖然有點粗暴，但要是太過溫吞導致牠全身被侵蝕的話可不是鬧著玩的。屆時災情肯定會比魔王出現更嚴重。

在心底為過於粗魯一事道歉後，我繼續將內心化為魔鬼。

雖然全身沾滿龍血，但僅僅過了數秒，我便成功消滅了大部分的黑線。

——只剩下逆鱗和頭部了。

這部分不能連同身體一起挖開。

只能用手抓住黑線將其扯出才行。但要是隨便觸碰的話，或許連我也會被侵蝕。

我在沒有拿神劍的那隻手表面形成「聖光鎧」。

接著在直接伸手去抓之前又打消了念頭。

——雖然只是一部分，但對手畢竟是神，要記得一個不小心就會萬劫不復。

我責備起自己的驕傲心態，稍微靈機一動試著將聖光鎧變質。
既然更換魔劍的構成素材就能製作聖劍。
以及魔刃也存在名為聖刃的亞種的話。
那神之力是否也能用同樣的方式重現呢？
我藉助神劍之力，將神氣灌注在聖光鎧上。
原本發出湛藍光芒的聖光鎧，也逐漸染上了如同神劍一般的漆黑色澤。

——簡直就跟黑線一模一樣。

不要去想些多餘的事，佐藤。
我用纏繞神氣的手抓住竄出天龍頭部、如同呆毛一樣的黑線並且扯了下來。
雖然天龍發出了更大的慘叫聲，但現在不是在意這個的時候。
扯下來的黑線，被我用另一隻手拿著的神劍澈底消滅。
緊接著，當我扯下最後纏在天龍逆鱗上的黑線時，不小心連同逆鱗一起扯了下來。
或許是痛得不得了吧，天龍在發出淒厲的慘叫聲之後就昏了過去。
我用神劍消滅從逆鱗上扯下來的黑線，同時內心默默地向天龍道歉。

「呼，真是累人。」

我將神劍收回劍鞘並放進儲倉，然後打開主選單。

用地圖確認已經沒有黑線的殘渣，順便往ＡＲ顯示的紀錄看了一眼。

>打倒了「魔神的產物」。
>打倒了「魔神的產物」。
>打倒了「魔神的產物」。
>獲得稱號「神徒」。
>獲得稱號「觸犯禁忌之人」。
>獲得「」技能。
>獲得稱號「拷問王」。
>獲得稱號「虐待狂」。
>獲得稱號「天龍的天敵」。

雖然有些並非出於我本意的稱號，但事到如今我也不想去吐槽掌管系統的某人了。

事已至此我才想到，這或許是忘了用神劍消滅可能寄宿在樞機卿身上「神之碎片」的關係吧，但當時應付即將發動的魔法陣比較重要，這也沒辦法。

雖說有點懊悔，但做事如果過於追求效率，感覺會吹毛求疵，還是接受其次就好。

姑且不論那些失敗，或許是因為打倒了三隻「魔神的產物」的緣故，我的等級來到了三百一十二級。

顯示獲得沒有名字的技能是遇到錯誤了嗎？技能欄上也不見蹤影。從前後的紀錄來看，我認為那可能是纏繞神氣的能力，或是未登錄名稱的隱藏技能。

「——哎呀，那些事情之後再說。」

雖然精神與肉體方面的疲勞使我差點失去意識，但我依然用上級體力恢復藥和治癒魔法前去治療天龍的傷勢。

桶裝上級魔法藥的效果非常驚人，不僅切斷的尾巴重新接了回去，被剝下的鱗片與在戰鬥中折斷的角和爪子也逐漸再生。

而折斷的牙齒雖然無法復原，但黑龍說過龍的牙齒會重新長出來，所以就算了吧。

或許是因為疲勞吧，總覺得思緒有點馬虎隨便。

說不定這是我來到異世界後第一次累成這樣。

而且……左手從剛剛開始就沒有感覺。

為了確認左手的狀況，我脫下了無名裝備的手套。

「這是怎麼回事？」

見到手套底下的左手，我頓時啞口無言。

它失去了原本的膚色，染成一片漆黑……

尾聲

「我是佐藤。雖然有句話叫做『塞翁失馬，焉知非福』，但我真不希望不幸緊隨幸福而來。果然，最後迎向快樂結局才是最棒的呢。」

「是纏繞神氣的後遺症嗎？」

我俯瞰著自己變得一片漆黑而毫無光澤的左手。

如果是在中二病的時期，我一定會大喊「鎮靜下來吧！吾之左手啊！」表示歡迎吧；但現在的我只覺得困擾。

雖然手指姑且還能動，但完全沒有手的感覺。

染成黑色的部分只到手肘與手腕的中間左右。

但是，眼看邊緣的漆黑正逐漸擴大。

——不妙。

即使淋上下級萬能藥也絲毫沒有好轉。

動用亞里沙專用的萬能藥就當作最後手段吧。

「藥不行嗎……」

這麼一來，我造訪漂亮大姊姊的店時不就會少了很多樂趣嗎……

——如果砍掉，我能長出新的手臂嗎？

或許是因為疲勞吧，思緒不斷空轉，腦中冒出了愚蠢的感想和念頭。

平時的我絕對不會選擇這麼做，但這時的我宛如受到上天啟示，感覺那是個好主意。

我將儲倉裡的聖劍迪朗達爾拿出來。

用右手拿著迪朗達爾敲了敲漆黑的左手。

金屬般堅硬的觸感傳了過來。

我下定決心，看準漆黑和膚色的邊界部分，朝著左臂揮下迪朗達爾。

接著清脆的聲音響起，分成了兩半。

——聲音的來源，是聖劍迪朗達爾。

居然能夠折斷神授聖劍，到底是有多硬啊。

我疲憊的心默默地吐了個槽。

魔力從聖劍斷裂的部分滲出，化為猛烈吹拂的強風。

我用時常發動的「理力之手」抓住飛出去的劍尖，同時為了防止魔力從手上的劍流逝而加強控制。

我將回收的劍尖收進鞘裡，接著把迪朗達爾剩餘的劍身也放回去。

以前嘗試聖句時，修復的是與「黃金豬王」戰鬥時造成的小損傷。

我不抱希望地詠唱了聖句。

「《化為永恆吧》迪朗達爾。」

劍鞘發出藍色的光芒。

待光芒平息下來之後，出鞘的迪朗達爾恢復了折斷前的模樣。

說不抱期待就是在說謊了，但我沒想到竟然能把斷開的劍刃接回去。

不愧是穩定的開場用武器，今後也要拜託你嘍。

我再度嘗試切斷手臂。

我試著觸摸剛才砍的地方，只有顏色是膚色，觸感跟黑色部分沒有區別。

我捲起無名裝備的袖子，接著用右手確認手肘和肩膀的中間，也就是上臂的部分是否柔軟，接著再用迪朗達爾砍了下去。

「——唔！」

鮮紅的血液溢出，手臂掉落在地面。

託痛苦耐性的福，我並未感到疼痛，但這不是看了會開心的事情。

我將掉落的手臂收進儲倉，用「理力之手」按住傷口。

有幾滴血滴答滴答地從斷面處滴到了地面。

下個瞬間——

綠色藤蔓震撼地面、劃破空氣朝天空延伸。

起初還以為是出現植物型魔物而拉開了距離，但剛剛那是成長到高度十公尺左右的番薯藤蔓和葉子。

除了尺寸不太正常之外，只是非常普通的植物。

難道原因是我的血嗎？

如果有空的話實驗一下倒是無妨，但現在不是做那種事情的時候。

我拿出裝有上級魔法藥的木桶，將手伸了進去；因為用來分裝上級魔法藥的小瓶子已經沒有了。

上級魔法藥中混進了我的血。

雖然有點浪費，但待會兒就把這個桶子扔掉吧。藥這種東西之後再做就行了。

不久後手臂開始再生。就跟薩里貢在迷宮上層失去腳的時候一樣長出骨頭，肌肉和肌腱也逐漸伸長。

感覺就像以前在動畫中看過、白骨重新恢復成人體的場景似的。
接著我將手臂從桶子裡抽出，確認是否已再生完畢。
「呼，累死了……」
明亮的陽光照耀著我。
看來日食似乎已經結束了。

◆

「小天～！」
「主人沒有回應。」
我的「順風耳」技能聽見了乘坐長杖從王都那邊飛來的美都和利用自己的翅膀飛來的霍姆霍姆兩人的聲音。
同時幾片發亮的東西從兩人的方向飛了過來。
是光之劍。它似乎結束美都的護衛任務回到了這裡。
我將眼前恢復原狀的光之劍收回儲倉。
「小天！」

『……嗚、嗚嗚……』

天龍大概恢復意識了吧，龍語的呻吟聲傳了過來。

「小天，沒事吧？」

「主人？」

『——啊！』

天龍猛然抬起頭來。

『美都！快逃！那傢伙！那傢伙要來了！』

天龍說出「那傢伙」的時候感覺像是在找我，不過肯定是我的錯覺吧。

「咦？等等，小天？」

天龍雙手抓住美都和霍姆霍姆。

『再不快逃，又會被那傢伙剝逆鱗了啦啊啊啊啊啊啊啊！』

「就、就說等一下了啦！」

天龍大聲喊道，接著便飛向天空的彼端。

「真是些吵吵鬧鬧的傢伙……」

我抬頭仰望著天龍飛走的方向低聲說道。

如果美都的真實身分真的是我認識的那個人，我想告訴她自己就是鈴木一郎，聊一聊各方面的事。

但現在還有其他更該做的事。只要在美都身上做好標記，往後應該隨時都可以見到面。

『主人——！』

夥伴們搭乘飛空艇來到了我身旁。

我將裝滿血的木桶和異常成長的植物收進儲倉，然後用天驅朝飛空艇的甲板飛去。

『已、已經結束了？感覺事情挺嚴重的，沒事吧？有沒有受傷？』

『嗯，我沒事。』

這時候就不需要說些多餘的話讓她們擔心了吧。

我降落在飛空艇的甲板上。

『娜娜，將飛空艇開去王都，首先救人要緊！』

『是的，主人。』

雖然也必須整理農田，但還是先去幫助因為這一連串事件而被留在瓦礫之下以及受重傷的人們。我打算等救人結束之後，再用土魔法「農地耕作」一口氣將農田修復。

在前往王都的路上，我連續射出兩發「追蹤箭」收拾掉尚未被打倒的紅繩餘孽，並且將解決掉「魔神的產物」的事告訴國王。

而天龍的斷牙和戰鬥中掉落的鱗片等部位，要是放置不管的話可能會成為新的災禍種子，所以我仔細用地圖搜索並加以回收。

「主人，那個！」

國王的立體影像再次出現在王都上空，他向民眾報告勇者無名已經解決了王都的危機。

或許是因為這個緣故，當我們抵達王都展開救助行動時，許多民眾向我們揮手、大聲說出感謝話語或大呼萬歲。

「喵嘿嘿～？」

「大家都笑嘻嘻喲。」

「這都是多虧了小玉和波奇，還有大家的努力喔。」

我撫摸著小玉和波奇的頭，同時出聲表揚夥伴們。

這種明確的感謝與聲援能夠化為動力，所以得好好稱讚她們。

「走吧，繼續救援行動！還有許多人正在等待我們的幫助呢。」

「系！」

「收到了喲！」

聽亞里沙拍拍手這麼說，夥伴們也擺出了敬禮姿勢轉換心情。

當我從飛空艇伸出「理力之手」救人的時候，在甲板上指示砂製小人展開救助的蜜雅忽然叫了我一聲。

「佐藤。」

蜜雅的視線前方，能見到垂頭喪氣蹲在巷子角落以及一臉陰沉地看著地面的人。

「不是所有人見到我們都會笑喔。」

蜜雅搖了搖頭，小聲地說了句「瘴氣」。

「——的確很嚴重呢。」

透過瘴氣視看到的，是相當於迷宮深處的濃厚瘴氣。

是因為魔神的產物在這裡大鬧過的緣故嗎？

再這樣下去，恐怕會不斷有人陷入「瘴氣中毒」。

我將平時抑制的精靈光全開，瘴氣在接觸到精靈光之後逐漸變淡。

這麼一來，或許能在救人期間將瘴氣淨化完成。

「小玉隊員，兩點鐘方向有人受傷！」

「系系系～」

「波奇隊員，還有人被留在前面的廢屋裡。」

「收到了喲！」

「娜娜，十一點鐘方向有個小孩子躲在倒下的馬車背後哭泣！」

「是的，亞里沙。」

「蜜雅，用砂製小人搬開堵住通道的瓦礫。然後莉薩小姐還有露露，麻煩妳們輔助砂製小人。」

「嗯，交給我。」

「明白了！」

「嗯，會努力。」

在亞里沙的指揮下，夥伴們專心地進行救援行動。

我代替繁忙的亞里沙操縱飛空艇，同時使用「理力之手」以夥伴們無法幫忙的地點為中心進行救助行動。

「主人，那是妮爾她們吧？」

「蒂法麗莎小姐也在一起。」

「好像是越後屋商會主辦的賑濟活動呢。」

從地圖上來看，她們在王都的十幾個地方發起賑濟。竟然在我下達指示前就自發性地展開行動，真是可靠。

我們也輪流用餐，持續著救助行動。

飛空艇從最外層開始依序以漩渦狀的軌道巡視王都，一行人抵達貴族街的時候太陽早已下山。

「啊！是卡麗娜喲！」

「穆諾府好像沒事呢。」

卡麗娜小姐在看似遭到了紅繩攻擊的附近宅邸協助撤除瓦礫。艾莉娜和新人妹也跟她在一起。

我用「理力之手」稍微協助一下她們的工作，接著向開心地喊出「勇者大人！」的卡麗娜小姐揮了揮手，便朝下個地點移動。

歐尤果克公爵府和比斯塔爾公爵府離王城很近，儘管受害情況層出不窮，但沒有人員受傷的樣子。

抵達王城的我們在天守閣向低頭行禮的國王和宰相揮了揮手，便開始協助王城周邊的救援行動。

歷時大約一刻鐘的救援行動告一段落，我們開始輪流休息。

這麼說來，原本忘記回收樞機卿的「盜神裝具」，由於剛才發現被埋在瓦礫之下所以被我回收了。一共有三個土黃色的手環「盜神裝具〈贗品〉」，似乎就是重複了三層效果才能騙過我的AR顯示。

「佐藤。」

蜜雅緩緩跑到我身邊。

「櫻寶珠。」

她從妖精背包拿出櫻色的寶珠遞給了我。

那是櫻樹精送給我們的東西。

「開花。」

「不會給樹造成負擔嗎？」

「沒問題，花蕾。」

她似乎是說花蕾已經發芽了，所以不要緊。

我讓飛空艇靠近王櫻。

接著也拿出自己的「櫻寶珠」。

「一起用吧。」

「嗯。」

我們一同向櫻寶珠注入魔力。

『波爾艾南之森的蜜薩娜莉雅向希嘉王國的櫻樹祈願。請綻放可愛的花朵，為蒙受災難而愁眉不展的人們帶來笑容吧。』

櫻色的光芒從我們身邊延伸出去，染上了王櫻。

接著光芒宛如漩渦般飄上天空，擴散到整個王都。

「唔哇！」

「Beautiful～」

「枯樹都開花了喲！」

櫻色光芒平息後，眼前出現了開滿可愛花朵的大櫻花樹。

「主人，請看那邊！好厲害！」

正在製作賑濟用飯團的露露呼喚著我。

「主人。」

「主人——」

娜娜和莉薩也叫了我一聲後，便專心地注視著櫻樹。

隨後大家都不發一語。

我很能理解她們的心情。畢竟王櫻花朵在月光照耀下盛開的景色，美到甚至會讓人忘記呼吸。

「佐藤。」

蜜雅一臉陶醉地把頭倚在我的手臂上。

「真棒的櫻花呢……」

我和夥伴們一起抬頭看著櫻花呢喃道。

今天就一邊好好欣賞櫻花和月亮，一邊喝賞花酒奢侈一番吧。

後記

各位好，我是愛七ひろ。

非常感謝各位購買《爆肝工程師的異世界狂想曲》第十七集！

我能像這樣不斷累積作品集數，全都是託各位讀者支持的福。接下來我也會繼續讓故事變得更加有趣，希望大家今後也能繼續多多支持。

那麼，來聊一聊本集的重點吧。

本集是以王城「不會開花的王櫻」為主軸，將WEB版重新撰寫的故事。

在WEB版沒什麼戲分的守櫻人與公主殿下等人，在書籍版也增加了許多戲分。當然，書籍版的原創人物以及主角身邊的孩子們也不輸她們般地相當活躍，各位敬請期待。

因為這樣講很難理解，我就混入一點點劇透進行解說吧。

雖然上一集佐藤一行人和希嘉八劍有所交流，還被捲入了比斯塔爾公爵領的內亂；本集主軸是與夥伴們一起觀賞耍蛇人的街頭表演、欣賞噴泉，以及悠閒地享受王都觀光。

在迷宮都市篇得到充足戰鬥能力的夥伴們，也將在王都遇見嶄新的自己吧。

以興趣廣泛的亞里沙為首，熱愛料理的露露、喜歡音樂的蜜雅、喜歡小孩的娜娜、喜歡繪畫的小玉、喜歡繪本的波奇，以及喜歡修行的莉薩。

窮究自己興趣的人、找到全新道路的人與超越興趣的人，佐藤無時無刻都默默地支持著她們的興趣。當然，他也沒有忘了自己的興趣。

不過，也不只有興趣。

接受國王授勳之後，在王櫻之下還有新的邂逅與再會在等著他們。

那場邂逅究竟是好事，還是會成為新一波騷動的契機，就請各位閱讀本篇吧。若是跟至今為止一樣，從頭到尾閱讀之後再次從頭看一次的話，會發現許多地方與初次閱讀的時候不同，有興趣的話還請務必試試看。

王都年底的最大活動「驅魔儀式」是否能平安結束呢？佐藤一行人能夠悠閒地享受除夕蕎麥麵以及新年參拜嗎？如果各位能一邊回收散布在各處的旗標一邊閱讀的話，將會是我的榮幸。

如果劇透太多會少掉很多樂趣，所以第十七集的相關內容就說到這裡為止吧。

話說回來，因為塞入許多要素的結果，導致本集超過日文十七萬字，達到了這一系列中屈指可數的可觀分量。還請各位務必好好享受狂想曲世界。

那麼接下來是慣例的謝辭！

由於責任編輯Ａ與責任編輯Ｉ兩位精確的指正和改稿建議，不僅除去了難以理解、冗長與重複的地方，還提升了場景的魅力和臨場感。今後也麻煩兩位繼續指導並鞭策小弟。

此外，每次都用出色的插畫幫狂想曲世界增添色彩的ｓｈｒｉ老師，我無論怎麼感謝都無法表達謝意。這次封面上的露露和彩頁的希斯蒂娜公主都相當出色。

接著，以角川ＢＯＯＫＳ編輯部的各位為首，我想在此向與這本書的出版、通路、銷售、宣傳與跨媒體等各方面的人士獻上感謝。

最後，向各位讀者獻上最大的感謝！

大家願意將本作品閱讀到最後，真的非常感謝！

那麼我們下一集王都溫馨篇再會吧！

愛七ひろ

爆肝工程師的異世界狂想曲

異世界悠閒農家 1~6 待續

Kadokawa Fantastic Novels

作者：內藤騎之介　插畫：やすも

大樹村來了一對狐狸親子！
慢活生活＆農業奇幻譚，第六集登場！

一隻幼狐誤入迷途跑進村子裡，與村裡的人們變得日漸親近；追趕而至的母狐卻提出說要支配大樹村？儘管對手不太好對付，但是否能見識到九尾狐的真實本領呢？越來越多人移居到大樹村，村子的規模也變得越來越大！擴建過了頭，甚至來到魔王國境內？

各 **NT$280~300/HK$90~100**

幼女戰記 1~11 待續

作者：カルロ·ゼン　插畫：篠月しのぶ

昨日的正義，是今日的不正義。
儘管如此，這也全是為了祖國的未來。

　　繼續戰爭何其愚蠢，任誰都心知肚明。但即使議和派的雷魯根趕往義魯朵雅拚命進行外交談判，盧提魯德夫上將也仍然針對失敗時的情況，暗中策劃著預備計畫。而提出異議的盟友——傑圖亞上將侍奉著必要的女神，認為「障礙物就必須排除」……

各 NT$260~360/HK$78~110

邊境的老騎士 1~4 待續

Kadokawa Fantastic Novels

作者：支援BIS　插畫：菊石森生　角色原案：笹井一個

美食史詩的奇幻冒險譚第四幕！
老騎士巴爾特抱著赴死的決心迎戰不死怪物——

巴爾特接下指揮由帕魯薩姆、葛立奧拉及蓋涅利亞三國組成的聯合部隊，前往剿滅魔獸群的命令。這或許是個適合他的使命，不過他必須率領的是一群底細未知的聯軍，他們會願意服從巴爾特的指揮嗎？又是否能與強大的魔獸群對抗呢？

各 NT$240~280/HK$75~93

倖存鍊金術師的城市慢活記 1~5 待續

Kadokawa Fantastic Novels

作者：のの原兎太　插畫：ox

橫亙兩百年時光交織而成的鍊金術奇幻作品，
迎來令人感動的高潮發展!!

迷宮吞噬了「精靈」安妲爾吉亞，正逐漸地取代祂成為地脈主人。萊恩哈特率領迷宮討伐軍菁英，偕同吉克與瑪莉艾拉，為了守護這個深愛的城市與人們——將與「迷宮主人」正面交鋒!!

各 **NT$260~300/HK$87~98**

賢者大叔的異世界生活日記 1~8 待續

Kadokawa Fantastic Novels

作者：寿 安清　插畫：ジョンディー

善良的路賽莉絲背負驚人的過去
太過不合理的境遇讓大叔生氣了！

傑羅斯等人帶著擄獲的勇者們朝著阿爾特姆皇國的皇都阿斯拉前進。然而傑羅斯卻在那裡，得知了連路賽莉絲本人也不知道的身世之謎！路賽莉絲的身世之謎、四神的真面目、邪神的目的……面對接連被揭開的真相，傑羅斯會採取的行動是……!?

各 **NT$240/HK$75~80**

國家圖書館出版品預行編目資料

爆肝工程師的異世界狂想曲 / 愛七ひろ作 ; 九十九夜譯 . -- 初版 . -- 臺北市 : 臺灣角川股份有限公司, 2021.05-
冊 ; 公分 . -- (Kadokawa fantastic novels)
譯自 : デスマーチからはじまる異世界狂想曲
ISBN 978-986-524-408-8(第 17 冊 : 平裝)

861.57 110003643

Kadokawa
Fantastic
Novels

爆肝工程師的異世界狂想曲 17

（原著名：デスマーチからはじまる異世界狂想曲 17）

2021年5月24日　初版第1刷發行

作　者：愛七ひろ
插　畫：shri
譯　者：九十九夜

發 行 人：岩崎剛人
總 編 輯：蔡佩芬
編　輯：彭曉凡
美術設計：李思穎
印　務：李明修（主任）、張加恩（主任）、張凱棋

發 行 所：台灣角川股份有限公司
地　址：105台北市光復北路11巷44號5樓
電　話：（02）2747-2433
傳　真：（02）2747-2558
網　址：http://www.kadokawa.com.tw
劃撥帳戶：台灣角川股份有限公司
劃撥帳號：19487412
法律顧問：有澤法律事務所
製　版：巨茂科技印刷有限公司
ＩＳＢＮ：978-986-524-408-8